鲁迅杂文精选

鲁迅◎著　金帆◎编

海峡出版发行集团
THE STRAITS PUBLISHING & DISTRIBUTING GROUP
福建教育出版社

图书在版编目（CIP）数据

鲁迅杂文精选/鲁迅著；金帆编. 一福州：福建教育出版社，2018.5（2020.11重印）
（何捷主编）
ISBN 978-7-5334-8104-9

Ⅰ.①鲁… Ⅱ.①鲁… ②金… Ⅲ.①鲁迅杂文一杂文集 Ⅳ.①I210.4

中国版本图书馆CIP数据核字（2018）第067503号

主编 何捷

Lu Xun Zawen Jingxuan

鲁迅杂文精选

鲁迅 著 金帆 编

出版发行 福建教育出版社
（福州市梦山路27号 邮编：350025 网址：www.fep.com.cn
编辑部电话：0591-83781433
发行部电话：0591-83721876 87115073 010-62027445）
出 版 人 江金辉
印 刷 北京一鑫印务有限责任公司
（北京市顺义区北务镇政府西200米 邮编：101300）
开 本 960毫米×1280毫米 1/32
印 张 9.875
字 数 195千字
版 次 2018年5月第1版 2020年11月第2次印刷
书 号 ISBN 978-7-5334-8104-9
定 价 40.00元

总 序 | *FOREWORD*

人生那么短，有时间就读经典

每个人成年后，都有一个难以回避的遗憾——童年的时光那样珍贵，而我们却常常无端浪费。

在我看来，童年，就是阅读的大好时光。有一句心里话，与大家分享："儿时正是读书时。"你不得不承认，小时候拥有最自由的阅读时间。虽然说那些让人讨厌的作业整天形影不离缠着你，虽然说学习看起来还真的不是那样简单，但和未来要承担繁重工作的你相比，儿时的你，的确有大把大把的时间可以自由支配。儿时，还是最有精力的时候，只有等到你长大，或者像我一样到了中年，你才会知道什么叫做"牵绊"，什么叫做"分散"，什么叫做"心有余而力不足"。而等你感受到的时候，就是遗憾降临的时候。至今清楚地记得，相对于如今的我而言，小的时候我也曾精力充沛，而不能原谅的是，却看着时间大把大把地从我的生命中流逝。

最重要的是，儿时是最能琢磨出读书趣味的时候。因为小，所以你的无知也显得可爱，所以什么都值得你读一读。儿时的好学就是特质，似乎什么都值得你了解，什么对于你来说都是新鲜的。世界上的一切都在召唤你去探索，去改变。无疑，阅读是最佳的方式。阅读，最经济，最简单，最直接，最有效；不知道的，感兴趣的，都可以通过阅读来获取。

这样看来，读书是不二的选择，这点毋庸置疑了。只是要知道：小的时候读了多少？读了什么？怎么读？这些几乎决定了你未来怎么成长，长得好不好，长成什么样。接下来我们就说说“为什么要读经典”。

很多人对我的童年读书经历很感兴趣。他们从我的课堂上，从我出版的教学专著中，做了很多猜测：课上成这样，书出版得这么多，小的时候，他一定读过不少书吧。不然，怎么这样能写，如此能说？大家猜对了，我小的时候，书的确读得多。不过我读的更多的是大家瞧不上的“小人书”，一共好几个抽屉呢。请不要笑话哦，在我童年的那个年代，能够读几个抽屉小人书，一定是“家境优越”“家风正派”的。我的爸爸是党报的编辑，他非常重视我和姐姐的阅读，因此，他花了很多钱，为我们购买了这些小人书。这在当时，算得上是一种奢侈品。所以，我的童年过得是有滋有味的。记不清具体是哪一年，依稀是四年级吧，有一天妈妈下班回来，带给我几页金庸先生写的《射雕英雄传》的残页。所谓“残页”，就是工厂印刷失败后留下的废纸啦。妈妈在新华印刷厂工作，她为我捡回这些残页，并没有太多想法，只是丢给我，让我随便看看。没想到这一看，我就像着了魔似的，开始如饥似渴地读起金庸的武侠小说来，一本接着一本，根本停不下来，真正是到了可以不吃饭、不睡觉也要看的地步。读了如此有意思的书后，那些小人书就排不上队了。瞧，好的作品有曲折动人的情节，有活生生的有血有肉的人物，有精致诱人的细节，有让人沉醉其间的魅力。后来，小学时的每一个中午，我都是捧着厚厚的金庸小说睡着的。再后来，我还把自己的网名起为“语文老顽童”，你一定明白，这是深深地受到了经典武侠小说的影响。

阅读经典，就像用针在你的灵魂里纹绣美图。

中学时，书读得少了。到了师范学校，我全心全意地修炼教师基本功，读得也不够。做了老师，阅读的缺损就来惩罚我了。课设计得很单薄，言论没有内涵，很浅薄，一切都显得轻飘飘的。这个时候，依然是妈妈告诉我：别慌，可以用读书去改变。于是，在妈妈的鼓励下，我又一次开始阅读。真的有惊喜啊，小时候所有的阅读体验都在重新阅读时顺利复活了。阅读，其实就是一种记忆的唤醒，就是一种微火的吹燃。儿童时代所有的阅读，都构成了我们的阅读历史，构成了我们的生命，都成为我们不断成长的动力。儿时阅读，是至关重要的。

我还欣喜地发现：当老师爱上阅读，学生自然爱上阅读。

教师引导儿童阅读，绝非难事，但不要过于强调，大张旗鼓。一个老师爱读书，所带的班级学生自然也爱读书。所以，起初我主张自由阅读，并不做具体的推荐。孩子读得很随意，他们喜欢那些像“饮料”一样，乍一看很刺激的书。虽然读了，但读得不对，进步自然很慢，甚至言行还出现偏差。读什么书，对人的影响是巨大的。后来，我让他们更多关注经典这一类犹如“粮食”一样的书，情况一下得到了好转。什么是像“粮食”一样的经典呢？首先，这些书并不哗众取宠地讨好你，相反，也许你初读时并不感觉“好在哪里”，甚至还有些“读不懂”，或者是读了，有感觉了，但一切都是恬淡的、舒适的、自然的，只是的确有一种说不清楚的诱惑力，让你舍不得放下。之后，你再读，可能就会品出其中的滋味了。这种感觉让人难忘，简直说是无法磨灭。再后来，你也许会不断主动重复阅读，因为你的身体、心灵都在要求你再读一读，你已经和这些经典的书融合在一起了。经典，已经化为你的血液了。这如同粮食对人的给养，让你慢慢成长。在此之后的一生中，无论遇到什么样的情况，经逢各种各样的事，你的脑海中都会冒出一个形象，一个桥段，一个细节，它们都存活在经典中，都在冥冥中给你力量，给你帮助。这就是经典带来的力量。于是，你做出了一个很有意思的决定——把这本书推荐给身边最亲爱的人。

明白了吧，这就是我今天为什么向你推荐这套经典读物的原因了。我也是被经典打动、滋养的。我怎么能独享？当然要和你一起欣赏。

这套近百部的经典，已经不需要再次罗列书名了。对你来说，它们简直就像老朋友，真有一种“低头不见抬头见”的亲切感。但我相信，这一次你阅读它们，阅读这一套丛书，会有很多新的收获。我接下来和大家说说“如何读才好”。

经典，已经摆在我们面前，该怎么去读呢？答案很简单，三个字——慢慢读。

经典是最值得你花时间去品味，去琢磨，甚至多读几遍的。我敢保证，每一次阅读你都会有不同的发现。我希望，你可以不断进步，让阅读的层次不断提升，越读越会读。比如说，有的人读经典，只喜欢其中叙述的故事。的确，故事很精彩，但光是停留在故事，停留在内容，就等于你开采到了一块宝石，但是你却抚摸包裹在外的石衣，还没有看到真正璀璨的光芒。只读故事，损失了经典十分之九的色彩。有的孩子已经知道读经典是需要手到、眼到、口到、心到的，可以做些笔记、摘抄，做一些批注，还可以写一些随想、感受，等等。长期这样阅读经典，等于同时养成一个习惯，让自己的读写能力完成日积月累的增长。一段时间以后，你的语言也发生了变化，你的文章越发的漂亮，你看问题的角度也变得与众不同，这就叫“腹有诗书气自华”。记住，好习惯是需要日积月累的，坚持就是你永远应该保持的姿态。

必须说明，还有一种小孩非常特别。他们读书时善于思考。每次接触经典，他们都会去思考：到底这样的经典是怎么写成的呢？为什么这些故事会流传到今天呢？为什么至今还有那么多人喜欢呢？

带着探索的心，一边想，一边读，你将层层剥笋，如获至宝。每读一次都将增长读与写的功力，变得能读善写。比如说读了《水浒传》，你会发现每个好汉都有他的绰号，而绰号和好汉的特点是相关的，你开始琢磨作者是怎么去构思并写出这么多各具特色的人物呢，哪些细节让我们留下对人物深刻的印象呢。再比如说你发现《西游记》中有一个故事叫“三打白骨精”，《三国演义》中有个故事叫“三顾茅庐”，还有“三气周瑜”，《水浒传》中有“三打祝家庄”的故事。为什么都是“三”呢？是巧合吗？难道真是发生了三次吗？读得多了，你会发现这也许就是一种创作的手法吧。再往下读，你又会看到许许多多的作品中居然都有这个神秘的“三”的存在，慢慢地你就会用“三”的结构来写自己的故事。看，你不就又成长了吗？

阅读了这套书，接触过近百部经典之后，你会非常欢喜，因为收获满满，实实在在。这时候，我希望你把这些经典推荐给自己的小伙伴，或者，直接跟同伴讲这些经典故事吧。经典本身就需要被口耳相传，经典本身就可以通过一次又一次的接力传承下去。你甚至会发现，身边处处都是这些经典的影子。例如，有的经典被拍成电影，有的经典化为一个个细小的话题，有的值得进行专项的研究性学习、主题研究，等等。读经典，让整个人都变了。读经典的妙用就在于“陶冶性灵，变化气质”。

童年正在流逝，还等什么？赶紧读经典吧！

2017年10月

目　录 | *CONTENTS*

《鲁迅杂文精选》导读方案

一、通过时代背景解读文章意图

鲁迅先生生活的年代正是中国历史上灾难最为深重的时期。当时，中国人民生活在帝国主义、封建主义、官僚资本主义三座大山下，万象凋敝，民不聊生。鲁迅的杂文是“时事的刺戟”，“有着时代的眉目”。因此他的杂文注重反映中国社会的深度和广度，我们从中可以清楚地看到中国近现代社会的历史面貌。

当我们在阅读先生艰涩难懂的杂文时，可以借助当时的历史背景来理解文章所要表达的意思，这是理解文章主题思想的一种捷径。

透过具体事例反映大的历史主题 ➜ 从历史背景来解读《现代史》这篇文章，很容易理解荒谬的变戏法就是暗喻了荒唐的现代史，从而反映了从辛亥革命到20世纪30年代这一时期的历史状态。

思想隐晦深邃 ➜ 在《夜颂》中，文章通过对夜的歌颂，表明了作者对光明和希望的向往，揭露了旧社会黑暗的社会现实。

二、把握不同文集的特点

鲁迅杂文的创作贯穿其文学活动的始终，他的杂文以 1927 年为界限分为两个时期，每个时期的杂文或多或少都有其共同的特点，我们了解其杂文集的特点就有助于我们更好地来理解这些杂文。例如：

《热风》 ➜ 先生对当时令人窒息的社会感到很“寒冽”，所以用“热风”命名。文集里的作品深刻地批判了当时的社会，从而促使人们去改变。

《华盖集》 ➜ 先生在文学界“碰两个大钉子”（受到了一些所谓的文人学者的攻击），交了华盖运，所以取名《华盖集》。这部杂文集里的作品在调侃中体现了辛辣的讽刺，从而进行有针对性的抨击。

《花边文学》 ➜ 这部文集里的杂文大多数是通过事实来反映黑暗的社会现实。貌似闲适的小品，实则是愤激的杂感。即使号称“花边文学”，这本集子也是非常犀利的。

三、揭露、讽刺、抨击

“揭露”“讽刺”“抨击”这三个词是鲁迅杂文最主要的特色。他的杂文揭露国民的劣根性和黑暗的现实；讽刺那个病态的社会和现实中的假、恶、丑；抨击了反动当局的罪恶统治、虚假丑陋的行径和社会上的恶德恶行以及庸俗冷漠的世态，目的是促进整个中国的革命斗争和人民的思想解放。

1. 了解作品中所揭露的事实

以揭露为手段，使其达到国民觉醒的目的

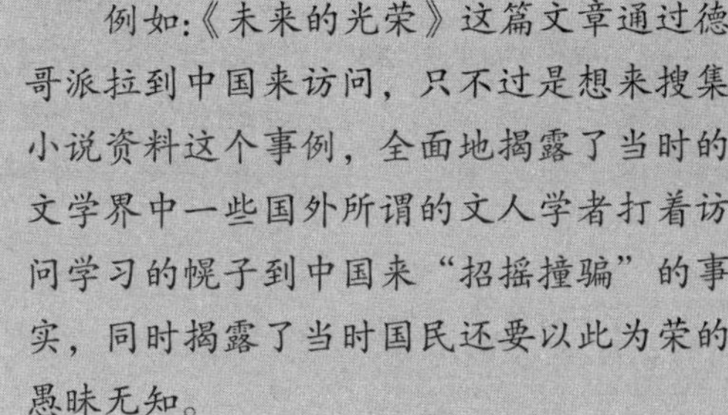

2. 体会作者在文中所讽刺的真相

“讽刺”是鲁迅先生向敌人宣战最重要的“武器”

例如：在《言论自由的界限》中，文章开篇通过类比的手法来表现当时社会中人们的言论界限。文章说“有了言论自由的明令，也千万大意不得”，是讽刺在反动当局的统治下，所谓的言论自由实际上是言论的不自由，通过讽刺揭示了事实的真相。

3. 掌握作品所抨击批驳的对象

寓意隐晦，注意掌握作品中所抨击批驳的对象

➤

例如：《夏三虫》这篇寓言式的杂文，从历史背景的角度看，文中的内容是抨击了当时黑暗社会的三种势力，然后我们通过阅读文章中这三种虫豸的特点，再进行细致的分析，得出这三种虫豸就是批驳抨击当时社会的帝国主义分子、资产阶级帮闲们和国民党反动派。

四、品味杂文不同的艺术特点

鲁迅的杂文取得了很高的艺术成就。他的杂文感情强烈、观察深刻、谈锋犀利、文笔简洁、比喻巧妙。我们可以简要地从以下几点来品味先生的杂文。

揭露事物矛盾

➤

揭露事物矛盾是鲁迅杂文的重要任务。揭露矛盾的方法多种多样，随对象的不同而变化。

用幽默讽刺的词语传达作者的思想感情

➤

鲁迅杂文字里行间透露着幽默讽刺的战斗力，这样可以使抨击入木三分。

合理运用逻辑推理 ➜ 运用逻辑推理来使杂文具有高度的说服力，长篇的论证严密、短篇的一针见血，都能在有限的篇幅里把道理说得清楚、充分、深刻。

语言、行文各具特色 ➜ 语言简明朴实，言辞犀利，机智幽默，妙趣横生。行文随意而谈、无拘无束、跌宕起伏。

阅读与写作能力提升要点

阅读能力提升要点	理解词语的深层含义
	体会关键语句的作用
	准确把握文章的内容
	深刻体会作者的思想情感
	感受作品的艺术特色
	对人物形象做出自己的评价
写作能力提升要点	扩大知识面，积累写作素材
	拓展思维，巧妙构思、立意
	勇于创新，充分发挥想象力
	巧用修辞，使语言生动形象
	准确描述，灵活运用表达方式
	感情真挚，真实表达思想情感

娜拉走后怎样

——一九二三年十二月二十六日在北京女子高等师范学校文艺会讲

我今天要讲的是“娜拉走后怎样？”

伊孛生[①]是十九世纪后半的瑙威[②]的一个文人。他的著作，除了几十首诗之外，其余都是剧本。这些剧本里面，有一时期是大抵含有社会问题的，世间也称作“社会剧”，其中有一篇就是《娜拉》。

《娜拉》一名*Ein Puppenheim*，中国译作《傀儡家庭》。但Puppe不单是牵线的傀儡，孩子抱着玩的人形[③]也是；引申开去，别人怎么指挥，他便怎么做的人也是。娜拉当初是满足地生活在所谓幸福的家庭里的，但是她竟觉悟了：自己是丈夫的傀儡，孩子们又是她的傀儡。她于是走了，只听得关门声，接着就是闭幕。这想来大家都知道，不必细说了。

娜拉要怎样才不走呢？或者说伊孛生自己有解答，就是*Die*

---

①伊孛生：现译易卜生，挪威戏剧家、诗人。

②瑙威：挪威。

②人形：日语，即人形的玩具。

Frau vom Meer，《海的女人》，中国有人译作《海上夫人》的。这女人是已经结婚的了，然而先前有一个爱人在海的彼岸，一日突然寻来，叫她一同去。她便告知她的丈夫，要和那外来人会面。临末，她的丈夫说："现在放你完全自由。（走与不走）你能够自己选择，并且还要自己负责任。"于是什么事全都改变，她就不走了。这样看来，娜拉倘也得到这样的自由，或者也便可以安住。

但娜拉毕竟是走了的。走了以后怎样？伊孛生并无解答；而且他已经死了。即使不死，他也不负解答的责任。因为伊孛生是在做诗，不是为社会提出问题来而且代为解答。就如黄莺一样，因为他自己要歌唱，所以他歌唱，不是要唱给人们听得有趣，有益。伊孛生是很不通世故的，相传在许多妇女们一同招待他的筵宴上，代表者起来致谢他作了《傀儡家庭》，将女性的自觉，解放这些事，给人心以新的启示的时候，他却答道，"我写那篇却并不是这意思，我不过是做诗。"

娜拉走后怎样？——别人可是也发表过意见的。一个英国人曾作一篇戏剧，说一个新式的女子走出家庭，再也没有路走，终于堕落，进了妓院了。还有一个中国人，——我称他什么呢？上海的文学家罢，——说他所见的《娜拉》是和现译本不同，娜拉终于回来了。这样的本子可惜没有第二人看见，除非是伊孛生自己寄给他的。但从事理上推想起来，娜拉或者也实在只有两条路：不是堕落，就是回来。因为如果是一只小鸟，笼子里固然不自由，而一出笼门，外面便又有鹰，有猫，以及别的什么东西之类；倘使已经关得麻痹了翅子，忘却了飞翔，也诚然是无路可以走。还有一条，就是饿死了，但饿死已经离开了生活，更无所谓问题，所以也不是什么路。

人生最苦痛的是梦醒了无路可以走。做梦的人是幸福的；倘没有看出可走的路，最要紧的是不要去惊醒他。你看，唐朝的诗人李贺[①]，不是困顿了一世的么？而他临死的时候，却对他的母亲说：“阿妈，上帝造成了白玉楼，叫我做文章落成去了。”这岂非明明是一个诳，一个梦？然而一个小的和一个老的，一个死的和一个活的，死的高兴地死去，活的放心地活着。说诳和做梦，在这些时候便见得伟大。所以我想，假使寻不出路，我们所要的倒是梦。

但是，万不可做将来的梦。阿尔志跋绥夫[②]曾经借了他所做的小说，质问过梦想将来的黄金世界的理想家，因为要造那世界，先唤起许多人们来受苦。他说：“你们将黄金世界预约给他们的子孙了，可是有什么给他们自己呢？”有是有的，就是将来的希望。但代价也太大了，为了这希望，要使人练敏了感觉来更

---

①李贺：今河南官阳人，唐朝诗人。与李白、李商隐三人并称唐代“三李”。著《李长吉歌诗》。

②阿尔志跋绥夫（1878—1927）：俄国小说家。作品主要描写精神颓废者的生活，有些也反映了沙皇统治的黑暗。十月革命后逃亡国外，死于华沙。

深切地感到自己的苦痛，叫起灵魂来目睹他自己的腐烂的尸骸。惟有说诳和做梦，这些时候便见得伟大。所以我想，假使寻不出路，我们所要的就是梦；但不要将来的梦，只要目前的梦。

然而娜拉既然醒了，是很不容易回到梦境的，因此只得走；可是走了以后，有时却也免不掉堕落或回来。否则，就得问：她除了觉醒的心以外，还带了什么去？倘只有一条像诸君一样的紫红的绒绳的围巾，那可是无论宽到二尺或三尺，也完全是不中用。她还须更富有，提包里有准备，直白地说，就是要有钱。

梦是好的；否则，钱是要紧的。

钱这个字很难听，或者要被高尚的君子们所非笑，但我总觉得人们的议论是不但昨天和今天，即使饭前和饭后，也往往有些差别。凡承认饭需钱买，而以说钱为卑鄙者，倘能按一按他的胃，那里面怕总还有鱼肉没有消化完，须得饿他一天之后，再来听他发议论。

所以为娜拉计，钱，——高雅的说罢，就是经济，是最要紧的了。自由固不是钱所能买到的，但能够为钱而卖掉。人类有一个大缺点，就是常常要饥饿。为补救这缺点起见，为准备不做傀儡起见，在目下的社会里，经济权就见得最要紧了。第一，在家应该先获得男女平均的分配；第二，在社会应该获得男女相等的势力。可惜我不知道这权柄如何取得，单知道仍然要战斗；或者也许比要求参政权更要用剧烈的战斗。

要求经济权固然是很平凡的事，然而也许比要求高尚的参政权以及博大的女子解放之类更烦难。天下事尽有小作为比大作为更烦难的。譬如现在似的冬天，我们只有这一件棉袄，然而必须救助一个将要冻死的苦人，否则便须坐在菩提树下冥想普度一切人类的方法[①]去。普度一切人类和救活一人，大小实在相去太远了，然而倘叫我挑选，我就立刻到菩提树下去坐着，因为免得脱下惟一的棉袄来冻杀自己。所以在家里说要参政权，是不至于大遭反对的，一说到经济的平匀分配，或不免面前就遇见敌人，这就当然要有剧烈的战斗。

战斗不算好事情，我们也不能责成人人都是战士，那么，平和的方法也就可贵了，这就是将来利用了亲权来解放自己的子女。中国的亲权是无上的，那时候，就可以将财产平匀地分配子女们，使他们平和而没有冲突地都得到相等的经济权，此后或者去读书，或者去生发，或者为自己去享用，或者为社会去做事，或者去花完，都请便，自己负责任。这虽然也是颇远的梦，可是比黄金世界的梦近得不少了。但第一需要记性。记性不佳，是有益于己而有害于子孙的。人们因为能忘却，所以自己能渐渐地脱离了受过的苦痛，也因为能忘却，所以往往照样地再犯前人的错误。被虐待的儿媳做了婆婆，仍然虐待儿媳；嫌恶学生的官吏，每是先前痛骂官吏的学生；现在压迫子女的，有时也就是十年前

①这是借用了佛教始祖释迦牟尼“悟道”的故事。

的家庭革命者。这也许与年龄和地位都有关系罢，但记性不佳也是一个很大的原因。救济法就是各人去买一本notebook[①]来，将自己现在的思想举动都记上，作为将来年龄和地位都改变了之后的参考。假如憎恶孩子要到公园去的时候，取来一翻，看见上面有一条道，“我想到中央公园去”，那就即刻心平气和了。别的事也一样。

世间有一种无赖精神，那要义就是韧性。听说拳匪[②]乱后，天津的青皮，就是所谓无赖者很跋扈，譬如给人搬一件行李，他就要两元，对他说这行李小，他说要两元，对他说道路近，他说要两元，对他说不要搬了，他说也仍然要两元。青皮固然是不足为法的，而那韧性却大可以佩服。要求经济权也一样，有人说这事情太陈腐了，就答道要经济权；说是太卑鄙了，就答道要经济权；说是经济制度就要改变了，用不着再操心，也仍然答道要经济权。

其实，在现在，一个娜拉的出走，或者也许不至于感到困难的，因为这人物很特别，举动也新鲜，能得到若干人们的同情，帮助着生活。生活在人们的同情之下，已经是不自由了，然而倘有一百个娜拉出走，便连同情也减少，有一千一万个出走，就得

---

①notebook：译作笔记簿。

②拳匪：1900年爆发了义和团反对帝国主义的武装斗争，当时统治阶级和帝国主义者诬蔑团民为“拳匪”。

到厌恶了，断不如自己握着经济权之为可靠。

在经济方面得到自由，就不是傀儡了么？也还是傀儡。无非被人所牵的事可以减少，而自己能牵的傀儡可以增多罢了。因为在现在的社会里，不但女人常作男人的傀儡，就是男人和男人，女人和女人，也相互地作傀儡，男人也常作女人的傀儡，这决不是几个女人取得经济权所能救的。但人不能饿着静候理想世界的到来，至少也得留一点残喘，正如涸辙之鲋[①]，急谋升斗之水一样，就要这较为切近的经济权，一面再想别的法。

如果经济制度竟改革了，那上文当然完全是废话。

然而上文，是又将娜拉当作一个普通的人物而说的，假使她很特别，自己情愿闯出去做牺牲，那就又另是一回事。我们无权去劝诱人做牺牲，也无权去阻止人做牺牲。况且世上也尽有乐于牺牲，乐于受苦的人物。欧洲有一个传说，耶稣去钉十字架时，休息在Ahasvar[②]的檐下，Ahasvar不准他，于是被了咒诅，使他永世不得休息，直到末日裁判的时候。Ahasvar从此就歇不下，只是走，现在还在走。走是苦的，安息是乐的，他何以不安息呢？虽说背着咒诅，可是大约总该是觉得走比安息还适意，所以始终狂

①涸辙之鲋：鲋，fù。战国时代庄周的一个寓言，大意为干涸了的车辙沟里的鲫鱼。

②Ahasvar：译作阿哈斯瓦尔，欧洲传说中的一个补鞋匠，因触了耶稣之怒，只能背着诅骂不停走下去，被称为“流浪的犹太人”。

走的罢。

只是这牺牲的适意是属于自己的，与志士们之所谓为社会者无涉。群众，——尤其是中国的，——永远是戏剧的看客。牺牲上场，如果显得慷慨，他们就看了悲壮剧；如果显得觳觫[①]，他们就看了滑稽剧。北京的羊肉铺前常有几个人张着嘴看剥羊，仿佛颇愉快，人的牺牲能给与他们的益处，也不过如此。而况事后走不几步，他们并这一点愉快也就忘却了。

对于这样的群众没有法，只好使他们无戏可看倒是疗救，正无需乎震骇一时的牺牲，不如深沉的韧性的战斗。

可惜中国太难改变了，即使搬动一张桌子，改装一个火炉，几乎也要血；而且即使有了血，也未必一定能搬动，能改装。不是很大的鞭子打在背上，中国自己是不肯动弹的。我想这鞭子总要来，好坏是别一问题，然而总要打到的。但是从那里来，怎么地来，我也是不能确切地知道。

我这讲演也就此完结了。

·背景与思想·

"娜拉"是挪威剧作家易卜生的经典社会问题剧《玩偶之家》的主人公。她经历了一场家庭变故，终于看清了丈夫的真实面目和自

①觳：hú，恐惧害怕而颤抖的样子。

己在家中的“玩偶”地位，毅然走出家门。《玩偶之家》传入中国后，“娜拉”几乎成了中国知识分子进行思想启蒙的标志性人物，也成了当时激进女性效仿的对象。然而《玩偶之家》只是以娜拉出走为最终结局，门一摔就完事了。至于她走了以后会怎么样，易卜生没有给出答案。鲁迅先生就这部剧作所反映的女性问题，结合中国的社会现实，表达了他自己的新女性观。鲁迅认为娜拉离家出走之后，只有两条路可走，要么堕落，要么回来。只有妇女真正掌握了经济大权，参与了社会生活，不把自己局限在小家庭里，不把婚姻当成女人唯一的职业，才有可能真正获得“解放”和“自由”。

·品读与借鉴·

1. 结构完整，论证严谨。本文是演讲稿，运用了演讲稿的模式：开头—问题—分析论证—结论—结尾。开头简单直接点明“我今天要讲的是娜拉走后怎样”，简单提出问题；然后通过层层分析，回答了娜拉出走之后会有怎样的命运；最后，通过剖析其命运的结局，提出新女性观——走出家门，经济独立，参与社会生活。

2. 广泛引用。文章多处或引用典型事例或引用名言来论述从娜拉出走后的必然结果引发的女性如何才能真正地解放这个社会问题。比如引用阿尔志跋绥夫的话说明“万不可做将来的梦”，大量的引用更好地诠释了所论述的问题并且使读者更加容易理解作者想要表达的意图，使文章在行文的过程中收放自如。

论雷峰塔的倒掉

听说，杭州西湖上的雷峰塔[①]倒掉了，听说而已，我没有亲见。但我却见过未倒的雷峰塔，破破烂烂的映掩于湖光山色之间，落山的太阳照着这些四近的地方，就是“雷峰夕照”，西湖十景之一。“雷峰夕照”的真景我也见过，并不见佳，我以为。

然而一切西湖胜迹的名目之中，我知道得最早的却是这雷峰塔。我的祖母曾经常常对我说，白蛇娘娘就被压在这塔底下。有个叫作许仙的人救了两条蛇，一青一白，后来白蛇便化作女人来报恩，嫁给许仙了；青蛇化作丫鬟，也跟着。一个和尚，法海禅师，得道的禅师，看见许仙脸上有妖气，——凡讨妖怪做老婆的人，脸上就有妖气的，但只有非凡的人才看得出，——便将他藏在金山寺的法座后，白蛇娘娘来寻夫，于是就“水满金山”。我的祖母讲起来还要有趣得多，大约是出于一部弹词叫作《义妖

---

①雷峰塔：北宋太平兴国二年（977年），吴越王钱俶为庆贺王妃黄氏得子，在西湖夕照山建此塔，民间俗称雷峰塔。1924年9月25日倒坍。

传》[1]里的，但我没有看过这部书，所以也不知道“许仙”“法海”究竟是否这样写。总而言之，白蛇娘娘终于中了法海的计策，被装在一个小小的钵盂里了。钵盂埋在地里，上面还造起一座镇压的塔来，这就是雷峰塔。此后似乎事情还很多，如“白状元祭塔”之类，但我现在都忘记了。

那时我惟一的希望，就在这雷峰塔的倒掉。后来我长大了，到杭州，看见这破破烂烂的塔，心里就不舒服。后来我看看书，说杭州人又叫这塔作保叔塔，其实应该写作“保俶塔”[2]，是钱王的儿子造的。那么，里面当然没有白蛇娘娘了，然而我心里仍然不舒服，仍然希望他倒掉。现在，他居然倒掉了，则普天之下的人民，其欣喜为何如?

这是有事实可证的。试到吴越的山间海滨，探听民意去。凡有田夫野老，蚕妇村氓，除了几个脑髓里有点贵恙的之外，可有谁不为白娘娘抱不平，不怪法海太多事的?

和尚本应该只管自己念经。白蛇自迷许仙，许仙自娶妖怪，和别人有什么相干呢?他偏要放下经卷，横来招是搬非，大约是怀着嫉妒罢，——那简直是一定的。

---

①《义妖传》：清陈遇乾撰，是讲述白蛇故事的弹词小说。

②本文最初发表时，篇末有作者附记说：“今天孙伏园来，我便将草稿给他看。他说，雷峰塔并非就是保俶塔。那么，大约是我记错的了……特此声明，并且更正。”保俶塔，在西湖宝石山顶，今仍存。

听说，后来玉皇大帝也就怪法海多事，以至荼毒生灵，想要拿办他了。他逃来逃去，终于逃在蟹壳里避祸，不敢再出来，到现在还如此。我对于玉皇大帝所做的事，腹诽的非常多，独于这一件却很满意，因为“水满金山”一案，的确应该由法海负责；他实在办得很不错的。只可惜我那时没有打听这话的出处，或者不在《义妖传》中，却是民间的传说罢。

秋高稻熟时节，吴越间所多的是螃蟹，煮到通红之后，无论取那一只，揭开背壳来，里面就有黄，有膏；倘是雌的，就有石榴子一般鲜红的子。先将这些吃完，即一定露出一个圆锥形的薄膜，再用小刀小心地沿着锥底切下，取出，翻转，使里面向外，只要不破，便变成一个罗汉模样的东西，有头脸，身子，是坐着的，我们那里的小孩子都称他“蟹和尚”，就是躲在里面避难的法海。

当初，白蛇娘娘压在塔底下，法海禅师躲在蟹壳里。现在却只有这位老禅师独自静坐了，非到螃蟹断种的那一天为止出不来。莫非他造塔的时候，竟没有想到塔是终究要倒的么？

活该。

一九二四年十月二十八日

·背景与思想·

本文写于1924年10月。此时，政治上，封建军阀残酷地镇压工人和学生运动。文化上，新文化运动已经过去五年了，封建思想、封建道德的流毒依然存在，复古思潮也愈演愈烈，封建主义有卷土重来之势。身居北京的鲁迅利用雷峰塔倒掉这一社会新闻，借题发挥，赞扬了白娘娘为争取自由和幸福而决战到底的反抗精神，表达了人民对“镇压之塔”倒掉的无比欢欣。同时无情地抨击了封建制度和封建道德礼教，鞭挞了那些封建复古主义者和封建礼教的卫道士，揭露了封建统治阶级镇压人民的残酷本质。

·品读与借鉴·

1. 夹叙夹议，叙议结合。文章开头是议论，对已倒和未倒的雷峰塔发表意见。接着叙写了一段关于白蛇传的故事，这是记叙。之后，又对雷峰塔是镇压的塔表明自己的态度，又是议论。后文对法海的多事动机进行一番分析，是议论，而他被玉皇大帝拿办时的狼狈逃窜，是记叙。文中记叙与议论交叉运用，使读者读起来饶有兴味，深受教益。

2. 用词精练、准确，爱憎分明。本应是美景的雷峰夕照，可鲁迅却用“破破烂烂”来形容，并用“并不见佳”否定这西湖十景之一。寥寥数语，表现出了他对雷峰塔的厌恶。当写到雷峰塔倒掉时，“现在，他居然倒掉了，则普天之下的人民，其欣喜为何如？”一个“居然”将作者多年的希望一旦得到实现的痛快全部倾吐了出来，表现出作者无比欢欣的心情。文章结尾，作者情不自禁地喊出“活该”二字，痛快淋漓地表明了自己的爱憎。

论照相之类

一　材料之类

我幼小时候，在S城[1]，——所谓幼小时候者，是三十年前，但从进步神速的英才看来，就是一世纪；所谓S城者，我不说他的真名字，何以不说之故，也不说。总之，是在S城，常常旁听大大小小男男女女谈论洋鬼子挖眼睛。曾有一个女人，原在洋鬼子家里佣工，后来出来了，据说她所以出来的原因，就因为亲见一坛盐渍的眼睛，小鲫鱼似的一层一层积叠着，快要和坛沿齐平了。她为远避危险起见，所以赶紧走。

S城有一种习惯，就是凡是小康之家，到冬天一定用盐来腌一缸白菜，以供一年之需，其用意是否和四川的榨菜相同，我不知道。但洋鬼子之腌眼睛，则用意当然别有所在，惟独方法却大受了S城腌白菜法的影响，相传中国对外富于同化力，这也就是

①S城：指鲁迅的故乡绍兴。

一个证据罢。然而状如小鲫鱼者何？答曰：此确为S城人之眼睛也。S城庙宇中常有一种菩萨，号曰眼光娘娘。有眼病的，可以去求祷；愈，则用布或绸做眼睛一对，挂神龛上或左右，以答神庥。所以只要看所挂眼睛的多少，就知道这菩萨的灵不灵。而所挂的眼睛，则正是两头尖尖，如小鲫鱼，要寻一对和洋鬼子生理图上所画似的圆球形者，决不可得。黄帝岐伯[①]尚矣；王莽诛翟义党[②]，分解肢体，令医生们察看，曾否绘图不可知，纵使绘过，现在已佚，徒令“古已有之”而已。宋的《析骨分经》[③]，相传也据目验，《说郛》中有之，我曾看过它，多是胡说，大约是假的。否则，目验尚且如此胡涂，则S城人之将眼睛理想化为小鲫鱼，实也无足深怪了。

然而洋鬼子是吃腌眼睛来代腌菜的么？是不然，据说是应用的。一，用于电线，这是根据别一个乡下人的话，如何用法，他没有谈，但云用于电线罢了；至于电线的用意，他却说过，就是每年加添铁丝，将来鬼兵到时，使中国人无处逃走。二，用于照相，则道理分明，不必多赘，因为我们只要和别人对立，他的瞳子里一定有我的一个小照相的。

---

①黄帝岐伯：这里指《黄帝内经》。大约是战国秦汉时，医家汇集古代及当时医学资料纂述而成的著名医药典籍，托名黄帝、岐伯所作。

②王莽诛翟义党：西汉末年王莽篡汉时，东郡太守翟义和他的外甥陈丰起兵讨王莽，兵败后被碎尸；随翟义起兵的人，也被屠杀。

③《析骨分经》：明朝的宁一玉所著的书，本文中说是宋可能是错误。

而且洋鬼子又挖心肝，那用意，也是应用。我曾旁听过一位念佛的老太太说明理由：他们挖了去，熬成油，点了灯，向地下各处去照去。人心总是贪财的，所以照到埋着宝贝的地方，火头便弯下去了。他们当即掘开来，取了宝贝去，所以洋鬼子都这样的有钱。

道学先生之所谓“万物皆备于我”[①]的事，其实是全国，至少是S城的“目不识丁”的人们都知道，所以人为“万物之灵”。所以月经精液可以延年，毛发爪甲可以补血，大小便可以医许多病，臂膊上的肉可以养亲。然而这并非本论的范围，现在姑且不说。况且S城人极重体面，有许多事不许说；否则，就要用阴谋来惩治的。

二　形式之类

要之，照相似乎是妖术。咸丰年间，或一省里；还有因为能照相而家产被乡下人捣毁的事情。但当我幼小的时候，——即三十年前，S城却已有照相馆了，大家也不甚疑惧。虽然当闹“义和拳民”时，——即二十五年前，或一省里，还以罐头牛肉当作洋鬼子所杀的中国孩子的肉看。然而这是例外，万事万物，总不免有例外的。

要之，S城早有照相馆了，这是我每一经过，总须流连赏玩

① “万物皆备于我”：《孟子·尽心上》里的句子。

的地方，但一年中也不过经过四五回。大小长短不同颜色不同的玻璃瓶，又光滑又有刺的仙人掌，在我都是珍奇的物事；还有挂在壁上的框子里的照片：曾大人[①]，李大人[②]，左中堂[③]，鲍军门[④]。一个族中的好心的长辈，曾经借此来教育我，说这许多都是当今的大官，平"长毛"[⑤]的功臣，你应该学学他们。我那时也很愿意学，然而想，也须赶快仍复有"长毛"。

但是，S城人却似乎不甚爱照相，因为精神要被照去的，所以运气正好的时候，尤不宜照，而精神则一名"威光"：我当时所知道的只有这一点。直到近年来，才又听到世上有因为怕失了元气而永不洗澡的名士，元气大约就是威光罢，那么，我所知道的就更多了：中国人的精神一名威光即元气，是照得去，洗得下的。

然而虽然不多，那时却又确有光顾照相的人们，我也不明白是什么人物，或者运气不好之徒，或者是新党[⑥]罢。只是半身像是大抵避忌的，因为像腰斩。自然，清朝是已经废去腰斩的了，但我们还能在戏文上看见包爷爷的铡包勉[⑦]，一刀两段，何等可

---

①曾大人：即曾国藩。

②李大人：即李鸿章。

③左中堂：即左宗棠。

④鲍军门：即鲍超。

⑤长毛：清统治者对参加太平天国农民起义者的蔑称。

⑥新党：清末一般人对维新派人物的称呼。

⑦铡包勉：戏曲剧目。内容演宋朝包拯奉公执法、不徇私情，铡杀犯罪的侄儿包勉的故事。

怕，则即使是国粹乎，而亦不欲人之加诸我也，诚然也以不照为宜。所以他们所照的多是全身，旁边一张大茶几，上有帽架，茶碗，水烟袋，花盆，几下一个痰盂，以表明这人的气管枝中有许多痰，总须陆续吐出。人呢，或立或坐，或者手执书卷，或者大襟上挂一个很大的时表，我们倘用放大镜一照，至今还可以知道他当时拍照的时辰，而且那时还不会用镁光，所以不必疑心是夜里。

然而名士风流，又何代蔑有呢？雅人早不满于这样千篇一律的呆鸟了，于是也有赤身露体装作晋人[①]的，也有斜领丝绦装作X人的，但不多。较为通行的是先将自己照下两张，服饰态度各不同，然后合照为一张，两个自己即或如宾主，或如主仆，名曰“二我图”。但设若一个自己傲然地坐着，一个自己卑劣可怜地，向了坐着的那一个自己跪着的时候，名色便又两样了：“求己图”。这类“图”晒出之后，总须题些诗，或者词如“调寄满庭芳”“摸鱼儿”之类，然后在书房里挂起。至于贵人富户，则因为属于呆鸟一类，所以决计想不出如此雅致的花样来，即有特别举动，至多也不过自己坐在中间，膝下排列着他的一百个儿子，一千个孙子和一万个曾孙（下略）照一张“全家福”。

Th. Lipps[②]在他那《伦理学的根本问题》中，说过这样意思

---

①指晋代的文人刘伶等，事迹见《世说新语·任诞》。

②Th. Lipps：今译李普斯，德国心理学家和哲学家。

的话。就是凡是人主，也容易变成奴隶，因为他一面既承认可做主人，一面就当然承认可做奴隶，所以威力一坠，就死心塌地，俯首帖耳于新主人之前了。那书可惜我不在手头，只记得一个大意，好在中国已经有了译本，虽然是节译，这些话应该存在的罢。用事实来证明这理论的最显著的例是孙皓[①]，治吴时候，如此骄纵酷虐的暴主，一降晋，却是如此卑劣无耻的奴才。中国常语说，临下骄者事上必谄，也就是看穿了这把戏的话。但表现得最透澈的却莫如"求己图"，将来中国如要印《绘图伦理学的根本问题》，这实在是一张极好的插画，就是世界上最伟大的讽刺画家也万万想不到，画不出的。

但现在我们所看见的，已没有卑劣可怜地跪着的照相了，不是什么会纪念的一群，即是什么人放大的半个，都很凛凛地。我愿意我之常常将这些当作半张"求己图"看，乃是我的杞忧。

三　无题之类

照相馆选定一个或数个阔人的照相，放大了挂在门口，似乎是北京特有，或近来流行的。我在S城所见的曾大人之流，都不过六寸或八寸，而且挂着的永远是曾大人之流，也不像北京的时时掉换，年年不同。但革命以后，也许撤去了罢，我知道得不真确。

①孙皓：三国时吴国最后的皇帝。

至于近十年北京的事，可是略有所知了，无非其人阔，则其像放大，其人“下野”，则其像不见，比电光自然永久得多。倘若白昼明烛，要在北京城内寻求一张不像那些阔人似的缩小放大挂起挂倒的照相，则据鄙陋所知，实在只有一位梅兰芳[①]君。而该君的麻姑[②]一般的“天女散花”“黛玉葬花”像，也确乎比那些缩小放大挂起挂倒的东西标致，即此就足以证明中国人实有审美的眼睛，其一面又放大挺胸凸肚的照相者，盖出于不得已。

我在先只读过《红楼梦》[③]，没有看见“黛玉葬花”的照片的时候，是万料不到黛玉的眼睛如此之凸，嘴唇如此之厚的。我以为她该是一副瘦削的痨病脸，现在才知道她有些福相，也像一个麻姑。然而只要一看那些继起的模仿者们的拟天女照相，都像小孩子穿了新衣服，拘束得怪可怜的苦相，也就会立刻悟出梅兰芳君之所以永久之故了，其眼睛和嘴唇，盖出于不得已，即此也就足以证明中国人实有审美的眼睛。

印度的诗圣泰戈尔[④]先生光临中国之际，像一大瓶好香水似的很熏上了几位先生们以文气和玄气，然而够到陪坐祝寿的程度的却只有一位梅兰芳君：两国的艺术家的握手。待到这位老诗人

①梅兰芳：名澜，字畹华，江苏泰州人，著名京剧表演艺术家。

②麻姑：传说中的仙女。

③《红楼梦》：曹雪芹之作，长篇章回体小说。

④泰戈尔：代表作《新月集》《飞鸟集》等，印度著名诗人。

改姓换名，化为“竺震旦”，离开了近于他的理想境的这震旦之后，震旦诗贤头上的印度帽也不大看见了，报章上也很少记他的消息，而装饰这近于理想境的震旦者，也仍旧只有那巍然地挂在照相馆玻璃窗里的一张“天女散花图”或“黛玉葬花图”。

惟有这一位“艺术家”的艺术，在中国是永久的。

我所见的外国名伶美人的照相并不多，男扮女的照相没有见过，别的名人的照相见过几十张。托尔斯泰，伊孛生，罗丹[①]都老了，尼采[②]一脸凶相，勖本华尔一脸苦相，淮尔特[③]，穿上他那审美的衣装的时候，已经有点呆相了，而罗曼罗兰似乎带点怪气，戈尔基又简直像一个流氓。虽说都可以看出悲哀和苦斗的痕迹来罢，但总不如天女的“好”得明明白白。假使吴昌硕[④]翁的刻印章也算雕刻家，加以作画的润格如是之贵，则在中国确是一位艺术家了，但他的照相我们看不见。林琴南[⑤]翁负了那么大的文名，而天下也似乎不甚有热心于“识荆”[⑥]的人，我虽然曾在一个药房的仿单[⑦]上见过他的玉照，但那是代表了他的“如夫人”[⑧]函谢丸药

---

①罗丹：法国著名雕塑家。

②尼采：德国哲学家。

③淮尔特：现译王尔德，英国唯美派诗人。

④吴昌硕（1844—1927）：书画家、篆刻家。

⑤林琴南：即林纾，翻译家。

⑥“识荆”：初次见面的敬语。

⑦仿单：说明书，用来介绍商品的性质、用途和用法。

⑧“如夫人”：即小老婆。

的功效，所以印上的，并不因为他的文章。更就用了“引车卖浆者流”的文字来做文章的诸君而言，南亭亭长[①]我佛山人[②]往矣，且从略；近来则虽是奋战忿斗，做了这许多作品的如创造社[③]诸君子，也不过印过很小的一张三人的合照，而且是铜板而已。

我们中国的最伟大最永久的艺术是男人扮女人。

异性大抵相爱。太监只能使别人放心，决没有人爱他，因为他是无性了，——假使我用了这“无”字还不算什么语病。然而也就可见虽然最难放心，但是最可贵的是男人扮女人了，因为从两性看来，都近于异性，男人看见“扮女人”，女人看见“男人扮”，所以这就永远挂在照相馆的玻璃窗里，挂在国民的心中。外国没有这样的完全的艺术家，所以只好任凭那些捏锤凿，调采色，弄墨水的人们跋扈。

我们中国的最伟大最永久，而且最普遍的艺术也就是男人扮女人。

一九二四年十一月十一日

---

①南亭亭长：即李宝嘉，小说家。著有长篇小说《官场现形记》。

②我佛山人：即吴趼人，小说家。著有长篇小说《二十年目睹之怪现状》。

③创造社：五四新文学运动中的著名文学团体，1920年至1921年间成立。主要成员有郭沫若、郁达夫和成仿吾等。

·背景与思想·

1924年的中国虽距辛亥革命已经过去了13年，但是封建礼教、封建道德、封建思想仍是中国广大人民心灵上的枷锁，距离封建意识完全溃灭还相当的遥远。这篇杂文的写作意图是通过论述中国人如何以照相来描写自己，来窥探民族的劣根性。鲁迅认为同性间的喜爱是一种变态的心理，与旧道德相苟同，表达了鲁迅对封建旧道德、旧礼数的鞭挞，对“中国最伟大艺术”的唾弃。

·品读与借鉴·

1. 结构明确、层次清楚。本文从三个方面来论述与照相之类相关的内容，十分清晰。第一部分是论述照相的起源，极力讽刺了人民的愚昧无知。第二部分从照相时的各种姿态形式来写照相的发展，对封建迷信将外来文化的神化进行了冷嘲热讽。第三部分论述了照相摄影与艺术的相结合，从中深刻剖析中国文化的特性，一针见血地讽刺了旧道德旧思想。

2. 合理运用典型的例证。例如，在论述无题之类中把摄影与艺术相结合，将京剧表演大师梅兰芳的照片论述一番，从而引出深刻的主题——我们中国的最伟大最永久的艺术是男人扮女人，从而对封建旧礼教进行了痛快淋漓的鞭挞。

看镜有感

因为翻衣箱，翻出几面古铜镜子来，大概是民国初年初到北京时候买在那里的，“情随事迁”，全然忘却，宛如见了隔世的东西了。

一面圆径不过二寸，很厚重，背面满刻蒲陶[①]，还有跳跃的鼯鼠，沿边是一圈小飞禽。古董店家都称为“海马葡萄镜”。但我的一面并无海马，其实和名称不相当。记得曾见过别一面，是有海马的，但贵极，没有买。这些都是汉代的镜子；后来也有模造或翻沙者，花纹可造粗拙得多了。汉武通大宛安息[②]，以致天马蒲萄，大概当时是视为盛事的，所以便取作什器的装饰。古时，于外来物品，每加海字，如海榴，海红花，海棠之类。海即现在之所谓洋，海马译成今文，当然就是洋马。镜鼻是一个虾蟆，则因为镜如满月，月中有蟾蜍之故，和汉事不相干了。

①蒲陶：即葡萄，下文亦作“葡萄”。

②大宛安息：即古代西域的大宛国、安息国。

遥想汉人多少闳放，新来的动植物，即毫不拘忌，来充装饰的花纹。唐人也还不算弱，例如汉人的墓前石兽，多是羊，虎，天禄[①]，辟邪[②]，而长安的昭陵上，却刻着带箭的骏马，还有一匹驼鸟，则办法简直前无古人。现今在坟墓上不待言，即平常的绘画，可有人敢用一朵洋花一只洋鸟，即私人的印章，可有人肯用一个草书一个俗字么？许多雅人，连记年月也必是甲子，怕用民国纪元。不知道是没有如此大胆的艺术家；还是虽有而民众都加迫害，他于是乎只得萎缩，死掉了？

宋的文艺，现在似的国粹气味就熏人。然而辽金元陆续进来了，这消息很耐寻味。汉唐虽然也有边患，但魄力究竟雄大，人民具有不至于为异族奴隶的自信心，或者竟毫未想到，凡取用外来事物的时候，就如将彼俘来一样，自由驱使，绝不介怀。一到衰弊陵夷之际，神经可就衰弱过敏了，每遇外国东西，便觉得仿佛彼来俘我一样，推拒，惶恐，退缩，逃避，抖成一团，又必想一篇道理来掩饰，而国粹遂成为孱王和孱奴的宝贝。

无论从那里来的，只要是食物，壮健者大抵就无需思索，承认是吃的东西。惟有衰病的，却总常想到害胃，伤身，特有许多禁条，许多避忌；还有一大套比较利害而终于不得要领的理由，例如吃固无妨，而不吃尤稳，食之或当有益，然究以不吃为宜云

①天禄：传说中产于西域类似鹿的动物。

②辟邪：中国神话传说中的一种形似狮而有翼的神兽。

云之类。但这一类人物总要日见其衰弱的，因为他终日战战兢兢，自己先已失了活气了。

不知道南宋比现今如何，但对外敌，却明明已经称臣，惟独在国内特多繁文缛节以及唠叨的碎话。正如倒霉人物，偏多忌讳一般，豁达闳大之风消歇净尽了。直到后来，都没有什么大变化。我曾在古物陈列所所陈列的古画上看见一颗印文，是几个罗马字母。但那是所谓“我圣祖仁皇帝”的印，是征服了汉族的主人，所以他敢；汉族的奴才是不敢的。便是现在，便是艺术家，可有敢用洋文的印的么？

清顺治中，时宪书[①]上印有“依西洋新法”五个字，痛哭流涕来劾洋人汤若望[②]的偏是汉人杨光先[③]。直到康熙初，争胜了，就教他做钦天监正去，则又叩阍以“但知推步之理不知推步之数”辞。不准辞，则又痛哭流涕地来做《不得已》，说道“宁可使中夏无好历法，不可使中夏有西洋人”。然而终于连闰月都算错了，他大约以为好历法专属于西洋人，中夏人自己是学不得，也学不好的。但他竟论了大辟，可是没有杀，放归，死于途中了。汤若望入中国还在明崇祯初，其法终未见用；后来阮元[④]论之

---

①时宪书：即历书。清代因避高宗弘历的名讳，改称历书为时宪书。

②汤若望：德国传教士，明代末年来中国。入清后任钦天监监正。

③杨光先：天文历算学者。清康熙时曾任钦天监监正，因推闰失误获罪。

④阮元（1764—1849）：清代学者，曾任两广总督，体仁大阁学士。著有《畴人传》等。

曰："明季君臣以大统寖疏，开局修正，既知新法之密，而讫未施行。圣朝定鼎，以其法造时宪书，颁行天下。彼十余年辩论翻译之劳，若以备我朝之采用者，斯亦奇矣!……我国家圣圣相传，用人行政，惟求其是，而不先设成心。即是一端，可以仰见如天之度量矣!"（《畴人传》四十五）

现在流传的古镜们，出自冢中者居多，原是殉葬品。但我也有一面日用镜，薄而且大，规抚汉制，也许是唐代的东西。那证据是：一、镜鼻已多磨损；二、镜面的沙眼都用别的铜来补好了。当时在妆阁中，曾照唐人的额黄和眉绿[①]，现在却监禁在我的衣箱里，它或者大有今昔之感罢。

但铜镜的供用，大约道光咸丰时候还与玻璃镜并行；至于穷乡僻壤，也许至今还用着。我们那里，则除了婚丧仪式之外，全被玻璃镜驱逐了。然而也还有余烈可寻，倘街头遇见一位老翁，肩了长凳似的东西，上面缚着一块猪肝色石和一块青色石，试伫听他的叫喊，就是"磨镜，磨剪刀!"

宋镜我没有见过好的，什九并无藻饰，只有店号或"正其衣冠"等类的迂铭词，真是"世风日下"。但是要进步或不退步，总须时时自出新裁，至少也必取材异域，倘若各种顾忌，各种小心，各种唠叨，这么做即违了祖宗，那么做又像了夷狄，终生惴惴如在薄冰上，发抖尚且来不及，怎么会做出好东西来。所以事

①额黄和眉绿：古代妇女在额头和眉毛上所作的修饰。

实上“今不如古”者，正因为有许多唠叨着“今不如古”的诸位先生们之故。现在情形还如此。倘再不放开度量，大胆地，无畏地，将新文化尽量地吸收，则杨光先似的向西洋主人沥陈中夏的精神文明的时候，大概是不劳久待的罢。

但我向来没有遇见过一个排斥玻璃镜子的人。单知道咸丰年间，汪曰桢[①]先生却在他的大著《湖雅》里攻击过的。他加以比较研究之后，终于决定还是铜镜好。最不可解的是：他说，照起面貌来，玻璃镜不如铜镜之准确。莫非那时的玻璃镜当真坏到如此，还是因为他老先生又带上了国粹眼镜之故呢？我没有见过古玻璃镜。这一点终于猜不透。

一九二五年二月九日

·背景与思想·

《看镜有感》感的是国人对民族精神的热爱的缺少，盲目地崇洋媚外，讽刺了国人对舶来品的惶恐和毕恭毕敬。几面铜镜暗含的是我们的国粹——民族独有的敢作敢为，知难而上的战斗精神。文中通过几个事例批判了国人的保守、敷衍、苟且，控诉了反动阶级摧残革命进步文化的卑劣行径，表达了鲁迅深深的忧国忧民的思想和渴望处于愚昧无知中的民众的反抗意识赶紧觉醒。

---

①汪曰桢（1813—1881）：清代学者，咸丰时任会稽教谕。著有《湖雅》等。

· 品读与借鉴 ·

1. 对比鲜明。文章中汉人和唐人大胆运用外来饰物与现今民众的胆小、“我圣祖仁皇帝”印文的敢与当今国民的不敢，没有排斥玻璃镜子的人与汪曰桢的大胆攻击等等，这些正反对比将国民的唯唯诺诺和铜臭味很好地表现出来，使读者理解文章更清晰，同时也大大增强了作者文化批判的力度。

2. 语句精练。如第四段在写“一到衰弊陵夷之际时，神经可就衰弱过敏了，每遇外国东西，便觉得仿佛彼来俘我一样，推拒，惶恐，退缩，逃避，抖成一团”，简洁有力地将民族的软弱之处痛快淋漓地表现出来。

春末闲谈

北京正是春末，也许我过于性急之故罢，觉着夏意了，于是突然记起故乡的细腰蜂[①]。那时候大约是盛夏，青蝇密集在凉棚索子上，铁黑色的细腰蜂就在桑树间或墙角的蛛网左近往来飞行，有时衔一支小青虫去了，有时拉一个蜘蛛。青虫或蜘蛛先是抵抗着不肯去，但终于乏力，被衔着腾空面去了，坐了飞机似的。

老前辈们开导我，那细腰蜂就是书上所说的果蠃，纯雌无雄，必须捉螟蛉去做继子的。她将小青虫封在窠里，自己在外面日日夜夜敲打着，祝道“像我像我”，经过若干日，——我记不清了，大约七七四十九日罢，——那青虫也就成了细腰蜂了，所以《诗经》里说：“螟蛉有子，果蠃负之。”螟蛉就是桑上小青虫。蜘蛛呢？他们没有提。我记得有几个考据家曾经立过异说，以为她其实自能生卵；其捉青虫，乃是填在窠里，给孵化出来的幼蜂做食料的。但我所遇见的前辈们都不采用此说，还道是拉去

①细腰蜂：一种属于膜翅目泥蜂科的昆虫，又名似我蛾。

做女儿。我们为存留天地间的美谈起见，倒不如这样好。当长夏无事，遣暑林阴，瞥见二虫一拉一拒的时候，便如睹慈母教女，满怀好意，而青虫的宛转抗拒，则活像一个不识好歹的毛鸦头。

但究竟是夷人可恶，偏要讲什么科学。科学虽然给我们许多惊奇，但也搅坏了我们许多好梦。自从法国的昆虫学大家发勃耳（Fabre）[①]仔细观察之后，给幼蜂做食料的事可就证实了。而且，这细腰蜂不但是普通的凶手，还是一种很残忍的凶手，又是一个学识技术都极高明的解剖学家。她知道青虫的神经构造和作用，用了神奇的毒针，向那运动神经球上只一螫，它便麻痹为不死不活状态，这才在它身上生下蜂卵，封入窠中。青虫因为不死不活，所以不动，但也因为不活不死，所以不烂，直到她的子女孵化出来的时候，这食料还和被捕当日一样的新鲜。

三年前，我遇见神经过敏的俄国的E君[②]，有一天他忽然发愁道，不知道将来的科学家，是否不至于发明一种奇妙的药品，将这注射在谁的身上，则这人即甘心永远去做服役和战争的机器了？那时我也就皱眉叹息，装作一齐发愁的模样，以示“所见略同”之至意，殊不知我国的圣君，贤臣，圣贤，圣贤之徒，却早已有过这一种黄金世界的理想了。不是“唯辟作福，唯辟作威，

---

①发勃耳（1823—1915）：通译法布尔，法国昆虫学家，动物行为学家，文学家。

②E君：即爱罗先珂，俄国诗人。

唯辟玉食”[1]么？不是“君子劳心，小人劳力”[2]么？不是“治于人者食（去声）人，治人者食于人”[3]么？可惜理论虽已卓然，而终于没有发明十全的好方法。要服从作威就须不活，要贡献玉食就须不死；要被治就须不活，要供养治人者又须不死。人类升为万物之灵，自然是可贺的，但没有了细腰蜂的毒针，却很使圣君，贤臣，圣贤，圣贤之徒，以至现在的阔人，学者，教育家觉得棘手。将来未可知，若已往，则治人者虽然尽力施行过各种麻痹术，也还不能十分奏效，与果赢并驱争先。即以皇帝一伦而言，便难免时常改姓易代，终没有“万年有道之长”；“二十四史”而多至二十四，就是可悲的铁证。现在又似乎有些别开生面了，世上诞生了一种所谓“特殊智识阶级”[4]的留学生，在研究室中研究之结果，说医学不发达是有益于人种改良的，中国妇女的境遇是极其平等的，一切道理都已不错，一切状态都已够好。E君的发愁，或者也不为无因罢，然而俄国是不要紧的，因为他们

---

①“唯辟作福，唯辟作威，唯辟玉食”：出自《尚书·洪范》，意思是君子有绝对权威，君主可以给人恩赐，可以给人惩罚，可以吃美好的玉食。用在这里有极大的讽刺意味。

②“君子劳心，小人劳力”：出自《左传》，有剥削阶级轻视体力劳动的意思。

③“治于人者食人，治人者食于人”：出自《孟子·滕文公》，脑力劳动者统治人，体力劳动者被人统治；被统治者养活别人，统治者靠别人养活。

④“特殊智识阶级”：这里指这些留学生。

不像我们中国，有所谓“特别国情”[①]，还有所谓“特殊智识阶级”。

但这种工作，也怕终于像古人那样，不能十分奏效的罢，因为这实在比细腰蜂所做的要难得多。她于青虫，只须不动，所以仅在运动神经球上一螫，即告成功。而我们的工作，却求其能运动，无知觉，该在知觉神经中枢，加以完全的麻醉的。但知觉一失，运动也就随之失却主宰，不能贡献玉食，恭请上自“极峰”下至“特殊智识阶级”的赏收享用了。就现在而言，窃以为除了遗老的圣经贤传法，学者的进研究室主义[②]，文学家和茶摊老板的莫谈国事[③]律，教育家的勿视勿听勿言勿动[④]论之外，委实还没有更好，更完全，更无流弊的方法。便是留学生的特别发见，其实也并未轶出了前贤的范围。

那么，又要“礼失而求诸野”[⑤]了。夷人，现在因为想去取

---

①“特别国情”：指1915年袁世凯阴谋恢复帝制时，曾发表谬论，“中国自有‘特别国情’，不适宜实行民主政治，应当恢复君主政体。”

②进研究室主义：指1919年7月，胡适提出学者“进研究室”“整理国故”的论调，误导广大青年逃避现实。

③莫谈国事：实指北洋军阀统治时期，实行黑暗恐怖政策，四处安插密探，就连茶馆酒肆里也贴有“莫谈国事”的字条。有些所谓的文人也高举“莫谈国事”的旗帜。

④勿视勿听勿言勿动：引自《论语·颜渊》：“非礼勿视，非礼勿听，非礼勿言，非礼勿动。”

⑤“礼失而求诸野”：见《汉书·艺文志》。意思就是不得不去民间寻找这种已在社会普遍丢失的传统的礼节、道德、文化等，意为尊重民意。

法，姑且称之为外国，他那里，可有较好的法子么？可惜，也没有。所有者，仍不外乎不准集会，不许开口之类，和我们中华并没有什么很不同。然亦可见至道嘉猷，人同此心，心同此理，固无华夷之限也。猛兽是单独的，牛羊则结队；野牛的大队，就会排角成城以御强敌了，但拉开一匹，定只能牟牟地叫。人民与牛马同流，——此就中国而言，夷人别有分类法云，——治之之道，自然应该禁止集合：这方法是对的。其次要防说话。人能说话，已经是祸胎了，而况有时还要做文章。所以苍颉造字，夜有鬼哭[①]。鬼且反对，而况于官？猴子不会说话，猴界即向无风潮，——可是猴界中也没有官，但这又作别论，——确应该虚心取法，反朴归真，则口且不开，文章自灭：这方法也是对的。然而上文也不过就理论而言，至于实效，却依然是难说。最显著的例，是连那么专制的俄国，而尼古拉二世[②]“龙御上宾”之后，罗马诺夫氏竟已“覆宗绝祀”了。要而言之，那大缺点就在虽有二大良法，而还缺其一，便是：无法禁止人们的思想。

于是我们的造物主——假如天空真有这样的一位“主子”——就可恨了：一恨其没有永远分清“治者”与“被治者”；二恨其不给治者生一枝细腰蜂那样的毒针；三恨其不将被

①苍颉造字，夜有鬼哭：见《淮南子·本经训》，“昔者苍颉作书而天雨粟，鬼夜哭。”意在讽刺反动派的御用文人荼毒大众的精神思想。

②尼古拉二世（1868—1918）：俄国最后一个沙皇，1894年—1917年在位。

治者造得即使砍去了藏着的思想中枢的脑袋而还能动作——服役。三者得一，阔人的地位即永久稳固，统御也永久省了气力，而天下于是乎太平。今也不然，所以即使单想高高在上，暂时维持阔气，也还得日施手段，夜费心机，实在不胜其委屈劳神之至……

假使没有了头颅，却还能做服役和战争的机械，世上的情形就何等地醒目呵!这时再不必用什么制帽勋章来表明阔人和窄人了，只要一看头之有无，便知道主奴，官民，上下，贵贱的区别。并且也不至于再闹什么革命，共和，会议等等的乱子了，单是电报，就要省下许多许多来。古人毕竟聪明，仿佛早想到过这样的东西，《山海经》[1]上就记载着一种名叫“刑天”的怪物。他没有了能想的头，却还活着，“以乳为目，以脐为口”，——这一点想得很周到，否则他怎么看，怎么吃呢，——实在是很值得奉为师法的。假使我们的国民都能这样，阔人又何等安全快乐？但他又“执干戚而舞”，则似乎还是死也不肯安分，和我那专为阔人图便利而设的理想底好国民又不同。陶潜[2]先生又有诗道：“刑天舞干戚，猛志固常在。”连这位貌似旷达的老隐士也这么说，可见无头也会仍有猛志，阔人的天下一时总怕难得太平的

①《山海经》：书里记载关于我国民间传统中的地理知识，还保存了不少古代流传下来的神话故事。

②陶潜：东晋诗人，著有《陶渊明集》。

了。但有了太多的“特殊智识阶级”的国民，也许有特在例外的希望；况且精神文明太高了之后，精神的头就会提前飞去，区区物质的头的有无也算不得什么难问题。

一九二五年四月二十二日

·背景与思想·

1925年，正值北洋军阀政府实行白色恐怖时期。反动统治阶级企图用各种“麻痹术”来统治处于水深火热中的人民大众，使其顺服他们卑劣的统治。在此情形下，试图拯救民族灵魂的鲁迅先生用精辟的论证写成此文来揭露反动统治阶级的这种骗民术，指出这种治民术是一种妄想，必将失败。

这是一篇论证性极强的杂文。本文看似闲谈，实际上具有统一的说理方向，把矛头直指反动统治者的精神控制手段，行文批驳有力，见解精到，战斗性很强。

·品读与借鉴·

1. 巧用借喻的修辞手法。文章的开头通过叙述采用麻痹术给细腰蜂繁殖后代的事例，来借喻反动统治阶级采用各种麻痹术来压制人民的思想言行所实行的黑暗恐怖政策。采用借喻的修辞手法使表达的形象性增强，析理严密透彻，很好地引导读者去联想本文作者所论证的中心——反动统治阶级的精神控制术。

2. 丰富的引言、史料和幽默风趣的语言。运用引言论述“黄金理想国”的不能实现，运用史料（尼古拉二世）说明高压政策必将被推翻，使用幽默风趣的语言来揭示“我们的造物主”和反动统治阶级即使采用了各种精神控制手段也不能压倒人民的战斗精神。这些不仅增强了文章的说服力，还增添了读者的阅读兴趣。

随感录三十八

中国人向来有点自大。——只可惜没有“个人的自大”，都是“合群的爱国的自大”。这便是文化竞争失败之后，不能再见振拔改进的原因。

“个人的自大”，就是独异，是对庸众宣战。除精神病学上的夸大狂外，这种自大的人，大抵有几分天才，——照Nordau[①]等说，也可说就是几分狂气。他们必定自己觉得思想见识高出庸众之上，又为庸众所不懂，所以愤世疾俗，渐渐变成厌世家，或“国民之敌”[②]。但一切新思想，多从他们出来，政治上宗教上道德上的改革，也从他们发端。所以多有这“个人的自大”的国民，真是多福气!多幸运!

① Nordau：通译诺尔道（1849—1923），出生于匈牙利的德国医生、政论家、小说家。

②“国民之敌”：原为挪威作家易卜生所著剧本《国民之敌》的主人公斯铎曼。

"合群的自大""爱国的自大"，是党同伐异，是对少数的天才宣战；——至于对别国文明宣战，却尚在其次。他们自己毫无特别才能，可以夸示于人，所以把这国拿来做个影子；他们把国里的习惯制度抬得很高，赞美的了不得；他们的国粹，既然这样有荣光，他们自然也有荣光了!倘若遇见攻击，他们也不必自去应战，因为这种蹲在影子里张目摇舌的人，数目极多，只须用mob[①]的长技，一阵乱噪，便可制胜。胜了，我是一群中的人，自然也胜了；若败了时，一群中有许多人，未必是我受亏：大凡聚众滋事时，多具这种心理，也就是他们的心理。他们举动，看似猛烈，其实却很卑怯。至于所生结果，则复古，尊王，扶清灭洋等等，已领教得多了。所以多有这"合群的爱国的自大"的国民，真是可哀，真是不幸!

不幸中国偏只多这一种自大：古人所作所说的事，没一件不好，遵行还怕不及，怎敢说到改革？这种爱国的自大家的意见，虽各派略有不同，根柢总是一致，计算起来，可分作下列五种。

甲云："中国地大物博，开化最早；道德天下第一。"这是完全自负。

乙云："外国物质文明虽高，中国精神文明更好。"

丙云："外国的东西，中国都已有过；某种科学，即某子所

①mob：群氓，乌合之众。

说的云云。”这两种都是“古今中外派”的支流；依据张之洞[①]的格言，以“中学为体西学为用”的人物。

丁云：“外国也有叫化子，——（或云）也有草舍，——娼妓，——臭虫。”这是消极的反抗。

戊云：“中国便是野蛮的好。”又云：“你说中国思想昏乱，那正是我民族所造成的事业的结晶。从祖先昏乱起，直要昏乱到子孙；从过去昏乱起，直要昏乱到未来。……（我们是四万万人，）你能把我们灭绝么？[②]”这比“丁”更进一层，不去拖人下水，反以自己的丑恶骄人；至于口气的强硬，却很有《水浒传》中牛二的态度。

五种之中，甲乙丙丁的话，虽然已很荒谬，但同戊比较，尚觉情有可原，因为他们还有一点好胜心存在。譬如衰败人家的子弟，看见别家兴旺，多说大话，摆出大家架子；或寻求人家一点破绽，聊给自己解嘲。这虽然极是可笑，但比那一种掉了鼻子，还说是祖传老病，夸示于众的人，总要算略高一步了。

戊派的爱国论最晚出，我听了也最寒心；这不但因其居心可怕，实因他所说的更为实在的缘故。昏乱的祖先，养出昏乱的子

---

①张之洞（1837—1909）：清末洋务派首领之一。

②这里是指任鸿隽的言论。当时钱玄同等人提出，改造中国旧文化须首先废灭汉字。任鸿隽为反驳此说，称：中国的混乱根源不仅在文字，而且存在于所有中国人的心脑中，所以“若要中国好，除非使中国人种先行灭绝!”

孙，正是遗传的定理。民族根性造成之后，无论好坏，改变都不容易的。法国G.Le Bon[①]著《民族进化的心理》中，说及此事道（原文已忘，今但举其大意）——“我们一举一动，虽似自主，其实多受死鬼的牵制。将我们一代的人，和先前几百代的鬼比较起来，数目上就万不能敌了。”我们几百代的祖先里面，昏乱的人，定然不少：有讲道学的儒生，也有讲阴阳五行的道士，有静坐炼丹的仙人，也有打脸打把子[②]的戏子。所以我们现在虽想好好做“人”，难保血管里的昏乱分子不来作怪，我们也不由自主，一变而为研究丹田脸谱的人物：这真是大可寒心的事。但我总希望这昏乱思想遗传的祸害，不至于有梅毒那样猛烈，竟至百无一免。即使同梅毒一样，现在发明了六百零六[③]，肉体上的病，既可医治；我希望也有一种七百零七的药，可以医治思想上的病。这药原来也已发明，就是“科学”一味。只希望那班精神上掉了鼻子的朋友，不要又打着“祖传老病”的旗号来反对吃药，中国的昏乱病，便也总有全愈的一天。祖先的势力虽大，但如从现代起，立意改变：扫除了昏乱的心思，和助成昏乱的物事（儒道两派的文书），再用了对症的药，即使不能立刻奏效，也可把那病毒略略羼淡。如此几代之后待我们成了祖先的时候，就可以分得

①G.Le Bon：通译靳朋（1841—1931），法国医生，心理学家。

②打脸：戏曲的花脸角色勾画脸谱。打把子：戏曲中的武打。

③六百零六：即六〇六，一种抗梅毒药。

昏乱祖先的若干势力，那时便有转机，Le Bon所说的事，也不足怕了。

以上是我对于“不长进的民族”的疗救方法；至于“灭绝”一条，那是全不成话，可不必说。“灭绝”这两个可怕的字，岂是我们人类应说的？只有张献忠[①]这等人曾有如此主张，至今为人类唾骂；而且于实际上发生出什么效验呢？但我有一句话，要劝戊派诸公。“灭绝”这句话，只能吓人，却不能吓倒自然。他是毫无情面：他看见有自向灭绝这条路走的民族，便请他们灭绝，毫不客气。我们自己想活，也希望别人都活；不忍说他人的灭绝，又怕他们自己走到灭绝的路上，把我们带累了也灭绝，所以在此着急。倘使不改现状，反能兴旺，能得真实自由的幸福生活，那就是做野蛮也很好。——但可有人敢答应说“是”么？

·背景与思想·

《随感录三十八》选自鲁迅的杂文集《热风》，收录在此文集的杂文都表现了鲁迅先生对当时令人窒息并且感到“寒冽”的社会现状的不满，同时也体现了鲁迅先生敦促国人改造旧社会的强烈愿望。

“狂妄自大”自始至终都是国人的一大劣根性，旧社会如此，当今社会也不例外。本文，鲁迅先生对这一中华民族的劣根性进行了透彻地剖析，时刻提醒国人进行自我反思，具有很高的艺术性和时代价值。

---

①张献忠（1606—1646）：明末农民起义军首领。

·品读与借鉴·

1. 论点明确。文章开篇就提出了本文的论点——中国人向来有点自大。而后，全文始终围绕着这个论点来谋篇布局。文章睿智地提出了两种不同的“自大”：一是“合群的自大”即党同伐异，支持这种自大产生的后果往往是阻碍社会的进步；二是思想上的独异，超乎寻常，积极倡导新的革命，促进社会的进步。

2. 强烈的讽刺意味。全篇上下充满了强烈的讽刺意味，如：文章的结尾在论述“不长进的民族”的疗救方法时所提出“灭绝”这句话，只能吓人，却不能吓倒自然。这样大大增强了文章的战斗性，使讽刺的效果一目了然。

随感录四十八

中国人对于异族，历来只有两样称呼：一样是禽兽，一样是圣上。从没有称他朋友，说他也同我们一样的。

古书里的弱水[①]，竟是骗了我们：闻所未闻的外国人到了；交手几回，渐知道“子曰诗云”似乎无用，于是乎要维新。

维新以后，中国富强了，用这学来的新，打出外来的新，关上大门，再来守旧。

可惜维新单是皮毛，关门也不过一梦。外国的新事理，却愈来愈多，愈优胜，“子曰诗云”也愈挤愈苦，愈看愈无用。于是从那两样旧称呼以外，别想了一样新号：“西哲”，或曰“西儒”。

他们的称号虽然新了，我们的意见却照旧。因为“西哲”的本领虽然要学，“子曰诗云”也更要昌明。换几句话，便是学了外国本领，保存中国旧习。本领要新，思想要旧。要新本领旧思

①弱水：中国古代传说中把不便通航的水道称之为“弱水”，认为是水弱而不能载舟。始见于《尚书·禹贡》：“导弱水至于合黎。”

想的新人物，驼了旧本领旧思想的旧人物，请他发挥多年经验的老本领。一言以蔽之：前几年谓之“中学为体，西学为用”，这几年谓之“因时制宜，折衷至当”。

其实世界上决没有这样如意的事。即使一头牛，连生命都牺牲了，尚且祀了孔便不能耕田，吃了肉便不能榨乳。何况一个人先须自己活着，又要驼了前辈先生；活着的时候，又须恭听前辈先生的折衷：早上打拱，晚上握手；上午“声光化电”，下午“子曰诗云”呢?

社会上最迷信鬼神的人，尚且只能在赛会[①]这一日抬一回神舆。不知那些学“声光化电”的“新进英贤”，能否驼着山野隐逸，海滨遗老，折衷一世?

“西哲”易卜生盖以为不能，以为不可。所以借了Brand的嘴说：“All or nothing!”[②]

·背景与思想·

《随感录四十八》是鲁迅针对新技术传入中国在社会上所产生的影响所作的文章。文章指出，维新所产生的作用寥寥。“他们的称号虽然新了，我们的意见却照旧。”意思是说，虽然学到了外国的本

①赛会：旧时民间酬神祈福的祭典活动。

②Brand：译名勃兰特，易卜生剧作《勃兰特》中的人物。“All or nothing”，英语：“不能完全，宁可不要!”

领，但是国人的思想却是守旧的。社会的进步依靠的是民族思想上的进步，而维新，单纯的引入新技术从根本上是拯救不了守旧的旧社会的，只不过是关门梦一场。提醒国人抛弃旧习，呼唤新意识的觉醒。

·品读与借鉴·

1. 内容深刻，论证严密。文章透过现象剖析出问题的本质，精辟地指出了虽然维新，但是思想上是守旧的，这对于社会的进步是宁可不要的。文章虽然短小，但是论证相当的严密，如第五段论证国人的新本领与旧思想的关系。

2. 态度鲜明。本文的结尾引用了易卜生的剧作《勃兰特》中的人物语言："All or nothing!"表达了作者鲜明的态度。引用别人的话增强了说服力，起到很好的警示作用。

所谓“国学”

现在暴发的“国学家”之所谓“国学”是什么？

一是商人遗老们翻印了几十部旧书赚钱，二是洋场上的文豪又做了几篇鸳鸯蝴蝶体①小说出版。

商人遗老们的印书是书籍的古董化，其置重不在书籍而在古董。遗老有钱，或者也不过聊以自娱罢了，而商人便大吹大擂的借此获利。还有茶商盐贩，本来是不齿于“士类”的，现在也趁着新旧纷扰的时候，借刻书为名，想挨进遗老遗少的“士林”里去。他们所刻的书都无民国年月，辨不出是元版是清版，都是古董性质，至少每本两三元，绵连，锦帙②，古色古香，学生们是买不起的。这就是他们之所谓“国学”。

①鸳鸯蝴蝶体：指清末民初兴起的一种描写才子佳人乃至嫖客妓女的言情、狎邪小说。该派早期代表作家有徐枕亚、吴双热、李定夷等。后期鸳鸯蝴蝶派作家多用白话写作，后来另有一说为“民国旧派小说”。

②绵连：即连史纸，一种传统手工纸，旧时常用于印刷书籍。锦帙：用锦缎装裱的书函。

然而巧妙的商人可也决不肯放过学生们的钱的，使用坏纸恶墨别印什么“菁华”什么“大全”之类来搜刮。定价并不大，但和纸墨一比较却是大价了。至于这些“国学”书的校勘，新学家不行，当然是出于上海的所谓“国学家”的了，然而错字迭出，破句连篇（用的并不是新式圈点），简直是拿少年来开玩笑。这是他们之所谓“国学”。

洋场上的往古所谓文豪，“卿卿我我”“蝴蝶鸳鸯”诚然做过一小堆，可是自有洋场以来，从没有人称这些文章（？）为国学，他们自己也并不以“国学家”自命的。现在不知何以，忽而奇想天开，也学了盐贩茶商，要凭空挨进“国学家”队里去了。然而事实很可惨，他们之所谓国学，是“拆白之事各处皆有而以上海一隅为最甚（中略）余于课余之暇不惜浪费笔墨编纂事实作一篇小说以饷阅者想亦阅者所乐闻也”。（原本每句都密圈，今从略，以省排工，阅者谅之。）

“国学”乃如此而已乎？

试去翻一翻历史里的儒林和文苑传罢，可有一个将旧书当古董的鸿儒，可有一个以拆白饷阅者的文士？

倘说，从今年起，这些就是“国学”，那又是“新”例了。你们不是讲“国学”的么？

·背景与思想·

我们常说的“国学”在通常意义之下是指以儒家思想为主体的中国传统文化与学术思想。而这篇“所谓‘国学’”却独辟蹊径定义了两种不同的“国学”现象，借此鲁迅先生极力讽刺了旧社会打着“国学”旗号翻印旧书赚钱的和那些“卿卿我我”、无病呻吟的“鸳鸯蝴蝶体”小说。鲁迅先生认为中华民族已经到了生死存亡的危急时刻，国人应当提高救国救民打倒帝国主义和剔除封建思想的自我拯救意识。而当时的“国学”其实是一种不明是非、自我逃避的现象。

·品读与借鉴·

1. 开宗明义，明确主题。开篇巧妙地运用一问一答的写作方式立即引起读者的阅读兴趣，同时也摆出了文章的中心主题。句式简洁明确，笔墨不多，却言简意赅，这样不仅使文章在结构安排上十分合理，同时也使后面的行文舒展自如，有的放矢。

2. 巧妙运用反语。巧妙运用反语是鲁迅杂文的一大特色。例如，在写商人遗老们所刻的书学生们买不起，并且说这就是所谓的“国学”。表面上肯定，其实暗含丰富的潜台词，讽刺封建遗老们打着“国学”的幌子，图谋不轨。反语极具讽刺的意味，大大提高了文化批判的力度，起到很好的警示作用。

咬文嚼字（一至二）

一

以摆脱传统思想的束缚而来主张男女平等的男人，却偏喜欢用轻靓艳丽字样来译外国女人的姓氏：加些草头，女旁，丝旁。不是“思黛儿”，就是“雪琳娜”。西洋和我们虽然远哉遥遥，但姓氏并无男女之别，却和中国一样的，——除掉斯拉夫民族在语尾上略有区别之外。所以如果我们周家的姑娘不另姓绸，陈府上的太太也不另姓蔯，则欧文[①]的小姐正无须改作妸纹，对于托尔斯泰[②]夫人也不必格外费心，特别写成妥孋丝苔也。

以摆脱传统思想的束缚而来介绍世界文学的文人，却偏喜欢使外国人姓中国姓：Gogol姓郭；Wilde姓王；D’An-nunzio姓段，一姓唐；Holz姓何；Gorky姓高；Galsworthy 也姓高，假使他谈到

①欧文：英、美人的姓。

②托尔斯泰：俄国人的姓。

Gorky[1]，大概是称他“吾家rky”[2]的了。我真万料不到一本《百家姓》[3]，到现在还有这般伟力。

一月八日

二

古时候，咱们学化学，在书上很看见许多“金”旁和非“金”旁的古怪字，据说是原质原质：元素的旧称。名目，偏旁是表明“金属”或“非金属”的，那一边大概是译音。但是，鍷，锡，锡，错，矽[4]，连化学先生也讲得很费力，总须附加道：“这回是熟悉的悉。这回是休息的息了。这回是常见的锡。”而学生们为要记得符号，仍须另外记住腊丁字。现在渐渐译起有机化学来，因此这类怪字就更多了，也更难了，几个字拼合起来，像贴在商人帐桌面前的将“黄金萬两”拼成一个的怪字一样。中国的化学

---

①Gogol：果戈理（1809—1852），俄国作家。

Wilde：王尔德（1856—1900），英国作家。

D' An-nunzio：邓南遮（1863—1938），意大利作家。

Holz：何尔兹（1863—1929），德国作家。

Gorky：高尔基（1868—1936），苏联无产阶级作家。

Galsworthy：高尔斯华绥（1867—1933），英国作家。

②“吾家rky”：即吾家尔基。这里是对当时某些文人把“高尔基”误为姓高名尔基的讽刺。

③《百家姓》：旧时学塾所用的识字课本。

④鍷、锡、锡、错、矽：化学元素的旧译名。其中除锡外，其他四种的今译名顺序为铯、锶、铈、硅。

家多能兼做新仓颉[1]。我想，倘若就用原文，省下造字的功夫来，一定于本职的化学上更其大有成绩，因为中国人的聪明是决不在白种人之下的。

在北京常看见各样好地名：辟才胡同，乃兹府，丞相胡同，协资庙，高义伯胡同，贵人关。但探起底细来，据说原是劈柴胡同，奶子府，绳匠胡同，蝎子庙，狗尾巴胡同，鬼门关。字面虽然改了，涵义还依旧。这很使我失望；否则，我将鼓吹改奴隶二字为“弩理”，或是“努礼”，使大家可以永远放心打盹儿，不必再愁什么了。但好在似乎也并没有什么人愁着，爆竹毕毕剥剥地都祀过财神了。

二月十日

· 背景与思想 ·

《咬文嚼字》是鲁迅杂文集《华盖集》中十分具有代表性的一篇杂文。鲁迅先生自称为“碰了两个大钉子”。其一就是因《咬文嚼字》的发表受到廖仲潜、潜源等文人学者的反对而受到攻击。这篇杂文主要是针对当时的翻译界出现的两个不正常的现象进行有力的批驳和深刻而精辟的讽刺。第一种现象是翻译者不伦不类地翻译外国的姓氏，说明了中国传统思想对国人严重的束缚。第二种现象是翻译者善于玩弄文字游戏，制造出怪僻的字眼令人忍俊不禁。表达了鲁迅先生对当时翻译界的强烈不满和憎恶。

---

①仓颉：亦作“苍颉”，相传是黄帝的史官，汉字最初的创造者。

·品读与借鉴·

1. 典型事例的巧妙运用。文章第一部分用了“使用轻靓艳丽字样来译外国女人的姓氏”和“介绍世界文学的文人使用外国人姓中国姓”两个典型的事例，以此来作为摆脱传统思想的束缚的幌子，实在是在做无用功。第二部分，“化学家的制造怪字和北京的好地名”，是在辛辣地讽刺所谓的“咬文嚼字”所制造的不必要的繁复嘈杂，没有从根本上体现文字涵义的问题。

2. 丰富的形象化语言。本文的语言简明，生动形象，如在论述化学家的造字中写道“几个字拼合起来，像贴在商人帐桌面前的将‘黄金萬两’拼成一个的怪字一样”，将“咬文嚼字”的弊端形象地展现出来，化抽象深奥于浅显，易于理解。

战士和苍蝇

Schopenhauer[①]说过这样的话：要估定人的伟大，则精神上的大和体格上的大，那法则完全相反。后者距离愈远即愈小，前者却见得愈大。

正因为近则愈小，而且愈看见缺点和创伤，所以他就和我们一样，不是神道，不是妖怪，不是异兽。他仍然是人，不过如此。但也惟其如此，所以他是伟大的人。

战士战死了的时候，苍蝇们所首先发见[②]的是他的缺点和伤痕，嘬[③]着，营营地叫着，以为得意，以为比死了的战士更英雄。但是战士已经战死了，不再来挥去他们。于是乎苍蝇们即更其营营地叫，自以为倒是不朽的声音，因为它们的完全，远在战士之上。

的确的，谁也没有发见过苍蝇们的缺点和创伤。

---

①Schopenhauer：叔本华（1788—1860），德国哲学家，唯意志论者。这里引述的话，见他的《比喻·隐喻和寓言》一文。

②见：此处音义同“现”（xiàn）。

③嘬（zuō）：聚缩嘴唇吮吸。

然而，有缺点的战士终竟是战士，完美的苍蝇也终竟不过是苍蝇。

去罢，苍蝇们!虽然生着翅子，还能营营，总不会超过战士的。你们这些虫豸[1]们!

一九二五年三月二十一日

·背景与思想·

寓言常常以小见大，用人们所熟知的事物来阐释深刻复杂的道理。本文就是一篇寓言式的杂文，通过讴歌“战士”的伟大来反衬“苍蝇们”的渺小。鲁迅在《集外集拾遗·这是这么一个意思》里说过：“所谓战士者，是指中山先生和民国元年前后殉国而反受奴才们讥笑糟蹋的先烈；苍蝇则当然是指奴才们。”此后，又在《中山先生逝世一周年》中写道：“他是一个全体，永远的革命者。无论所做那一件，全都是革命。无论后人如何吹求他，冷落他，他终于全都是革命。”

这篇杂文冷嘲热讽了封建制度下的反动阶级及其走狗们的卑劣行径，高度赞扬了孙中山先生及其领导的无产阶级革命战士为改造旧社会所做的丰功伟绩。

---

①豸（zhì）：虫豸是古代对虫子的通称。

·品读与借鉴·

1. 形象生动。这里运用苍蝇来比喻攻击革命派的奴才们的丑恶嘴脸和肮脏灵魂，形象贴切，无情地揭露和抨击了专与革命为敌的奴才们，大大增强了文章的攻击性。同时文章对苍蝇们进行了细致的细节描写，如：苍蝇发现了战士的尸体营营地叫着等。这些细节描写都是为了更好地控诉奴才们的无耻，与战士的伟大精神形成鲜明的对比。

2. 意义深远。陈锦魁先生在《鲁迅杂文选讲》中说过："文中描写的战士和苍蝇就起到了'标本'的作用，它的意义，远远超出了彼时彼地的具体人物和事件，今天读来仍有深刻的启示。"确实苍蝇和战士仍然存在于当今的社会，可以类比不同行业的不同的人和事，都能从苍蝇和战士身上找到影子。这也是鲁迅杂文恒久的魅力所在。

夏三虫

夏天近了，将有三虫：蚤，蚊，蝇。

假如有谁提出一个问题，问我三者之中，最爱什么，而且非爱一个不可，又不准像“青年必读书”[①]那样的缴白卷的。我便只得回答道：跳蚤。

跳蚤的来吮血，虽然可恶，而一声不响地就是一口，何等直截爽快。蚊子便不然了，一针叮进皮肤，自然还可以算得有点彻底的，但当未叮之前，要哼哼地发一篇大议论，却使人觉得讨厌。如果所哼的是在说明人血应该给它充饥的理由，那可更其讨厌了，幸而我不懂。

野雀野鹿，一落在人手中，总时时刻刻想要逃走。其实，在山林间，上有鹰鹯[②]，下有虎狼，何尝比在人手里安全。为什么当

①1925年1月，《京报副刊》刊出启事，征求“青年爱读书”和“青年必读书”各十部的书目。其后一项邀请一些名人开书目，鲁迅也在被邀之列。鲁迅的回答是“从来没有留心过，所以现在说不出”。

②鹯（zhān）：古书上指一种猛禽。

初不逃到人类中来，现在却要逃到鹰鹯虎狼间去？或者，鹰鹯虎狼之于它们，正如跳蚤之于我们罢。肚子饿了，抓着就是一口，决不谈道理，弄玄虚。被吃者也无须在被吃之前，先承认自己之理应被吃，心悦诚服，誓死不二。人类，可是也颇擅长于哼哼的了，害中取小，它们的避之惟恐不速，正是绝顶聪明。

苍蝇嗡嗡地闹了大半天，停下来也不过舐一点油汗，倘有伤痕或疮疖，自然更占一些便宜；无论怎么好的，美的，干净的东西，又总喜欢一律拉上一点蝇矢。但因为只舐一点油汗，只添一点腌臜，在麻木的人们还没有切肤之痛，所以也就将它放过了。中国人还不很知道它能够传播病菌，捕蝇运动大概不见得兴盛。它们的运命是长久的；还要更繁殖。

但它在好的，美的，干净的东西上拉了蝇矢之后，似乎还不至于欣欣然反过来嘲笑这东西的不洁：总要算还有一点道德的。

古今君子，每以禽兽斥人，殊不知便是昆虫，值得师法的地方也多着哪。

· 背景与思想 ·

《夏三虫》同样也是一篇寓言式的杂文。这篇文章通过三种常见的虫豸形象地抨击了当时黑暗社会中的三类祸国殃民的势力，即帝国主义分子、资产阶级帮闲们、国民党反动派。同时也入木三分地讽刺了这三种势力的丑恶无耻的嘴脸和卑劣行径。虽然鲁迅的这篇文章写于八十多年前，但那些“夏虫们”仍充斥在如今的社会中，他们专门啃食弱者身上的肉血，这些“虫豸们”并没有因为社会的进步而改变它们那些危害弱小的本性。

·品读与借鉴·

1. 生动形象的比喻。本文通过夏天的三种虫豸：蚤、蚊、蝇来比喻现实社会中的三种吸血、舐油污汗渍的人群。写蚊子在“未叮之前，要哼哼地发一篇大议论”，“说明人血应该给它充饥的理由”，形象地将资产阶级的走狗嘴脸展现出来。这三种比喻形象地将三种人群的卑劣行径本质淋漓尽致地揭露出来。

2. 鲜明透彻的对比。文章在描写跳蚤、蚊子、苍蝇的特点时合理运用了鲜明的对比手法。如第三自然段写跳蚤只是一声不响地吸口血，而蚊子在吸血前要“发一篇大议论”，这样鲜明的对比更好地使读者理解这两种虫豸所代表的帝国主义分子和资产阶级帮闲们的本质特征。

我观北大

因为北大学生会的紧急征发，我于是总得对于本校的二十七周年纪念来说几句话。

据一位教授[1]的名论，则“教一两点钟的讲师”是不配与闻校事的，而我正是教一点钟的讲师。但这些名论，只好请恕我置之不理；——如其不恕，那么，也就算了，人那里顾得这些事。

我向来也不专以北大教员自居，因为另外还与几个学校有关系。然而不知怎的，——也许是含有神妙的用意的罢，今年忽而颇有些人指我为北大派。我虽然不知道北大可真有特别的派，但也就以此自居了。北大派么？就是北大派！怎么样呢？

但是，有些流言家幸勿误会我的意思，以为谣我怎样，我便怎样的。我的办法也并不一律。譬如前次的游行，报上谣我被打落了两个门牙，我可决不肯具呈警厅，吁请补派军警，来将我的门牙从新打落。我之照着谣言做去，是以专检自己所愿意者为限的。

---

①指高仁山。

我觉得北大也并不坏。如果真有所谓派，那么，被派进这派里去，也还是也就算了。理由在下面。

既然是二十七周年，则本校的萌芽，自然是发于前清的，但我并民国初年的情形也不知道。惟据近七八年的事实看来，第一，北大是常为新的，改进的运动的先锋，要使中国向着好的，往上的道路走。虽然很中了许多暗箭，背了许多谣言；教授和学生也都逐年地有些改换了，而那向上的精神还是始终一贯，不见得弛懈。自然，偶尔也免不了有些很想勒转马头的，可是这也无伤大体，“万众一心”，原不过是书本子上的冠冕话。

第二，北大是常与黑暗势力抗战的，即使只有自己。自从章士钊提了“整顿学风”①的招牌来“作之师”②，并且分送金款③以来，北大却还是给他一个依照彭允彝④的待遇。现在章士钊虽然还伏在暗地里做总长⑤，本相却已显露了；而北大的校格也就愈明白。那时固然也曾显出一角灰色，但其无伤大体，也和第一条所说相同。

---

①“整顿学风”：章士钊1925年发起。

②“作之师”：出自《尚书·泰誓》。

③金款：1925年段祺瑞政府与法国政府的金法郎赔付协议完成后收回的一笔钱。

④彭允彝：湖南湘潭人，北洋政府教育总长。

⑤指段祺瑞并未下台，章士钊也仍在暗中管理部务。

我不是公论家，有上帝一般决算功过的能力。仅据我所感得的说，则北大究竟还是活的，而且还在生长的。凡活的而且在生长者，总有着希望的前途。

今天所想到的就是这一点。但如果北大到二十八周年而仍不为章士钊者流所谋害[①]，又要出纪念刊，我却要预先声明：不来多话了。一则，命题作文，实在苦不过；二则，说起来大约还是这些话。

一九二五年十二月十三日

·背景与思想·

本文写于1925年12月13日，正值北大27周年校庆，鲁迅先生应北大学生会的邀请撰写此文，高度赞扬了北大人秉持始终一贯向上、从容面对一切、奋发图强、毫不懈怠地前行的精神。“虽中了许多暗箭，背了许多谣言；教授和学生也都逐年地有些改换了，而那向上的精神还是始终一贯，不见得弛懈。”“北大是常与黑暗势力抗战的，即使只有自己。”高度透辟地概括了北大风骨和北大精神。在过去将近一百年的时间里，鲁迅先生的话仍然是鼓舞北京大学不断奋发前行、不断开拓进取的重要精神财富。

---

①章士钊一再压迫北京大学，先是以《甲寅》周刊散布解散北大的谣言进行威胁，接着是1925年9月5日停发北大经费。

· 品读与借鉴 ·

1. 结构紧凑，内容完整。开篇简洁了当地说明此文的由来，而后作者写道，虽谣言不断，但是依然对北大抱有热爱之心。接下来鲁迅又用高度概括性的语言写了北大的精神，令人振奋。最后，又写道如果北大28周年之际再出刊纪念便“不来多话了”，因为“说起来大约还是这些话”，由此体现鲁迅先生对北大精神的高度赞扬。这样的行文安排不仅使文章结构十分紧凑，内容也充实完整。

2. 过渡段运用得体。文章前半部分运用了大量的笔墨来写一些流言家的谣言，鲁迅先生对这些流言置之不理并写了“我觉得北大也并不坏”一段，这一自然段合理运用了过渡，起到了承上启下的作用，使文章连贯成一体。

学界的三魂

从《京报副刊》上知道有一种叫《国魂》[①]的期刊，曾有一篇文章说章士钊固然不好，然而反对章士钊的“学匪”们也应该打倒。我不知道大意是否真如我所记得？但这也没有什么关系，因为不过引起我想到一个题目，和那原文是不相干的。意思是，中国旧说，本以为人有三魂六魄，或云七魄；国魂也该这样。而这三魂之中，似乎一是“官魂”，一是“匪魂”，还有一个是什么呢？也许是“民魂”罢，我不很能够决定。又因为我的见闻很偏隘，所以未敢悉指中国全社会，只好缩而小之曰“学界”。

中国人的官瘾实在深，汉重孝廉而有埋儿刻木[②]，宋重理学[③]而有高帽破靴，清重帖括[④]而有“且夫”“然则”。总而言之：那

①《国魂》：1925年10月在北京创刊，国家主义派所办的一种旬刊。

②汉朝选用人材的制度中，有推举“孝子”和“廉士”做官的一项办法。

③理学：亦称道学，即宋代程颢、程颐、朱熹等人阐释儒家学说而形成的唯心主义思想体系。

④帖括：科举考试文体之名，这里指八股文。

魂灵就在做官，——行官势，摆官腔，打官话。顶着一个皇帝做傀儡，得罪了官就是得罪了皇帝，于是那些人就得了雅号曰“匪徒”。学界的打官话是始于去年，凡反对章士钊的都得了“土匪”“学匪”“学棍”的称号，但仍然不知道从谁的口中说出，所以还不外乎一种“流言”。

但这也足见去年学界之糟了，竟破天荒的有了学匪。以大点的国事来比罢，太平盛世，是没有匪的；待到群盗如毛时，看旧史，一定是外戚，宦官，奸臣，小人当国，即使大打一通官话，那结果也还是“呜呼哀哉”。当这“呜呼哀哉”之前，小民便大抵相率而为盗，所以我相信源增[①]先生的话：“表面上看只是些土匪与强盗，其实是农民革命军。”（《国民新报副刊》四三）那么，社会不是改进了么？并不，我虽然也是被谥为“土匪”之一，却并不想为老前辈们饰非掩过。农民是不来夺取政权的，源增先生又道：“任三五热心家将皇帝推倒，自己过皇帝瘾去。”但这时候，匪便被称为帝，除遗老外，文人学者却都来恭维，又称反对他的为匪了。

所以中国的国魂里大概总有这两种魂：官魂和匪魂。这也并非硬要将我辈的魂挤进国魂里去，贪图与教授名流的魂为伍，只因为事实仿佛是这样。社会诸色人等，爱看《双官诰》[②]，也爱看

①源增：姓谷，山东文登人，北京大学法文系学生。

②《双官诰》：戏曲名。

《四杰村》[1]，望偏安巴蜀的刘玄德成功，也愿意打家劫舍的宋公明得法；至少，是受了官的恩惠时候则艳羡官僚，受了官的剥削时候便同情匪类。但这也是人情之常；倘使连这一点反抗心都没有，岂不就成为万劫不复的奴才了？

然而国情不同，国魂也就两样。记得在日本留学时候，有些同学问我在中国最有大利的买卖是什么，我答道："造反。"他们便大骇怪。在万世一系的国度里，那时听到皇帝可以一脚踢落，就如我们听说父母可以一棒打杀一般。为一部分士女所心悦诚服的李景林[2]先生，可就深知此意了，要是报纸上所传非虚。今天的《京报》即载着他对某外交官的谈话道："予预计于旧历正月间，当能与君在天津晤谈；若天津攻击竟至失败，则拟俟三四月间卷土重来，若再失败，则暂投土匪，徐养兵力，以待时机"云。但他所希望的不是做皇帝，那大概是因为中华民国之故罢。

所谓学界，是一种发生较新的阶级，本该可以有将旧魂灵略加湔洗[3]之望了，但听到"学官"的官话，和"学匪"的新名，则似乎还走着旧道路。那末，当然也得打倒的。这来打倒他的是"民魂"，是国魂的第三种。先前不很发扬，所以一闹之后，终不自取政权，而只"任三五热心家将皇帝推倒，自己过皇帝瘾

---

①《四杰村》：京剧名。故事出自清代无名氏著《绿牡丹》。

②李景林：字芳岑，河北枣强人。奉系军阀，曾任直隶督军。

③湔（jiān）洗：除去（耻辱、污点等）。湔，洗。

去”了。

惟有民魂是值得宝贵的，惟有他发扬起来，中国才有真进步。但是，当此连学界也倒走旧路的时候，怎能轻易地发挥得出来呢？在乌烟瘴气之中，有官之所谓“匪”和民之所谓匪；有官之所谓“民”和民之所谓民；有官以为“匪”而其实是真的国民，有官以为“民”而其实是衙役和马弁。所以貌似“民魂”的，有时仍不免为“官魂”，这是鉴别魂灵者所应该十分注意的。

话又说远了，回到本题去。去年，自从章士钊提了“整顿学风”[①]的招牌，上了教育总长的大任之后，学界里就官气弥漫，顺我者“通”[②]，逆我者“匪”，官腔官话的余气，至今还没有完。但学界却也幸而因此分清了颜色；只是代表官魂的还不是章士钊，因为上头还有“减膳”执政[③]在，他至多不过做了一个官魄；现在是在天津“徐养兵力，以待时机”了。我不看《甲寅》[④]，不知道说些什么话：官话呢，匪话呢，民话呢，衙役马弁话呢？……

一月二十四日

①“整顿学风”：1925年8月25日，段祺瑞政府内阁会议通过了章士钊草拟的《整顿学风令》，并由执政府明令发表。

②顺我者“通”：这是作者对章士钊、陈西滢等人的讽刺。

③“减膳”执政：指段祺瑞。

④《甲寅》：指《甲寅》周刊。

·背景与思想·

鲁迅在这篇文章中深入剖析了整个国魂的本质特征，不遗余力地批判国民的劣根性。本杂文从国魂的切入点出发，深刻论述了“官魂”“匪魂”和“民魂”之间的联系，并且指出了“官魂”“匪魂”严重阻碍了社会的发展，讴歌了民魂。

五千年封建王朝下的官本位，使国人染上了厚重的官瘾，学而优则仕，读书就是为了搏得一个官位。拥有了控制别人的权力后，排除异己，对反对者称之为“匪”加以打击。文章中鲁迅先生对“官魂”“匪魂”进行了有力的抨击和讽刺。最后指出了整个民族“惟有他发扬起来，中国才有真进步”。而这个“他”指的正是国民所缺少的“民魂”。

·品读与借鉴·

1. 议论与抒情巧妙地结合。第二段，写道“那魂灵就在做官，——行官势，摆官腔，打官话。顶着一个皇帝做傀儡，得罪了官就是得罪了皇帝，于是那些人就得了雅号曰‘匪徒’”。巧妙点出中国人的“官瘾”和“匪魂”之间的联系，同时也暗含了作者对“官魂”“匪魂”的鞭笞，抒发了作者悲愤的思想感情。

2. 巧妙地揭露矛盾。文中写道较新阶级的学界，用“官魂”“匪魂”改造旧社会，可是似乎还走着旧路。打倒他的只能是“民魂”。这样巧妙地揭示出“官魂”“匪魂”和“民魂”的矛盾，以此说明“民魂”的重要性，从而提出了本文的主题思想。

一点比喻

在我的故乡不大通行吃羊肉，阖城里，每天大约不过杀几匹山羊。北京真是人海，情形可大不相同了，单是羊肉铺就触目皆是。雪白的群羊也常常满街走，但都是胡羊，在我们那里称绵羊的。山羊很少见；听说这在北京却颇名贵了，因为比胡羊聪明，能够率领羊群，悉依它的进止，所以畜牧家虽然偶而养几匹，却只用作胡羊们的领导，并不杀掉它。

这样的山羊我只见过一回，确是走在一群胡羊的前面，脖子上还挂着一个小铃铎，作为智识阶级的徽章。通常，领的赶的却多是牧人，胡羊们便成了一长串，挨挨挤挤，浩浩荡荡，凝着柔顺有余的眼色，跟定他匆匆地竞奔它们的前程。我看见这种认真的忙迫的情形时，心里总想开口向它们发一句愚不可及的疑问——

“往那里去？！”

人群中也很有这样的山羊，能领了群众稳妥平静地走去，直到他们应该走到的所在。袁世凯明白一点这种事，可惜用得不大巧，大概因为他是不很读书的，所以也就难于熟悉运用那些的奥妙。后来的武人可更蠢了，只会自己乱打乱割，乱得哀号之声，洋洋盈耳，结果是除了残虐百姓之外，还加上轻视学问，荒废教育的恶名。然而“经一事，长一智”，二十世纪已过了四分之一，脖子上挂着小铃铎的聪明人是总要交到红运的，虽然现在表面上还不免有些小挫折。

那时候，人们，尤其是青年，就都循规蹈矩，既不嚣张，也不浮动，一心向着“正路”前进了，只要没有人问——

“往那里去？!”

君子若曰：“羊总是羊，不成了一长串顺从地走，还有什么别的法子呢？君不见夫猪乎？拖延着，逃着，喊着，奔突着，终于也还是被捉到非去不可的地方去，那些暴动，不过是空费力气而已矣。”

这是说：虽死也应该如羊，使天下太平，彼此省力。

这计划当然是很妥帖，大可佩服的。然而，君不见夫野猪乎？它以两个牙，使老猎人也不免于退避。这牙，只要猪脱出了牧家奴所造的猪圈，走入山野，不久就会长出来。

Schopenhauer[①]先生曾将绅士们比作豪猪，我想，这实在有些失体统。但在他，自然是并没有什么别的恶意的，不过拉扯来

---

①Schopenhauer：叔本华。下文的*Parerga und Paralipomena*（《副业和补遗》）是叔本华的一本杂文集。

作一个比喻。*Parerga und Paralipomena*里有着这样意思的话：有一群豪猪，在冬天想用了大家的体温来御寒冷，紧靠起来了，但它们彼此即刻又觉得刺的疼痛，于是乎又离开。然而温暖的必要，再使它们靠近时，却又吃了照样的苦。但它们在这两种困难中，终于发见了彼此之间的适宜的间隔，以这距离，它们能够过得最平安。人们因为社交的要求，聚在一处，又因为各有可厌的许多性质和难堪的缺陷，再使他们分离。他们最后所发见的距离，——使他们得以聚在一处的中庸的距离，就是“礼让”和“上流的风习”。有不守这距离的，在英国就这样叫，“Keep your distance!”[①]

但即使这样叫，恐怕也只能在豪猪和豪猪之间才有效力罢，因为它们彼此的守着距离，原因是在于痛而不在于叫的。假使豪猪们中夹着一个别的，并没有刺，则无论怎么叫，它们总还是挤过来。孔子说：礼不下庶人[②]。照现在的情形看，该是并非庶人不得接近豪猪，却是豪猪可以任意刺着庶人而取得温暖。受伤是当然要受伤的，但这也只能怪你自己独独没有刺，不足以让他守定适当的距离。孔子又说：刑不上大夫。这就又难怪人们的要做绅士。

---

①“Keep your distance!”：英语，“保持你的距离!”即不要太亲近的意思。

②“礼不下庶人”和下文的“刑不上大夫”二句，见《礼记·曲礼》。

这些豪猪们，自然也可以用牙角或棍棒来抵御的，但至少必须拚出背一条豪猪社会所制定的罪名：“下流”或“无礼”。

一月二十五日

·背景与思想·

《一点比喻》一文顾名思义就是使用比喻的手法来针砭当时社会上黑暗的势力，以达到竭力抨击反动势力的目的。本文主要是透过形象的比喻揭露一伙买办资产阶级人士，妄加“指导”缺少社会经验的“青年”，力图将他们引向死胡同的罪恶行径，并且讽刺嘲笑了反动势力的上层阶级的“上流风习”，如同豪猪，彼此间为了各自的利益而相互保持距离，对于劳苦大众，他们却摆出一副攻击的嘴脸。

文章抓住了买办资产阶级和反动势力的上层社会的特征，凸显他们虚伪狡诈的典型特点，“走在羊群里的山羊”和“豪猪”造成了最典型的讽刺“肖像”。

·品读与借鉴·

1. 运用比喻修辞。本文最突出的写作特点就是成功地运用了比喻的修辞手法。文中“一群胡羊”中领头的“山羊”比喻那些“智识阶级”的领头人物，“豪猪”群居的生活习性比喻反动阶级的上层社会的“上流风习”，形象地刻画出这两种人物的典型特征，使他们的丑恶形象在读者的心目中一目了然。

2. 巧用联想手法。文中有一处写道：“人群中也很有这样的山羊，能领了群众稳妥平静地走去，直到他们应该走到的所在。”作者运用了联想的写作手法，同时还写道“脖子上还挂着一个小铃铎，作为智识阶级的徽章”，通过联想、想象的写作手法，将从精神上虐杀青年的帮凶文人的行径一览无余地展现出来。

记念刘和珍君

一

中华民国十五年三月二十五日，就是在国立北京女子师范大学为十八日在段祺瑞执政府前遇害的刘和珍杨德群[①]两君开追悼会的那一天，我独在礼堂外徘徊，遇见程君[②]，前来问我道，“先生可曾为刘和珍写了一点什么没有？”我说“没有”。她就正告我，“先生还是写一点罢；刘和珍生前就很爱看先生的文章。”

这是我知道的，凡我所编辑的期刊，大概是因为往往有始无终之故罢，销行一向就甚为寥落，然而在这样的生活艰难中，毅然预定了《莽原》[③]全年的就有她。我也早觉得有写一点东西的必要了，这虽然于死者毫不相干，但在生者，却大抵只能如此而

①刘和珍：北京女子师范大学英文系学生。杨德群：北京女子师范大学国文系预科学生。

②程君：湖北孝感人，北京女子师范大学教育系学生。

③《莽原》：1925年4月24日在北京创刊，是鲁迅编辑过的刊物中最早的一种。

已。倘使我能够相信真有所谓”在天之灵”，那自然可以得到更大的安慰，——但是，现在，却只能如此而已。

可是我实在无话可说。我只觉得所住的并非人间。四十多个青年的血，洋溢在我的周围，使我艰于呼吸视听，那里还能有什么言语？长歌当哭，是必须在痛定之后的。而此后几个所谓学者文人的阴险的论调，尤使我觉得悲哀。我已经出离愤怒了。我将深味这非人间的浓黑的悲凉；以我的最大哀痛显示于非人间，使它们快意于我的苦痛，就将这作为后死者的菲薄的祭品，奉献于逝者的灵前。

二

真的猛士，敢于直面惨淡的人生，敢于正视淋漓的鲜血。这是怎样的哀痛者和幸福者？然而造化又常常为庸人设计，以时间的流驶，来洗涤旧迹，仅使留下淡红的血色和微漠的悲哀。在这淡红的血色和微漠的悲哀中，又给人暂得偷生，维持着这似人非人的世界。我不知道这样的世界何时是一个尽头!

我们还在这样的世上活着；我也早觉得有写一点东西的必要了。离三月十八日也已有两星期，忘却的救主快要降临了罢，我正有写一点东西的必要了。

三

在四十余被害的青年之中，刘和珍君是我的学生。学生云者，我向来这样想，这样说，现在却觉得有些踌躇了，我应该对她奉献我的悲哀与尊敬。她不是“苟活到现在的我”的学生，是为了中国而死的中国的青年。

她的姓名第一次为我所见，是在去年夏初杨荫榆女士做女子师范大学校长，开除校中六个学生自治会职员的时候。其中的一个就是她；但是我不认识。直到后来，也许已经是刘百昭率领男女武将，强拖出校之后了，才有人指着一个学生告诉我，说：这就是刘和珍。其时我才能将姓名和实体联合起来，心中却暗自诧异。我平素想，能够不为势利所屈，反抗一广有羽翼的校长的学生，无论如何，总该是有些桀骜锋利的，但她却常常微笑着，态度很温和。待到偏安于宗帽胡同①，赁屋授课之后，她才始来听我的讲义，于是见面的回数就较多了，也还是始终微笑着，态度很温和。待到学校恢复旧观②，往日的教职员以为责任已尽，准备陆续引退的时候，我才见她虑及母校前途，黯然至于泣下。此后似乎就不相见。总之，在我的记忆上，那一次就是永别了。

四

我在十八日早晨，才知道上午有群众向执政府请愿的事；下午便得到噩耗，说卫队居然开枪，死伤至数百人，而刘和珍君即在遇害者之列。但我对于这些传说，竟至于颇为怀疑。我向来是

---

①偏安于宗帽胡同：指反对杨荫榆的女师大学生被赶出学校后，租此地屋舍作临时校舍。

②恢复旧观：1925年11月30日女师大迁回原址，宣告复校。

不惮以最坏的恶意，来推测中国人的，然而我还不料，也不信竟会下劣凶残到这地步。况且始终微笑着的和蔼的刘和珍君，更何至于无端在府门前喋血呢?

然而即日证明是事实了，作证的便是她自己的尸骸。还有一具，是杨德群君的。而且又证明着这不但是杀害，简直是虐杀，因为身体上还有棍棒的伤痕。

但段政府就有令，说她们是“暴徒”！

但接着就有流言，说她们是受人利用的。

惨象，已使我目不忍视了；流言，尤使我耳不忍闻。我还有什么话可说呢？我懂得衰亡民族之所以默无声息的缘由了。沉默呵，沉默呵!不在沉默中爆发，就在沉默中灭亡。

五

但是，我还有要说的话。

我没有亲见；听说，她，刘和珍君，那时是欣然前往的。自然，请愿而已，稍有人心者，谁也不会料到有这样的罗网。但竟在执政府前中弹了，从背部入，斜穿心肺，已是致命的创伤，只是没有便死。同去的张静淑[①]君想扶起她，中了四弹，其一是手枪，立仆；同去的杨德群君又想去扶起她，也被击，弹从左肩入，穿胸偏右出，也立仆。但她还能坐起来，一个兵在她头部及

①张静淑：北京女子师范大学教育系学生。

胸部猛击两棍，于是死掉了。

始终微笑的和蔼的刘和珍君确是死掉了，这是真的，有她自己的尸骸为证；沉勇而友爱的杨德群君也死掉了，有她自己的尸骸为证；只有一样沉勇而友爱的张静淑君还在医院里呻吟。当三个女子从容地转辗于文明人所发明的枪弹的攒射中的时候，这是怎样的一个惊心动魄的伟大呵！中国军人的屠戮妇婴的伟绩，八国联军的惩创学生的武功，不幸全被这几缕血痕抹杀了。

但是中外的杀人者却居然昂起头来，不知道个个脸上有着血污……。

六

时间永是流驶，街市依旧太平，有限的几个生命，在中国是不算什么的，至多，不过供无恶意的闲人以饭后的谈资，或者给有恶意的闲人作“流言”的种子。至于此外的深的意义，我总觉得很寥寥，因为这实在不过是徒手的请愿。人类的血战前行的历史，正如煤的形成，当时用大量的木材，结果却只是一小块，但请愿是不在其中的，更何况是徒手。

然而既然有了血痕了，当然不觉要扩大。至少，也当浸渍了亲族，师友，爱人的心，纵使时光流驶，洗成绯红，也会在微漠的悲哀中永存微笑的和蔼的旧影。陶潜①说过，“亲戚或余悲，他

①陶潜：晋代诗人。这里引用的是他所作《挽歌》中的四句。

人亦已歌，死去何所道，托体同山阿。”倘能如此，这也就够了。

七

我已经说过：我向来是不惮以最坏的恶意来推测中国人的。但这回却很有几点出于我的意外。一是当局者竟会这样地凶残，一是流言家竟至如此之下劣，一是中国的女性临难竟能如是之从容。

我目睹中国女子的办事，是始于去年的，虽然是少数，但看那干练坚决，百折不回的气概，曾经屡次为之感叹。至于这一回在弹雨中互相救助，虽殒身不恤的事实，则更足为中国女子的勇毅，虽遭阴谋秘计，压抑至数千年，而终于没有消亡的明证了。倘要寻求这一次死伤者对于将来的意义，意义就在此罢。

苟活者在淡红的血色中，会依稀看见微茫的希望；真的猛士，将更奋然而前行。

呜呼，我说不出话，但以此记念刘和珍君!

一九二六年四月一日

·背景与思想·

1926年3月18日，反动奉系军阀头子段祺瑞制造了屠杀爱国人民的“三一八”惨案。刘和珍等都在遇害者之列。3月25日，女师大师生和北京各界人民隆重追悼刘和珍、杨德群烈士，鲁迅亲自参加了追悼活动。对烈士牺牲的悼念，对反动政府的愤慨，对未来战斗的渴望，交织在鲁迅心中。4月1日，他饱蘸着血泪，用悲愤的笔调，写下了《记念刘和珍君》这篇感人至深的不朽文章。

本文是一篇悼念性散文。通过本文，作者深刻地揭露了北洋军阀政府屠杀爱国青年的滔天罪行，有力地抨击帮闲文人造谣诬蔑爱国青年的无耻卑劣行为，高度赞颂爱国青年临危不惧、团结友爱的崇高品质和大义凛然、殒身不恤的爱国精神，呼唤民众、激励猛士，抒发了作者强烈的爱憎分明的感情。

·品读与借鉴·

1. 记叙、抒情和议论相结合。作者对烈士生前行状和死难经过作简略的记叙，从记叙中表现烈士和蔼可亲、勇敢不屈的光辉形象；对烈士抒发了极大的哀痛和崇敬的感情，对反动军阀及其帮凶表示了极大的愤慨和憎恶；同时对死难烈士的历史意义和应当吸取的教训作了深刻的论述。通过记叙给抒情、议论提供了事实基础；议论则将记叙的内容加以深化，阐明事实的内在含义；抒情则更有效地唤起了读者的共鸣，增强文章的感染力。

2. 巧妙运用多种写作手法。本文大量运用反复、反语和对比、排比等手法，加强抒情和议论的效果，增强了文章的感染力。运用反语，揭露了敌人的反动罪行；通过对比，展现了猛士的勇毅形象；借助反复，强化了作者的悲愤情感。另外，为了使记叙起伏跌宕，文章运用了对比和反衬的手法。如第五段记叙刘和珍、张静淑、杨德群前仆后继、殒身不恤的场景时，就通过对比和反衬，将一个杀害徒手请愿学生的惊心动魄的场面，栩栩如生地展现在读者面前。

《阿Q正传》的成因

在《文学周报》二五一期里，西谛[①]先生谈起《呐喊》，尤其是《阿Q正传》。这不觉引动我记起了一些小事情，也想借此来说一说，一则也算是做文章，投了稿；二则还可以给要看的人去看去。

我先要抄一段西谛先生的原文——

"这篇东西值得大家如此的注意，原不是无因的。但也有几点值得商榷的，如最后'大团圆'的一幕，我在《晨报》上初读此作之时，即不以为然，至今也还不以为然，似乎作者对于阿Q之收局太匆促了；他不欲再往下写了，便如此随意的给他以一个'大团圆'。像阿Q那样的一个人，终于要做起革命党来，终于受到那样大团圆的结局，似乎连作者他自己在最初写作时也是料不到的。至少在人格上似乎是两个。"

①西谛：即郑振铎，笔名西谛，文学家。

阿Q是否真要做革命党，即使真做了革命党，在人格上是否似乎是两个，现在姑且勿论。单是这篇东西的成因，说起来就要很费功夫了。我常常说，我的文章不是涌出来的，是挤出来的。听的人往往误解为谦逊，其实是真情。我没有什么话要说，也没有什么文章要做，但有一种自害的脾气，是有时不免呐喊几声，想给人们去添点热闹。譬如一匹疲牛罢，明知不堪大用的了，但废物何妨利用呢，所以张家要我耕一弓地，可以的；李家要我挨一转磨，也可以的；赵家要我在他店前站一刻，在我背上帖出广告道：敝店备有肥牛，出售上等消毒滋养牛乳。我虽然深知道自己是怎么瘦，又是公的，并没有乳，然而想到他们为张罗生意起见，情有可原，只要出售的不是毒药，也就不说什么了。但倘若用得我太苦，是不行的，我还要自己觅草吃，要喘气的工夫；要专指我为某家的牛，将我关在他的牛牢内，也不行的，我有时也许还要给别家挨几转磨。如果连肉都要出卖，那自然更不行，理由自明，无须细说。倘遇到上述的三不行，我就跑，或者索性躺在荒山里。即使因此忽而从深刻变为浅薄，从战士化为畜生，吓我以康有为，比我以梁启超，也都满不在乎，还是我跑我的，我躺我的，决不出来再上当，因为我于“世故”实在是太深了。

近几年《呐喊》有这许多人看，当初是万料不到的，而且连料也没有料。不过是依了相识者的希望，要我写一点东西就写一点东西。也不很忙，因为不很有人知道鲁迅就是我。我所用的笔名也不只一个：LS，神飞，唐俟，某生者，雪之，风声；更以前还有：自树，索士，令飞，迅行。鲁迅就是承迅行而来的，因为那时的《新青年》编辑者不愿意有别号一般的署名。

现在是有人[1]以为我想做什么狗首领了，真可怜，侦察了百来回，竟还不明白。我就从不曾插了鲁迅的旗去访过一次人；“鲁迅即周树人”，是别人[2]查出来的。这些人有四类：一类是为要研究小说，因而要知道作者的身世；一类单是好奇；一类是因为我也做短评，所以特地揭出来，想我受点祸；一类是以为于他有用处，想要钻进来。

那时我住在西城边，知道鲁迅就是我的，大概只有《新青年》《新潮》社里的人们罢；孙伏园[3]也是一个。他正在晨报馆编副刊。不知是谁的主意，忽然要添一栏称为“开心话”的了，每周一次。他就来要我写一点东西。

阿Q的影像，在我心目中似乎确已有了好几年，但我一向毫无写他出来的意思。经这一提，忽然想起来了，晚上便写了一点，就是第一章：序。因为要切“开心话”这题目，就胡乱加上些不必有的滑稽，其实在全篇里也是不相称的。署名是“巴

---

①有人：是指高长虹等，高在《1925年北京出版界形势指掌图》里说，“我与鲁迅会面不只百次”。同时谩骂鲁迅“要以主帅自诩”。

②别人：是指陈西滢等，陈在1926年1月30日《晨报副刊》发表的《致志摩》里特别指出，“鲁迅，即教育部佥事周树人先生。”

③孙伏园：浙江绍兴人，鲁迅先生的朋友。

人”，取“下里巴人”[1]，并不高雅的意思。谁料这署名又闯了祸了，但我却一向不知道，今年在《现代评论》上看见涵庐（即高一涵）的《闲话》才知道的。那大略是——“……我记得当《阿Q正传》一段一段陆续发表的时候，有许多人都栗栗危惧，恐怕以后要骂到他的头上。并且有一位朋友，当我面说，昨日《阿Q正传》上某一段仿佛就是骂他自己。因此便猜疑《阿Q正传》是某人作的，何以呢？因为只有某人知道他这一段私事。……从此疑神疑鬼，凡是《阿Q正传》中所骂的，都以为就是他的阴私；凡是与登载《阿Q正传》的报纸有关系的投稿人，都不免做了他所认为《阿Q正传》的作者的嫌疑犯了!等到他打听出来《阿Q正传》的作者名姓的时候，他才知道他和作者素不相识，因此，才恍然自悟，又逢人声明说不是骂他。”（第四卷第八十九期）

我对于这位“某人”先生很抱歉，竟因我而做了许多天嫌疑犯。可惜不知是谁，“巴人”两字很容易疑心到四川人身上去，或者是四川人罢。直到这一篇收在《呐喊》里，也还有人问我：你实在是在骂谁和谁呢？我只能悲愤，自恨不能使人看得我不至于如此下劣。

第一章登出之后，便“苦”字临头了，每七天必须做一篇。我那时虽然并不忙，然而正在做流民，夜晚睡在做通路的屋子

---

①“下里巴人”：原指古代楚国通俗歌曲名称。这里借以强调大众性。

里，这屋子只有一个后窗，连好好的写字地方也没有，那里能够静坐一会，想一下。伏园虽然还没有现在这样胖，但已经笑嬉嬉，善于催稿了。每星期来一回，一有机会，就是："先生《阿Q正传》……。明天要付排了。"于是只得做，心里想着，"俗语说：'讨饭怕狗咬，秀才怕岁考。'我既非秀才，又要周考，真是为难……。"然而终于又一章。但是，似乎渐渐认真起来了；伏园也觉得不很"开心"，所以从第二章起，便移在"新文艺"栏里。

这样地一周一周挨下去，于是乎就不免发生阿Q可要做革命党的问题了。据我的意思，中国倘不革命，阿Q便不做，既然革命，就会做的。我的阿Q的运命，也只能如此，人格也恐怕并不是两个。民国元年已经过去，无可追踪了，但此后倘再有改革，我相信还会有阿Q似的革命党出现。我也很愿意如人们所说，我只写出了现在以前的或一时期，但我还恐怕我所看见的并非现代的前身，而是其后，或者竟是二三十年之后。其实这也不算辱没了革命党，阿Q究竟已经用竹筷盘上他的辫子了；此后十五年，长虹"走到出版界"，不也就成为一个中国的"绥惠略夫"[①]了么？

---

①"绥惠略夫"：俄国作家阿尔志跋绥夫的小说《工人绥惠略夫》中的人物，一个无政府主义者。

《阿Q正传》大约做了两个月，我实在很想收束了，但我已经记不大清楚，似乎伏园不赞成，或者是我疑心倘一收束，他会来抗议，所以将“大团圆”藏在心里，而阿Q却已经渐渐向死路上走。到最末的一章，伏园倘在，也许会压下，而要求放阿Q多活几星期的罢。但是“会逢其适”，他回去了，代庖的是何作霖君，于阿Q素无爱憎，我便将“大团圆”送去，他便登出来。待到伏园回京，阿Q已经枪毙了一个多月了。纵令伏园怎样善于催稿，如何笑嬉嬉，也无法再说“先生，《阿Q正传》……。”从此我总算收束了一件事，可以另干别的去。另干了别的什么，现在也已经记不清，但大概还是这一类的事。

其实“大团圆”倒不是“随意”给他的；至于初写时可曾料到，那倒确乎也是一个疑问。我仿佛记得：没有料到。不过这也无法，谁能开首就料到人们的“大团圆”？不但对于阿Q，连我自己将来的“大团圆”，我就料不到究竟是怎样。终于是“学者”，或“教授”乎？还是“学匪”或“学棍”呢？“官僚”乎，还是“刀笔吏”呢？“思想界之权威”乎，抑“思想界先驱者”乎，抑又“世故的老人”乎？“艺术家”？“战士”？抑又是见客不怕麻烦的特别“亚拉籍夫”乎？乎？乎？乎？乎？

但阿Q自然还可以有各种别样的结果，不过这不是我所知道的事。

先前，我觉得我很有写得“太过”的地方，近来却不这样想了。中国现在的事，即使如实描写，在别国的人们，或将来的好中国的人们看来，也都会觉得grotesk[①]。我常常假想一件事，自以为这是想得太奇怪了；但倘遇到相类的事实，却往往更奇怪。在这事实发生以前，以我的浅见寡识，是万万想不到的。

大约一个多月以前，这里枪毙一个强盗，两个穿短衣的人各拿手枪，一共打了七枪。不知道是打了不死呢，还是死了仍然打，所以要打得这么多。当时我便对我的一群少年同学们发感慨，说：这是民国初年初用枪毙的时候的情形；现在隔了十多年，应该进步些，无须给死者这么多的苦痛。北京就不然，犯人未到刑场，刑吏就从后脑一枪，结果了性命，本人还来不及知道已经死了呢。所以北京究竟是“首善之区”，便是死刑，也比外省的好得远。

但是前几天看见十一月二十三日的北京《世界日报》，又知道我的话并不的确了，那第六版上有一条新闻，题目是《杜小拴子刀铡而死》，共分五节，现在撮录一节在下面——

杜小拴子刀铡余人枪毙先时，卫戍司令部因为从了毅军各兵士的请求，决定用“枭首刑”，所以杜等不曾到场以前，刑场已预备好了铡草大刀一把了。刀是长形的，下边是木底，中缝有厚大而锐利的刀一把，刀下头有一孔，横嵌木上，可以上下的活动，杜等四人入刑场之后，由招扶的兵士把杜等架下刑车，就叫他们脸冲北，对着已备好的刑桌前站着。……杜并没有跪，有外

①grotesk：德语，意思是古怪的、荒诞的。

右五区的某巡官去问杜：要人把着不要？杜就笑而不答，后来就自己跑到刀前，自己睡在刀上，仰面受刑，先时行刑兵已将刀抬起，杜枕到适宜的地方后，行刑兵就合眼猛力一铡，杜的身首，就不在一处了。当时血出极多。在旁边跪等枪决的宋振山等三人，也各偷眼去看，中有赵振一名，身上还发起颤来。后由某排长拿手枪站在宋等的后面，先毙宋振山，后毙李有三赵振，每人都是一枪毙命。……先时，被害程步墀的两个儿子忠智忠信，都在场观看，放声大哭，到各人执刑之后，去大喊：爸!妈呀!你的仇已报了!我们怎么办哪？听的人都非常难过，后来由家族引导着回家去了。

假如有一个天才，真感着时代的心搏，在十一月二十二日发表出记叙这样情景的小说来，我想，许多读者一定以为是说着包龙图[①]爷爷时代的事，在西历十一世纪，和我们相差将有九百年。

这真是怎么好……。

至于《阿Q正传》的译本，我只看见过两种。法文的登在八月分的《欧罗巴》上，还止三分之一，是有删节的。英文的似乎译得很恳切，但我不懂英文，不能说什么。只是偶然看见还有可以商榷的两处：一是“三百大钱九二串”当译为“三百大钱，以九十二文作为一百”的意思；二是“柿油党”不如译音，因为原是“自由党”，乡下人不能懂，便讹成他们能懂的“柿油党”了。

十二月三日，在厦门写。

①包龙图：即包拯（999—1062），宋代安徽合肥人，曾官龙图阁直学士。

·背景与思想·

《阿Q正传》是辛亥革命后病态社会下的历史产物，它反映了当时愚昧无知的畸形的中国人的民族劣根性。鲁迅先生以深邃的、锐利的洞察力总结了辛亥革命后中国资产阶级失败的历史教训，这部不朽的小说有着极其深刻的经济、文化和政治背景，是鲁迅先生的代表作。

本文详细向我们解释了《阿Q正传》的写作动机，主要从阿Q所处的时代背景、小说酝酿时间的长短、小说讽刺幽默的风格的由来、阿Q要做革命党的原因和为何以大团圆结局等多个方面来写《阿Q正传》的成因。这篇文章可以让我们更好地解读鲁迅是怎样塑造阿Q这个不朽形象的。

·品读与借鉴·

1. 详略有致，灵活变化。本文在介绍《阿Q正传》成因的时候非常讲究行文的详细简略，灵活地变化。比如写道“我的文章不是涌出来的，是挤出来的。”，运用了大量的比喻来说明小说酝酿的时间很长，以此说明《阿Q正传》具有深刻的思想内涵。而在写为《新潮》社里的添加“开心话”一栏来解释小说的诙谐幽默，只是一笔带过。做到了详略有致，灵活变化。

2. 形象丰满，刻画深刻。作者赋予阿Q这个落后的不觉悟的农民以丰满形象，将其放在那个半殖民地半封建社会的时代背景之下。通过刻画这个不朽的典型来剖析国民的劣根性——永远的精神胜利法，从而唤醒国民振兴民族的良知。

黄花节的杂感

黄花节[①]将近了，必须做一点所谓文章。但对于这一个题目的文章，教我做起来，实在近于先前的在考场里“对空策”[②]。因为，——说出来自己也惭愧，——黄花节这三个字，我自然明白它是什么意思的；然而战死在黄花冈头的战士们呢，不但姓名，连人数也不知道。

为寻些材料，好发议论起见，只得查《辞源》[③]。书里面有是有的，可不过是：

黄花冈。地名，在广东省城北门外白云山之麓。清宣统三年三月二十九日，革命党数十人，攻袭督署，不成而死，丛葬于此。

---

①黄花节：1911年4月27日（夏历三月二十九日），同盟会领导成员黄兴、赵声等人在广州发动武装起义。失败后将收集到的七十二具烈士遗体合葬于广州市郊黄花岗。民国成立后曾将公历3月29日定为革命先烈纪念日，通称黄花节。

②“对空策”：就是对题目毫无具体意见，只发一通空论的意思。

③《辞源》：一部说明汉语词义及其渊源、演变的工具书，陆尔奎等人编辑。

轻描淡写，和我所知道的差不多，于我并不能有所裨益。

我又愿意知道一点十七年前的三月二十九日的情形，但一时也找不到目击耳闻的耆老。从别的地方——如北京，南京，我的故乡——的例子推想起来，当时大概有若干人痛惜，若干人快意，若干人没有什么意见，若干人当作酒后茶余的谈助的罢。接着便将被人们忘却。久受压制的人们，被压制时只能忍苦，幸而解放了便只知道作乐，悲壮剧是不能久留在记忆里的。

但是三月二十九日的事却特别，当时虽然失败，十月就是武昌起义，第二年，中华民国便出现了。于是这些失败的战士，当时也就成为革命成功的先驱，悲壮剧刚要收场，又添上一个团圆剧的结束。这于我们是很可庆幸的，我想，在纪念黄花节的时候便可以看出。

我还没有亲自遇见过黄花节的纪念，因为久在北方。不过，中山先生[①]的纪念日却遇见过了：在学校里，晚上来看演剧的特别多，连凳子也踏破了几条，非常热闹。用这例子来推断，那么，黄花节也一定该是极其热闹的罢。

当三月十二日那天的晚上，我在热闹场中，便深深地更感得革命家的伟大。我想，恋爱成功的时候，一个爱人死掉了，只能给生存的那一个以悲哀。然而革命成功的时候，革命家死掉了，

①中山先生：孙中山（1866—1925），名文，字逸仙，广东香山（今中山）人，我国伟大的民主革命家。

却能每年给生存的大家以热闹，甚而至于欢欣鼓舞。惟独革命家，无论他生或死，都能给大家以幸福。同是爱，结果却有这样地不同，正无怪现在的青年，很有许多感到恋爱和革命的冲突的苦闷。

以上的所谓“革命成功”，是指暂时的事而言；其实是“革命尚未成功”的。革命无止境，倘使世上真有什么“止于至善”[1]，这人间世便同时变了凝固的东西了。不过，中国经了许多战士的精神和血肉的培养，却的确长出了一点先前所没有的幸福的花果来，也还有逐渐生长的希望。倘若不像有，那是因为继续培养的人们少，而赏玩，攀折这花，摘食这果实的人们倒是太多的缘故。

我并非说，大家都须天天去痛哭流涕，以凭吊先烈的“在天之灵”，一年中有一天记起他们也就可以了。但就广东的现在而论，我却觉得大家对于节日的办法，还须改良一点。

黄花节很热闹，热闹一天自然也好；热闹得疲劳了，回去就好好地睡一觉。然而第二天，元气恢复了，就该加工做一天自己该做的工作。这当然是劳苦的，但总比枪弹从致命的地方穿过去要好得远；何况这也算是在培养幸福的花果，为着后来的人们呢。

三月二十四日夜

---

①“止于至善”：语见《大学》，意思是到达尽善尽美的境界。

·背景与思想·

本文发表于1927年3月29日的《政治训育》第七期的“赏花节特号”，是为了悼念合葬于广州市郊黄花岗的七十二位在广州发动武装起义而牺牲的烈士。本文用略带沉痛而又理性的笔调向读者讲述了纪念“黄花节”活动的意义，抒发鲁迅先生对革命先烈奋勇向前、不畏牺牲的精神的高度颂扬，并且指出“革命尚未成功”，提醒国人不要沉湎于暂时的胜利，革命的道路还很漫长，“然而第二天，元气恢复了，就该加工做一天自己该做的工作。”号召大家继承革命先烈的遗志继续前行。

·品读与借鉴·

1. 善意委婉的批评。鲁迅在文中将恋爱中一个恋人死掉的悲哀与革命成功时革命家的生死所带来的欢欣鼓舞相类比，对沉湎于爱恋中的青年提出善意的批评和指导他们学习革命家的“革命”精神。同时也从侧面来说明摘食革命果实的人很多，但是“继续培养的人们少”，表达了鲁迅先生忧国忧民的思虑。

2. 巧妙结尾，暗含主题。文章的结尾暗含了丰富的潜台词。结尾写道：“黄花节热闹了一天之后，回去好好睡一觉，第二天继续原来的工作。”是说明国人还应该继续革命，踏着先烈的足迹继续前行，这也是纪念“黄花节”的意义所在，本文的主旨所在。

略论中国人的脸

大约人们一遇到不大看惯的东西，总不免以为他古怪。我还记得初看见西洋人的时候，就觉得他脸太白，头发太黄，眼珠太淡，鼻梁太高。虽然不能明明白白地说出理由来，但总而言之：相貌不应该如此。至于对于中国人的脸，是毫无异议；即使有好丑之别，然而都不错的。

我们的古人，倒似乎并不放松自己中国人的相貌。周的孟轲就用眸子来判胸中的正不正，汉朝还有《相人》[1]二十四卷。后来闹这玩艺儿的尤其多；分起来，可以说有两派罢：一是从脸上看出他的智愚贤不肖；一是从脸上看出他过去，现在和将来的荣枯。于是天下纷纷，从此多事，许多人就都战战兢兢地研究自己的脸。我想，镜子的发明，恐怕这些人和小姐们是大有功劳的。不过近来前一派已经不大有人讲究，在北京上海这些地方捣鬼的

①《相人》：谈相术的书。

都只是后一派了。

我一向只留心西洋人。留心的结果，又觉得他们的皮肤未免太粗；毫毛有白色的，也不好。皮上常有红点，即因为颜色太白之故，倒不如我们之黄。尤其不好的是红鼻子，有时简直像是将要熔化的蜡烛油，仿佛就要滴下来，使人看得栗栗危惧，也不及黄色人种的较为隐晦，也见得较为安全。总而言之：相貌还是不应该如此的。

后来，我看见西洋人所画的中国人，才知道他们对于我们的相貌也很不敬。那似乎是《天方夜谈》或者《安兑生童话》①中的插画，现在不很记得清楚了。头上戴着拖花翎的红缨帽，一条辫子在空中飞扬，朝靴的粉底非常之厚。但这些都是满洲人连累我们的。独有两眼歪斜，张嘴露齿，却是我们自己本来的相貌。不过我那时想，其实并不尽然，外国人特地要奚落我们，所以格外形容得过度了。

但此后对于中国一部分人们的相貌，我也逐渐感到一种不满，就是他们每看见不常见的事件或华丽的女人，听到有些醉心的说话的时候，下巴总要慢慢挂下，将嘴张了开来。这实在不大雅观；仿佛精神上缺少着一样什么机件。据研究人体的学者们说，一头附着在上颚骨上，那一头附着在下颚骨上的“咬筋”，

①《天方夜谈》：原名《一千零一夜》，古代阿拉伯民间故事集。安兑生（H.C.Andersen，1805—1875）：通译安徒生，丹麦童话作家。

力量是非常之大的。我们幼小时候想吃核桃，必须放在门缝里将它的壳夹碎。但在成人，只要牙齿好，那咬筋一收缩，便能咬碎一个核桃。有着这么大的力量的筋，有时竟不能收住一个并不沉重的自己的下巴，虽然正在看得出神的时候，倒也情有可原，但我总以为究竟不是十分体面的事。

日本的长谷川如是闲是善于做讽刺文字的。去年我见过他的一本随笔集，叫作《猫·狗·人》[①]；其中有一篇就说到中国人的脸。大意是初见中国人，即令人感到较之日本人或西洋人，脸上总欠缺着一点什么。久而久之，看惯了，便觉得这样已经尽够，并不缺少东西；倒是看得西洋人之流的脸上，多余着一点什么。这多余着的东西，他就给它一个不大高妙的名目：兽性。中国人的脸上没有这个，是人，则加上多余的东西，即成了下列的算式：

人＋兽性＝西洋人

他借了称赞中国人，贬斥西洋人，来讥刺日本人的目的，这样就达到了，自然不必再说这兽性的不见于中国人的脸上，是本来没有的呢，还是现在已经消除。如果是后来消除的，那么，是渐渐净尽而只剩了人性的呢，还是不过渐渐成了驯顺。野牛成为家牛，野猪成为猪，狼成为狗，野性是消失了，但只足使牧人喜

---

①长谷川如是闲（1875—1969）：日本评论家。著有《日本的性格》《现代社会批判》等。《猫·狗·人》，日本改造社1924年5月出版，内有《中国人的脸及其他》一文。

欢，于本身并无好处。人不过是人，不再夹杂着别的东西，当然再好没有了。倘不得已，我以为还不如带些兽性，如果合于下列的算式倒是不很有趣的：

人＋家畜性＝某一种人

中国人的脸上真可有兽性的记号的疑案，暂且中止讨论罢。我只要说近来却在中国人所理想的古今人的脸上，看见了两种多余。一到广州，我觉得比我所从来的厦门丰富得多的，是电影，而且大半是“国片”，有古装的，有时装的。因为电影是“艺术”，所以电影艺术家便将这两种多余加上去了。

古装的电影也可以说是好看，那好看不下于看戏；至少，决不至于有大锣大鼓将人的耳朵震聋。在“银幕”上，则有身穿不知何时何代的衣服的人物，缓慢地动作；脸正如古人一般死，因为要显得活，便只好加上些旧式戏子的昏庸。

时装人物的脸，只要见过清朝光绪年间上海的吴友如[①]的《画报》的，便会觉得神态非常相像。《画报》所画的大抵不是流氓拆梢[②]，便是妓女吃醋，所以脸相都狡猾。这精神似乎至今不变，国产影片中的人物，虽是作者以为善人杰士者，眉宇间也总带些上海洋场式的狡猾。可见不如此，是连善人杰士也做不成的。

---

①吴友如（？—1893）：名猷（又作嘉猷），字友如，江苏元和（今吴县）人，清末画家。

②拆梢：上海一带方言，指流氓制造事端诈取财物的行为。

听说，国产影片之所以多，是因为华侨欢迎，能够获利，每一新片到，老的便带了孩子去指点给他们看道：“看哪，我们的祖国的人们是这样的。”在广州似乎也受欢迎，日夜四场，我常见看客坐得满满。

广州现在也如上海一样，正在这样地修养他们的趣味。可惜电影一开演，电灯一定熄灭，我不能看见人们的下巴。

四月六日

·背景与思想·

本杂文着眼于“中国人的脸”来剖析国民的劣根性，试图寻找出阻碍国家民族进步的根本原因。本文开始从研究中国人的面相再到研究中国人与外国人相貌之间的区别，告诉我们旧社会下中国人普遍存在着麻木、冷漠的“看客”心理和一种昏庸、无知、愚昧的精神状态，有着如同家畜一样的奴性。同时也尖锐地提出往往中国人连自己都不能认识到自身民族的劣根性，很好地体现了鲁迅先生犀利的眼光和锐利的文化批判。

·品读与借鉴·

1. 巧用公式。文中巧妙运用了两个公式“人+兽性=西洋人”“人+家畜性=某一种人”。这两个公式很好地将西洋人的“兽性”和国民的“家畜性”的典型特点揭露出来。“家畜性”是总结了国人缺乏那种反抗意识和斗争精神所表现出来的奴性，同时也暴露了反动统治阶级正是利用了国民的这种呆滞、丑陋的奴性来“驯服”他们，维持自身的统治。

2. 深邃的洞察力，深刻的见解。文章在结尾的部分写“电影艺术家便将两种多余的东西加上去了”，这两种东西是指“旧戏子的昏庸”和“上海洋场式的狡猾”。这样写作的目的是揭露国民自身的悲哀性，不能认识到自身的奴性，却以“看客”的眼光来玩赏，实在是悲哀至极。

读书杂谈

——七月十六日在广州知用中学讲

因为知用中学[①]的先生们希望我来演讲一回，所以今天到这里和诸君相见。不过我也没有什么东西可讲。忽而想到学校是读书的所在，就随便谈谈读书。是我个人的意见，姑且供诸君的参考，其实也算不得什么演讲。

说到读书，似乎是很明白的事，只要拿书来读就是了，但是并不这样简单。至少，就有两种：一是职业的读书，一是嗜好的读书。所谓职业的读书者，譬如学生因为升学，教员因为要讲功课，不翻翻书，就有些危险的就是。我想在坐的诸君之中一定有些这样的经验，有的不喜欢算学，有的不喜欢博物[②]，然而不得不学，否则，不能毕业，不能升学，和将来的生计便有妨碍了。我自己也这样，因为做教员，有时即非看不喜欢看的书不可，要不这样，怕不久便会于饭碗有妨。我们习惯了，一说起读书，就觉

①知用中学：1924年由广州知用学社社友创办的一所学校，具有进步倾向。

②博物：旧时中学的一门综合动物、植物、矿物等学科内容的课程。

得是高尚的事情，其实这样的读书，和木匠的磨斧头，裁缝的理针线并没有什么分别，并不见得高尚，有时还很苦痛，很可怜。你爱做的事，偏不给你做，你不爱做的，倒非做不可。这是由于职业和嗜好不能合一而来的。倘能够大家去做爱做的事，而仍然各有饭吃，那是多么幸福。但现在的社会上还做不到，所以读书的人们的最大部分，大概是勉勉强强的，带着苦痛的为职业的读书。

现在再讲嗜好的读书罢。那是出于自愿，全不勉强，离开了利害关系的。——我想，嗜好的读书，该如爱打牌的一样，天天打，夜夜打，连续的去打，有时被公安局捉去了，放出来之后还是打。诸君要知道真打牌的人的目的并不在赢钱，而在有趣。牌有怎样的有趣呢，我是外行，不大明白。但听得爱赌的人说，它妙在一张一张的摸起来，永远变化无穷。我想，凡嗜好的读书，能够手不释卷的原因也就是这样。他在每一叶每一叶里，都得着深厚的趣味。自然，也可以扩大精神，增加智识的，但这些倒都不计及，一计及，便等于意在赢钱的博徒了，这在博徒之中，也算是下品。

不过我的意思，并非说诸君应该都退了学，去看自己喜欢看的书去，这样的时候还没有到来；也许终于不会到，至多，将来可以设法使人们对于非做不可的事发生较多的兴味罢了。我现在是说，爱看书的青年，大可以看看本分以外的书，即课外的书，不要只将课内的书抱住。但请不要误解，我并非说，譬如在国文讲堂上，应该在抽屉里暗看《红楼梦》之类；乃是说，应做的功课已完而有余暇，大可以看看各样的书，即使和本业毫不相干的，也要泛览。譬如学理科的，偏看看文学书，学文学的，偏看看科学书，看看别个在那里研究的，究竟是怎么一回事。这样子，对于别人，别事，可以有更深的了解。现在中国有一个大毛病，就是人们大概以为自己所学的一门是最好，最妙，最要紧的学问，而别的都无用，都不足道的，弄这些不足道的东西的人，将来该当饿死。其实是，世界还没有如此简单，学问都各有用处，要定什么是头等还很难。也幸而有各式各样的人，假如世界上全是文学家，到处所讲的不是“文学的分类”便是“诗之构造”，那倒反而无聊得很了。

不过以上所说的，是附带而得的效果，嗜好的读书，本人自然并不计及那些，就如游公园似的，随随便便去，因为随随便便，所以不吃力，因为不吃力，所以会觉得有趣。如果一本书拿到手，就满心想道，“我在读书了!”“我在用功了!”那就容易疲劳，因而减掉兴味，或者变成苦事了。

我看现在的青年，为兴味的读书的是有的，我也常常遇到各样的询问。此刻就将我所想到的说一点，但是只限于文学方面，因为我不明白其他的。

第一，是往往分不清文学和文章。甚至于已经来动手做批评文章的，也免不了这毛病。其实粗粗的说，这是容易分别的。研究文章的历史或理论的，是文学家，是学者；做做诗，或戏曲小说的，是做文章的人，就是古时候所谓文人，此刻所谓创作家。创作家不妨毫不理会文学史或理论，文学家也不妨做不出一句诗。然而中国社会上还很误解，你做几篇小说，便以为你一定懂得小说概论，做几句新诗，就要你讲诗之原理。我也尝见想做小说的青年，先买小说法程和文学史来看。据我看来，是即使将这些书看烂了，和创作也没有什么关系的。

事实上，现在有几个做文章的人，有时也确去做教授。但这是因为中国创作不值钱，养不活自己的缘故。听说美国小名家的一篇中篇小说，时价是二千美金；中国呢，别人我不知道，我自己的短篇寄给大书铺，每篇卖过二十元。当然要寻别的事，例如教书，讲文学。研究是要用理智，要冷静的，而创作须情感，至少总得发点热，于是忽冷忽热，弄得头昏，——这也是职业和嗜好不能合一的苦处。苦倒也罢了，结果还是什么都弄不好。那证据，是试翻世界文学史，那里面的人，几乎没有兼做教授的。

还有一种坏处，是一做教员，未免有顾忌；教授有教授的架子，不能畅所欲言。这或者有人要反驳：那么，你畅所欲言就是了，何必如此小心。然而这是事前的风凉话，一到有事，不知不觉地他也要从众来攻击的。而教授自身，纵使自以为怎样放达，下意识里总不免有架子在。所以在外国，称为“教授小说”的东西倒并不少，但是不大有人说好，至少，是总难免有令大发烦的炫学的地方。

所以我想，研究文学是一件事，做文章又是一件事。

第二，我常被询问：要弄文学，应该看什么书？这实在是一个极难回答的问题。先前也曾有几位先生给青年开过一大篇书目[①]。但从我看来，这是没有什么用处的，因为我觉得那都是开书目的先生自己想要看或者未必想要看的书目。我以为倘要弄旧的呢，倒不如姑且靠着张之洞的《书目答问》去摸门径去。倘是新的，研究文学，则自己先看看各种的小本子，如木间久雄[②]的《新文学概论》，厨川白村[③]的《苦闷的象征》，瓦浪斯基们的《苏俄的文艺论战》之类，然后自己再想想，再博览下去。因为文学的理论不像算学，二二一定得四，所以议论很纷歧。如第三种，便是俄国的两派的争论，——我附带说一句，近来听说连俄国的小说也不大有人看了，似乎一看见“俄”字就吃惊，其实苏俄的新创作何尝有人绍介，此刻译出的几本，都是革命前的作品，作者在那边都已经被看作反革命的了。倘要看看文艺作品呢，则先看几种名家的选本，从中觉得谁的作品自己最爱看，然后再看这一个作者的专集，然后再从文学史上看看他在史上的位置；倘要知道得更详细，就看一两本这人的传记，那便可以大略了解了。如果专是请教别人，则各人的嗜好不同，总是格不相入的。

---

①这里说的开一大篇书目，指胡适的《一个最低限度的国学书目》、梁启超的《国学入门书要目及其读法》和吴宓的《西洋文学入门必读书目》等。

②本间久雄：日本文艺理论家。

③厨川白村（1880—1923）：日本文艺理论家。

第三，说几句关于批评的事。现在因为出版物太多了，——其实有什么呢，而读者因为不胜其纷纭，便渴望批评，于是批评家也便应运而起。批评这东西，对于读者，至少对于和这批评家趣旨相近的读者，是有用的。但中国现在，似乎应该暂作别论。往往有人误以为批评家对于创作是操生杀之权，占文坛的最高位的，就忽而变成批评家；他的灵魂上挂了刀。但是怕自己的立论不周密，便主张主观，有时怕自己的观察别人不看重，又主张客观；有时说自己的作文的根柢全是同情，有时将校对者骂得一文不值。凡中国的批评文字，我总是越看越胡涂，如果当真，就要无路可走。印度人是早知道的，有一个很普通的比喻。他们说：一个老翁和一个孩子用一匹驴子驮着货物去出卖，货卖去了，孩子骑驴回来，老翁跟着走。但路人责备他了，说是不晓事，叫老年人徒步。他们便换了一个地位，而旁人又说老人忍心；老人忙将孩子抱到鞍鞒上，后来看见的人却说他们残酷；于是都下来，走了不久，可又有人笑他们了，说他们是呆子，空着现成的驴子却不骑。于是老人对孩子叹息道，我们只剩了一个办法了，是我们两人抬着驴子走[①]。无论读，无论做，倘若旁征博访，结果是往往会弄到抬驴子走的。

不过我并非要大家不看批评，不过说看了之后，仍要看看本书，自己思索，自己做主。看别的书也一样，仍要自己思索，自

①这个比喻见于印度何种书籍，未详。

己观察。倘只看书，便变成书厨，即使自己觉得有趣，而那趣味其实是已在逐渐硬化，逐渐死去了。我先前反对青年躲进研究室①，也就是这意思，至今有些学者，还将这话算作我的一条罪状哩。

听说英国的培那特萧②（Bernard Shaw），有过这样意思的话：世间最不行的是读书者。因为他只能看别人的思想艺术，不用自己。这也就是勖本华尔③（Schopenhauer）之所谓脑子里给别人跑马。较好的是思索者。因为能用自己的生活力了，但还不免是空想，所以更好的是观察者，他用自己的眼睛去读世间这一部活书。

这是的确的，实地经验总比看，听，空想确凿。我先前吃过干荔支，罐头荔支，陈年荔支，并且由这些推想过新鲜的好荔支。这回吃过了，和我所猜想的不同，非到广东来吃就永不会知道。但我对于萧的所说，还要加一点骑墙的议论。萧是爱尔兰人，立论也不免有些偏激的。我以为假如从广东乡下找一个没有历练的人，叫他从上海到北京或者什么地方，然后问他观察所得，我恐怕是很有限的，因为他没有练习过观察力。所以要观察，还是先要经过思索和读书。

---

①进研究室：五四以后，胡适提出“进研究室”“整理国故”的主张，企图诱使青年脱离现实斗争。1924年间，鲁迅曾多次写文章批驳过，参看《坟·未有天才之前》等文。

②培那特萧：即萧伯纳。

③勖本华尔：即叔本华。

总之，我的意思是很简单的：我们自动的读书，即嗜好的读书，请教别人是大抵无用，只好先行泛览，然后决择而入于自己所爱的较专的一门或几门；但专读书也有弊病，所以必须和现实社会接触，使所读的书活起来。

·背景与思想·

本文是鲁迅先生在广州知用中学演讲时的演讲稿，主要是对广大青年学生的读书问题所提出的几点建议。文章提出了两种读书的方式：一是职业的读书；另一种是嗜好的读书。鲁迅先生建议广大的青年应该带着兴趣的嗜好去读书，这样的读书方式“超越了功利”，并且还提倡读“闲书”，大量的“泛读”，在读的过程中要有自己的思考。另外还提出“看了别人的批评后必须看看原书”等等。这篇文章表达了鲁迅先生对广大青年学生深深的关爱和殷切的期望。

·品读与借鉴·

1. 深入浅出。怎样读书是一个难以回答的问题，而鲁迅先生却深入浅出，全面地回答了青年学生读书应该注意的几点问题。首先将读书的方式分为两类，然后分析这两种读书方式形成的原因，最后提出广大青年学生应该选择嗜好的读书方式。这样提出问题、分析问题、解决问题的方法就使读者很容易理解作者要表述的内容。

2. 结构严谨，层次清晰。文章在内容上分成了两部分，提出了两个大的观点：职业读书和嗜好读书，然后对各自的观点进行阐述，并且着重阐述了嗜好读书对青年的重要性。这样文章在结构上就十分的严谨，层次也更清晰。

再谈香港

我经过我所视为“畏途”的香港，算起来九月二十八日是第三回。

第一回带着一点行李，但并没有遇见什么事。第二回是单身往来，那情状，已经写过一点了。这回却比前两次仿佛先就感到不安，因为曾在《创造月刊》上王独清[①]先生的通信中，见过英国雇用的中国同胞上船“查关”的威武：非骂则打，或者要几块钱。而我是有十只书箱在统舱里，六只书箱和衣箱在房舱里的。

看看挂英旗的同胞的手腕，自然也可说是一种经历，但我又想，这代价未免太大了，这些行李翻动之后，单是重行整理捆扎，就须大半天；要实验，最好只有一两件。然而已经如此，也就随他如此罢。只是给钱呢，还是听他逐件查验呢？倘查验，我一个人一时怎么收拾呢？

船是二十八日到香港的，当日无事。第二天午后，茶房匆匆

①王独清（1898—1940）：陕西西安人，创造社成员。

跑来了，在房外用手招我道：

“查关!开箱子去!”

我拿了钥匙，走进统舱，果然看见两位穿深绿色制服的英属同胞，手执铁签，在箱堆旁站着。我告诉他这里面是旧书，他似乎不懂，嘴里只有三个字：

“打开来!”

“这是对的，”我想，“他怎能相信漠不相识的我的话呢。”自然打开来，于是靠了两个茶房的帮助，打开来了。

他一动手，我立刻觉得香港和广州的查关的不同。我出广州，也曾受过检查。但那边的检查员，脸上是有血色的，也懂得我的话。每一包纸或一部书，抽出来看后，便放在原地方，所以毫不凌乱。的确是检查。而在这“英人的乐园”的香港可大两样了。检查员的脸是青色的，也似乎不懂我的话。他只将箱子的内容倒出，翻搅一通，倘是一个纸包，便将包纸撕破，于是一箱书籍，经他搅松之后，便高出箱面有六七寸了。

“打开来!”

其次是第二箱。我想，试一试罢。

“可以不看么？”我低声说。

“给我十块钱。”他低声说。他懂得我的话的。

“两块。”我原也肯多给几块的，因为这检查法委实可怕，十箱书收拾妥帖，至少要五点钟。可惜我一元的钞票只有两张了，此外是十元的整票，我一时还不肯献出去。

“打开来!”

两个茶房将第二箱抬到舱面上，他如法泡制，一箱书又变了一箱半，还撕碎了几个厚纸包。一面“查关”，一面磋商，我添到五元，他减到七元，即不肯再减。其时已经开到第五箱，四面围满了一群看热闹的旁观者。

箱子已经开了一半了，索性由他看去罢，我想着，便停止了商议，只是“打开来”。但我的两位同胞也仿佛有些厌倦了似的，渐渐不像先前一般翻箱倒箧，每箱只抽二三十本书，抛在箱面上，便画了查讫的记号了。其中有一束旧信札，似乎颇惹起他们的兴味，振了一振精神，但看过四五封之后，也就放下了。此后大抵又开了一箱罢，他们便离开了乱书堆：这就是终结。

我仔细一看，已经打开的是八箱，两箱丝毫未动。而这两个硕果，却全是伏园①的书箱，由我替他带回上海来的。至于我自己的东西，是全部乱七八糟。

“吉人自有天相，伏园真福将也!而我的华盖运却还没有走完，噫吁唏……”我想着，蹲下去随手去拾乱书。拾不几本，茶房又在舱口大声叫我了：

“你的房里查关，开箱子去!”我将收拾书箱的事托了统舱的茶房，跑回房舱去。果然，两位英属同胞早在那里等我了。床上的铺盖已经掀得稀乱，一个凳子躺在被铺上。我一进门，他们便

---

①伏园：即孙伏园，绍兴人，现代散文作家、著名副刊编辑。

搜我身上的皮夹。我以为意在看看名刺，可以知道姓名。然而并不看名刺，只将里面的两张十元钞票一看，便交还我了。还嘱咐我好好拿着，仿佛很怕我遗失似的。

其次是开提包，里面都是衣服，只抖开了十来件，乱堆在床铺上。其次是看提篮，有一个包着七元大洋的纸包，打开来数了一回，默然无话。还有一包十元的在底里，却不被发见，漏网了。其次是看长椅子上的手巾包，内有角子一包十元，散的四五元，铜子数十枚，看完之后，也默然无话。其次是开衣箱。这回可有些可怕了。我取锁匙略迟，同胞已经捏着铁签作将要毁坏铰链之势，幸而钥匙已到，始庆安全。里面也是衣服，自然还是照例的抖乱，不在话下。

“你给我们十块钱，我们不搜查你了。”一个同胞一面搜衣箱，一面说。

我就抓起手巾包里的散角子来，要交给他。但他不接受，回过头去再“查关”。

话分两头。当这一位同胞在查提包和衣箱时，那一位同胞是在查网篮。但那检查法，和在统舱里查书箱的时候又两样了。那时还不过捣乱，这回却变了毁坏。他先将鱼肝油的纸匣撕碎，掷在地板上，还用铁签在蒋径三[①]君送我的装着含有荔枝香味的茶叶

①蒋径三（1899—1936）：浙江临海人，当时任中山大学图书馆馆员、历史语言研究所助教。

的瓶上钻了一个洞。一面钻，一面四顾，在桌上见了一把小刀。这是在北京时用十几个铜子从白塔寺买来，带到广州，这回削过杨桃的。事后一量，连柄长华尺五寸三分。然而据说是犯了罪了。

“这是凶器，你犯罪的。”他拿起小刀来，指着向我说。

我不答话，他便放下小刀，将盐煮花生的纸包用指头挖了一个洞。接着又拿起一盒蚊烟香。

“这是什么？”

“蚊烟香。盒子上不写着么？”我说。

“不是。这有些古怪。”

他于是抽出一枝来，嗅着。后来不知如何，因为这一位同胞已经搜完衣箱，我须去开第二只了。这时却使我非常为难，那第二只里并不是衣服或书籍，是极其零碎的东西：照片，钞本，自己的译稿，别人的文稿，剪存的报章，研究的资料……。我想，倘一毁坏或搅乱，那损失可太大了。而同胞这时忽又去看了一回手巾包。我于是大悟，决心拿起手巾包里十元整封的角子，给他看了一看。他回头向门外一望，然后伸手接过去，在第二只箱上画了一个查讫的记号，走向那一位同胞去。大约打了一个暗号罢，——然而奇怪，他并不将钱带走，却塞在我的枕头下，自己出去了。

这时那一位同胞正在用他的铁签，恶狠狠地刺入一个装着饼类的坛子的封口去。我以为他一听到暗号，就要中止了。而孰知不然。他仍然继续工作，挖开封口，将盖着的一片木板摔在地板上，碎为两片，然后取出一个饼，捏了一捏，掷入坛中，这才也扬长而去了。

天下太平。我坐在烟尘陡乱，乱七八糟的小房里，悟出我的两位同胞开手的捣乱，倒并不是恶意。即使议价，也须在小小乱七八糟之后，这是所以“掩人耳目”的，犹言如此凌乱，可见已经检查过。王独清先生不云乎？同胞之外，是还有一位高鼻子，白皮肤的主人翁的。当收款之际，先看门外者大约就为此。但我一直没有看见这一位主人翁。

后来的毁坏，却很有一点恶意了。然而也许倒要怪我自己不肯拿出钞票去，只给银角子。银角子放在制服的口袋里，沉垫垫地，确是易为主人翁所发见的，所以只得暂且放在枕头下。我想，他大概须待公事办毕，这才再来收账罢。

皮鞋声橐橐地自远而近，停在我的房外了，我看时，是一个白人，颇胖，大概便是两位同胞的主人翁了。

“查过了？”他笑嘻嘻地问我。

的确是的，主人翁的口吻。但是，一目了然，何必问呢？或者因为看见我的行李特别乱七八糟，在慰安我，或在嘲弄我罢。

他从房外拾起一张《大陆报》[1]附送的图画，本来包着什

---

①《大陆报》：美国人密勒（F.Millard）1911年8月23日在上海创办的英文日报。

物，由同胞撕下来抛出去的，倚在壁上看了一回，就又慢慢地走过去了。

我想，主人翁已经走过，“查关”该已收场了，于是先将第一只衣箱整理，捆好。

不料还是不行。一个同胞又来了，叫我“打开来”，他要査。接着是这样的问答——

“他已经看过了。”我说。

“没有看过。没有打开过。打开来!”

“我刚刚捆好的。”

“我不信。打开来!”

“这里不画着查过的符号么？”

“那么，你给了钱了罢？你用贿赂……”

“……”

“你给了多少钱？”

“你去问你的一伙去。”

他去了。不久，那一个又忙忙走来，从枕头下取了钱，此后便不再看见，——真正天下太平。

我才又慢慢地收拾那行李。只见桌子上聚集着几件东西，是我的一把剪刀，一个开罐头的家伙，还有一把木柄的小刀。大约倘没有那十元小洋，便还要指这为“凶器”，加上“古怪”的香，来恐吓我的罢。但那一枝香却不在桌子上。

船一走动，全船反显得更闲静了，茶房和我闲谈，却将这翻箱倒箧的事，归咎于我自己。

“你生得太瘦了，他疑心你是贩雅片的。”他说。

我实在有些愕然。真是人寿有限，“世故”无穷。我一向以为和人们抢饭碗要碰钉子，不要饭碗是无妨的。去年在厦门，才知道吃饭固难，不吃亦殊为“学者”[①]所不悦，得了不守本分的批评。胡须的形状，有国粹和欧式之别，不易处置，我是早经明白的。今年到广州，才又知道虽颜色也难以自由，有人在日报上警告我，叫我的胡子不要变灰色，又不要变红色[②]。至于为人不可太瘦，则到香港才省悟，先前是梦里也未曾想到的。

的确，监督着同胞“查关”的一个西洋人，实在吃得很肥胖。

香港虽只一岛，却活画着中国许多地方现在和将来的小照：中央几位洋主子，手下是若干颂德的“高等华人”和一伙作伥的奴气同胞。此外即全是默默吃苦的“土人”，能耐的死在洋场上，耐不住的逃入深山中，苗瑶[③]是我们的前辈。

九月二十九之夜，海上。

---

①“学者”：指顾颉刚等。

②关于胡须的形状，参看《坟·说胡须》。下文说的关于胡须颜色的警告，指当时广州《国民新闻》副刊《新时代》发表的尸一《鲁迅先生在茶楼上》一文，其中说：“把他的胡子研究起来，我的结论是，他会由黑而灰，由灰而白。至于有人希望或恐怕它变成‘红胡子’，那就非我所敢知的了。”

③苗瑶：我国两个少数民族苗族和瑶族。

·背景与思想·

这篇文章收录在杂文集的《而已集》里面，鲁迅先后写了《略谈香港》和《再谈香港》两篇杂文。在《略谈香港》里鲁迅先生就写到了“‘搜身’的纠葛”，而在《再谈香港》里进一步反映了香港在英国的霸道统治下，国人所受到的无理待遇。这篇杂文用大量的篇幅描写了鲁迅先生被误认为鸦片贩子而遭到无理查书的情形，表达了自己强烈的愤慨，同时也带着悲悯和无奈批判殖民者的帮凶和奴才，“哀其不幸，怒其不争”。

·品读与借鉴·

1. 细节描写。文中对英籍同胞查抄书籍的过程进行了细致的描绘，多处有动作描写，如“他只将箱子的内容倒出，翻搅一通，倘是一个纸包，便将包纸撕破”等一系列动作将英属走狗的蛮横行径表现得一览无余。同时文章还有大量的语言描写，如“你给我们十块钱，我们不搜查你了”等等，使读者对香港殖民地的黑暗统治有了更深的体会。

2. 小中见大，意味深远。文章的结尾提到香港只是弹丸之地，但是通过它让读者看到了旧中国殖民地被奴役人民的真实写照。这样的写作手法有着很好的现实意义，同时发人深思，影响深远。

文学与出汗

上海的教授[①]对人讲文学，以为文学当描写永远不变的人性，否则便不久长。例如英国，莎士比亚和别的一两个人所写的是永久不变的人性，所以至今流传，其余的不这样，就都消灭了云。

这真是所谓“你不说我倒还明白，你越说我越胡涂”了。英国有许多先前的文章不流传，我想，这是总会有的，但竟没有想到它们的消灭，乃因为不写永久不变的人性。现在既然知道了这一层，却更不解它们既已消灭，现在的教授何从看见，却居然断定它们所写的都不是永久不变的人性了。

只要流传的便是好文学，只要消灭的便是坏文学；抢得天下的便是王，抢不到天下的便是贼。莫非中国式的历史论，也将沟通了中国人的文学论欤？

①上海的教授：指梁实秋。

而且，人性是永久不变的么？

类人猿，类猿人，原人，古人，今人，未来的人，……如果生物真会进化，人性就不能永久不变。不说类猿人，就是原人的脾气，我们大约就很难猜得着的，则我们的脾气，恐怕未来的人也未必会明白。要写永久不变的人性，实在难哪。

譬如出汗罢，我想，似乎于古有之，于今也有，将来一定暂时也还有，该可以算得较为“永久不变的人性”了。然而“弱不禁风”的小姐出的是香汗，“蠢笨如牛”的工人出的是臭汗。不知道倘要做长留世上的文字，要充长留世上的文学家，是描写香汗好呢，还是描写臭汗好？这问题倘不先行解决，则在将来文学史上的位置，委实是“岌岌乎殆哉”[①]。

听说，例如英国，那小说，先前是大抵写给太太小姐们看的，其中自然是香汗多；到十九世纪后半，受了俄国文学的影响，就很有些臭汗气了。那一种的命长，现在似乎还在不可知之数。

在中国，从道士听论道，从批评家听谈文，都令人毛孔痉挛，汗不敢出[②]然而这也许倒是中国的“永久不变的人性”罢。

一九二七年十二月二十三日

①“岌岌乎殆哉”：语出《孟子·万章》：“天下殆哉，岌岌乎!”即危险不安的意思。

②汗不敢出：《世说新语·言语》：“战战栗栗，汗不敢出。”

·背景与思想·

这是一篇专为批驳梁实秋持有的“人性论”所作的驳论文。1927年，梁实秋曾发表多篇文章，宣扬“人性论”，认为“普遍的，永久不变的人性”才是文学永恒的主题，否定了文学的阶级性。鲁迅则认为阶级社会里的人的阶级性是不同的，通过机智幽默的比喻和尖锐辛辣的讽刺来批驳了对方的观点，积极肯定了新生的革命文学。

·品读与借鉴·

1. 层次严谨、脉络分明。文章首先提出要批驳的观点：“文学当描写永远不变的人性，否则便不久长”；接着通过“人类进化”和“出汗”等形象比喻论证，使对方的观点不攻自破。

2. 比喻机智、批驳有力。选取“出汗”这个正常的生理现象来批驳对方的观点，十分机智幽默。“香汗”“臭汗”实指阶级社会中不同的阶级性。阶级性的不同所反映出来的文学主张也就不同，所以用出汗这个比喻形象有力地批驳了梁实秋的文学“人性论”，使人心服口服。

无声的中国

——二月十六日在香港青年会[①]讲

以我这样没有什么可听的无聊的讲演，又在这样大雨的时候，竟还有这许多来听的诸君，我首先应当声明我的郑重的感谢。

我现在所讲的题目是：《无声的中国》。

现在，浙江，陕西，都在打仗[②]，那里的人民哭着呢还是笑着呢，我们不知道。香港似乎很太平，住在这里的中国人，舒服呢还是不很舒服呢，别人也不知道。

发表自己的思想，感情给大家知道的是要用文章的，然而拿文章来达意，现在一般的中国人还做不到。这也怪不得我们；因为那文字，先就是我们的祖先留传给我们的可怕的遗产。人们费了多年的工夫，还是难于运用。因为难，许多人便不理它了，甚

①青年会：即基督教青年会，基督教进行社会文化活动的机构之一。

②这里说的浙江陕西在打仗，指1926年末至1927年初北洋军阀孙传芳在浙江进攻与广州国民政府有联系的陈仪、周凤岐等部，和1926年12月冯玉祥所部国民军在陕西反对北洋军阀吴佩孚的战争。

至于连自己的姓也写不清是张还是章，或者简直不会写，或者说道：Chang。虽然能说话，而只有几个人听到，远处的人们便不知道，结果也等于无声。又因为难，有些人便当作宝贝，像玩把戏似的，之乎者也，只有几个人懂，——其实是不知道可真懂，而大多数的人们却不懂得，结果也等于无声。

文明人和野蛮人的分别，其一，是文明人有文字，能够把他们的思想，感情，藉此传给大众，传给将来。中国虽然有文字，现在却已经和大家不相干，用的是难懂的古文，讲的是陈旧的古意思，所有的声音，都是过去的，都就是只等于零的。所以，大家不能互相了解，正像一大盘散沙。

将文章当作古董，以不能使人认识，使人懂得为好，也许是有趣的事罢。但是，结果怎样呢？是我们已经不能将我们想说的话说出来。我们受了损害，受了侮辱，总是不能说出些应说的话。拿最近的事情来说，如中日战争，拳匪事件，民元革命[①]这些大事件，一直到现在，我们可有一部像样的著作？民国以来，也还是谁也不作声。反而在外国，倒常有说起中国的，但那都不是中国人自己的声音，是别人的声音。

这不能说话的毛病，在明朝是还没有这样厉害的；他们还

①中日战争：指1894年（甲午）日本军国主义侵略中国而引起的战争。拳匪事件:指1900年义和团反对帝国主义侵略的斗争。民元革命:即1911年（辛亥）孙中山领导的推翻清王朝、建立民国的民主革命。

比较地能够说些要说的话。待到满洲人以异族侵入中国，讲历史的，尤其是讲宋末的事情的人被杀害了，讲时事的自然也被杀害了。所以，到乾隆年间，人民大家便更不敢用文章来说话了[①]。所谓读书人，便只好躲起来读经，校刊古书，做些古时的文章，和当时毫无关系的文章。有些新意，也还是不行的；不是学韩，便是学苏。韩愈苏轼他们，用他们自己的文章来说当时要说的话，那当然可以的。我们却并非唐宋时人，怎么做和我们毫无关系的时候的文章呢。即使做得像，也是唐宋时代的声音，韩愈苏轼的声音，而不是我们现代的声音。然而直到现在，中国人却还要着这样的旧戏法。人是有的，没有声音，寂寞得很。——人会没有声音的么？没有，可以说，是死了。倘要说得客气一点，那就是：已经哑了。

要恢复这多年无声的中国，是不容易的，正如命令一个死掉的人道："你活过来!"我虽然并不懂得宗教，但我以为正如想出现一个宗教上之所谓"奇迹"一样。

首先来尝试这工作的是"五四运动"前一年，胡适之先生所提倡的"文学革命"[②]。"革命"这两个字，在这里不知道可害

①指清初统治者多次施于汉族人民的文字狱。

②胡适之（1891—1962）：名适，字适之，安徽绩溪人。他在五四时期是新文化运动右翼的代表人物。这里所说他提倡"文学革命"，是指他在《新青年》杂志第四卷第四号（1918年4月）上发表的《建设的文学革命论》一文。

怕，有些地方是一听到就害怕的。但这和文学两字连起来的“革命”，却没有法国革命[1]的“革命”那么可怕，不过是革新，改换一个字，就很平和了，我们就称为“文学革新”罢，中国文字上，这样的花样是很多的。那大意也并不可怕，不过说：我们不必再去费尽心机，学说古代的死人的话，要说现代的活人的话；不要将文章看作古董，要做容易懂得的白话的文章。然而，单是文学革新是不够的，因为腐败思想，能用古文做，也能用白话做。所以后来就有人提倡思想革新。思想革新的结果，是发生社会革新运动。这运动一发生，自然一面就发生反动，于是便酿成战斗……

但是，在中国，刚刚提起文学革新，就有反动了。不过白话文却渐渐风行起来，不大受阻碍。这是怎么一回事呢？就因为当时又有钱玄同[2]先生提倡废止汉字，用罗马字母来替代。这本也不过是一种文字革新，很平常的，但被不喜欢改革的中国人听见，就大不得了了，于是便放过了比较的平和的文学革命，而竭力来骂钱玄同。白话乘了这一个机会，居然减去了许多敌人，反而没有阻碍，能够流行了。

---

①法国革命：指1789年至1794年的法国资产阶级革命。这次革命摧毁了法国封建专制制度，促进了法国资本主义的发展，并推动了欧洲各国的革命。

②钱玄同（1887—1939）：浙江吴兴人，文字学家，五四时期新文化运动的积极参加者。

中国人的性情是总喜欢调和，折中的。譬如你说，这屋子太暗，须在这里开一个窗，大家一定不允许的。但如果你主张拆掉屋顶，他们就会来调和，愿意开窗了。没有更激烈的主张，他们总连平和的改革也不肯行。那时白话文之得以通行，就因为有废掉中国字而用罗马字母的议论的缘故。

其实，文言和白话的优劣的讨论，本该早已过去了，但中国是总不肯早早解决的，到现在还有许多无谓的议论。例如，有的说：古文各省人都能懂，白话就各处不同，反而不能互相了解了。殊不知这只要教育普及和交通发达就好，那时就人人都能懂较为易解的白话文；至于古文，何尝各省人都能懂，便是一省里，也没有许多人懂得的。有的说：如果都用白话文，人们便不能看古书，中国的文化就灭亡了。其实呢，现在的人们大可以不必看古书，即使古书里真有好东西，也可以用白话来译出的，用不着那么心惊胆战。他们又有人说，外国尚且译中国书，足见其好，我们自己倒不看么？殊不知埃及的古书，外国人也译，非洲黑人的神话，外国人也译，他们别有用意，即使译出，也算不了怎样光荣的事的。

近来还有一种说法，是思想革新紧要，文字改革倒在其次，所以不如用浅显的文言来作新思想的文章，可以少招一重反对。这话似乎也有理。然而我们知道，连他长指甲都不肯剪去的人，是决不肯剪去他的辫子的。

因为我们说着古代的话，说着大家不明白，不听见的话，已经弄得像一盘散沙，痛痒不相关了。我们要活过来，首先就须由青年们不再说孔子孟子和韩愈柳宗元们的话。时代不同，情形也两样，孔子时代的香港不这样，孔子口调的“香港论”是无从做起的，“吁嗟阔哉香港也”，不过是笑话。

我们要说现代的，自己的话；用活着的白话，将自己的思想，感情直白地说出来。但是，这也要受前辈先生非笑的。他们说白话文卑鄙，没有价值；他们说年青人作品幼稚，贻笑大方。我们中国能做文言的有多少呢，其余的都只能说白话，难道这许多中国人，就都是卑鄙，没有价值的么？至于幼稚，尤其没有什么可羞，正如孩子对于老人，毫没有什么可羞一样。幼稚是会生长，会成熟的，只不要衰老，腐败，就好。倘说待到纯熟了才可以动手，那是虽是村妇也不至于这样蠢。她的孩子学走路，即使跌倒了，她决不至于叫孩子从此躺在床上，待到学会了走法再下地面来的。

青年们先可以将中国变成一个有声的中国。大胆地说话，勇敢地进行，忘掉了一切利害，推开了古人，将自己的真心的话发表出来。——真，自然是不容易的。譬如态度，就不容易真，讲演时候就不是我的真态度，因为我对朋友，孩子说话时候的态度是不这样的。——但总可以说些较真的话，发些较真的声音。只有真的声音，才能感动中国的人和世界的人；必须有了真的声音，才能和世界的人同在世界上生活。

我们试想现在没有声音的民族是那几种民族。我们可听到埃及人的声音？可听到安南，朝鲜的声音？印度除了泰戈尔①，别的声音可还有？

我们此后实在只有两条路：一是抱着古文而死掉，一是舍掉古文而生存。

·背景与思想·

这是一篇演讲稿，作于1927年2月16日的香港青年会上。这次演讲的意图是在号召广大青年摒弃“之乎者也”的文言，告诫大家：现代人就要用通俗易懂的白话文来作文章。文章指出：这里的“无声”是指革命抗战时期，用的晦涩的文字来作文章，国民看不懂如同“无声”一样，起不到标榜警示的作用。同时鲁迅先生用犀利的眼光揭示出了反动统治者们极力压制独立的思想和自由的声音。文章还指出中国的贫穷落后正是因为大众不敢发出自由的声音才导致了国民处在水深火热之中，民不聊生。最后鲁迅深刻地警示国民：文明要想进步、阶级要想平等、国家要想繁荣昌盛首先要给民众以自由的声音才是发展的良策。

文章的实旨是要青年们清醒过来，拿起言论的武器来振兴民族。

·品读与借鉴·

1. 运用历史来揭露国民性。国民不敢言论实际上是一种民族的劣根性。鲁迅先生从历史的角度出发，进行了深入的剖析。文章列举

①泰戈尔：印度诗人，著《新月集》《飞鸟集》和长篇小说《沉船》等。

了历史上很多的文字狱案例，如“到乾隆年间，人民便更不敢用文章来说话了”等，意在说明国民的劣根性自古就有，同时也指出了统治者无情残暴地统治人民。运用历史的武器，使文章更具说服力，说理性更加充分。

2. 结尾高度凝练。文章结尾用简短的一句话就点明了观点：一是抱着古文而死掉，一是舍掉古文而生存。意在说明：如果作文章用生僻晦涩的文字和难以理解的内容必将会使中国“无声”，必将会使中国走向灭亡。这样的结尾一语中的，使读者更好地明白作者的观点态度。

“醉眼”中的朦胧

旧历和新历的今年似乎于上海的文艺家们特别有着刺激力，接连的两个新正一过，期刊便纷纷而出了。他们大抵将全力用尽在伟大或尊严的名目上，不惜将内容压杀。连产生了不止一年的刊物，也显出拚命的挣扎和突变来。作者呢，有几个是初见的名字，有许多却还是看熟的，虽然有时觉得有些生疏，但那是因为停笔了一年半载的缘故。他们先前在做什么，为什么今年一齐动笔了？说起来怕话长。要而言之，就因为先前可以不动笔，现在却只好来动笔，仍如旧日的无聊的文人，文人的无聊一模一样。这是有意识或无意识地，大家都有些自觉的，所以总要向读者声明“将来”：不是“出国”，“进研究室”，便是“取得民众”。功业不在目前，一旦回国，出室，得民之后，那可是非同小可了。自然，倘有远识的人，小心的人，怕事的人，投机的人，最好是此刻豫致“革命的敬礼”。一到将来，就要“悔之晚矣”了。

然而各种刊物，无论措辞怎样不同，都有一个共通之点，就是：有些朦胧。这朦胧的发祥地，由我看来，——虽然是冯乃超[①]的所谓“醉眼陶然”——也还在那有人爱，也有人憎的官僚和军阀。和他们已有瓜葛，或想有瓜葛的，笔下便往往笑迷迷，向大家表示和气，然而有远见，梦中又害怕铁锤和镰刀，因此也不敢分明恭维现在的主子，于是在这里留着一点朦胧。和他们瓜葛已断，或则并无瓜葛，走向大众去的，本可以毫无顾忌地说话了，但笔下即使雄纠纠，对大家显英雄，会忘却了他们的指挥刀的傻子是究竟不多的，这里也就留着一点朦胧。于是想要朦胧而终于透漏色彩的，想显色彩而终于不免朦胧的，便都在同地同时出现了。

其实朦胧也不关怎样紧要。便在最革命的国度里，文艺方面也何尝不带些朦胧。然而革命者决不怕批判自己，他知道得很清楚，他们敢于明言。惟有中国特别，知道跟着人称托尔斯泰为“卑汙的说教人”[②]了，而对于中国“目前的情状”，却只觉得在“事实上，社会各方面亦正受着乌云密布的势力的支配”，连他的“剥去政府的暴力，裁判行政的喜剧的假面”的勇气的几分之

①冯乃超（1901—1983）：广东南海人（生于日本），现代作家、翻译家。

②托尔斯泰：俄国作家，著有《战争与和平》《复活》等。“卑汙的说教人”：冯乃超在《艺术与社会生活》一文中称俄国作家托尔斯泰是“卑汙的说教人”，后文中引述关于中国“目前的情状”的一些话，也出自同一篇文章。

也没有；知道人道主义不彻底了，但当“杀人如草不闻声”[①]的时候，连人道主义式的抗争也没有。剥去和抗争，也不过是“咬文嚼字”，并非“直接行动”。我并不希望做文章的人去直接行动，我知道做文章的人是大概只能做文章的。

可惜略迟了一点，创造社前年招股本，去年请律师，今年才揭起“革命文学”的旗子，复活的批评家成仿吾总算离开守护“艺术之宫”的职掌，要去“获得大众”，并且给革命文学家“保障最后的胜利”了。这飞跃也可以说是必然的。弄文艺的人们大抵敏感，时时也感到，而且防着自己的没落，如漂浮在大海里一般，拚命向各处抓攫。二十世纪以来的表现主义[②]，踏踏主义[③]，什么什么主义的此兴彼衰，便是这透露的消息。现在则已是大时代，动摇的时代，转换的时代，中国以外，阶级的对立大抵已经十分锐利化，农工大众日日显得着重，倘要将自己从没落救

①“杀人如草不闻声”：语见明代沈明臣作《铙歌十章·凯歌》：“狭巷短兵相接处，杀人如草不闻声。”这里用以指国民党反动派屠杀共产党人和革命群众的血腥罪行。

②表现主义：20世纪西方艺术和文学流派之一。强调主观感受，多以夸张的形体、色彩或语言为表现手段，在绘画、音乐、诗歌、戏剧等门类中均有重大影响。

③踏踏主义：即达达主义（Dada），20世纪西方艺术和文学流派之一。反对传统的艺术规则，注重即兴创作，追求怪诞的、超现实的艺术效果，是当时青年一代恐慌、狂乱的精神状态的反映。

出，当然应该向他们去了。何况“呜呼!小资产阶级原有两个灵魂。……”虽然也可以向资产阶级去，但也能够向无产阶级去的呢。

这类事情，中国还在萌芽，所以见得新奇，须做《从文学革命到革命文学》那样的大题目，但在工业发达，贫富悬隔的国度里，却已是平常的事情。或者因为看准了将来的天下，是劳动者的天下，跑过去了；或者因为倘帮强者，宁帮弱者，跑过去了；或者两样都有，错综地作用着，跑过去了。也可以说，或者因为恐怖，或者因为良心。成仿吾教人克服小资产阶级根性，拉“大众”来作“给与”和“维持”的材料，文章完了，却正留下一个不小的问题：

倘若难于“保障最后的胜利”，你去不去呢?

这实在还不如在成仿吾的祝贺之下，也从今年产生的《文化批判》上的李初梨的文章，索性主张无产阶级文学，但无须无产者自己来写；无论出身是什么阶级，无论所处是什么环境，只要“以无产阶级的意识，产生出来的一种的斗争的文学”就是，直截爽快得多了。但他一看见“以趣味为中心”的可恶的“语丝派”的人名就不免曲折，仍旧“要问甘人[①]君，鲁迅是第几阶级的人?”

①甘人：未详。

我的阶级已由成仿吾判定："他们所矜持的是'闲暇，闲暇，第三个闲暇'；他们是代表着有闲的资产阶级，或者睡在鼓里的小资产阶级。……如果北京的乌烟瘴气不用十万两无烟火药炸开的时候，他们也许永远这样过活的罢。"

我们的批判者才将创造社的功业写出，加以"否定的否定"，要去"获得大众"的时候，便已梦想"十万两无烟火药"，并且似乎要将我挤进"资产阶级"去（因为"有闲就是有钱"云），我倒颇也觉得危险了。后来看见李初梨说："我以为一个作家，不管他是第一第二……第百第千阶级的人，他都可以参加无产阶级文学运动；不过我们先要审察他们的动机。……"这才有些放心，但可虑的是对于我仍然要问阶级。"有闲便是有钱"；倘使无钱，该是第四阶级[①]，可以"参加无产阶级文学运动"了罢，但我知道那时又要问"动机"。总之，最要紧是"获得无产阶级的阶级意识"，——这回可不能只是"获得大众"便算完事了。横竖缠不清，最好还是让李初梨去"由艺术的武器到武器的艺术"，让成仿吾去坐在半租界里积蓄"十万两无烟火药"，我自己是照旧讲"趣味"。

那成仿吾的"闲暇，闲暇，第三个闲暇"的切齿之声，在我

①第四阶级：指无产阶级。西方历史学家曾将法国大革命时期的社会分为三个阶级：第一阶级，国王；第二阶级，僧侣和贵族；第三阶级，包括资产阶级在内的平民阶级。后来随着工人运动的兴起，无产阶级又被称为第四阶级。

是觉得有趣的。因为我记得曾有人批评我的小说，说是“第一个是冷静，第二个是冷静，第三个还是冷静”[①]，“冷静”并不算好批判，但不知怎地竟像一板斧劈着了这位革命的批评家的记忆中枢似的，从此“闲暇”也有三个了。倘有四个，连《小说旧闻钞》也不写，或者只有两个，见得比较地忙，也许可以不至于被“奥伏赫变”（“除掉”的意思，Aufheben的创造派的译音，但我不解何以要译得这么难写，在第四阶级，一定比照描一个原文难）罢，所可惜的是偏偏是三个。但先前所定的不“努力表现自己”之罪[②]，大约总该也和成仿吾的“否定的否定”，一同勾消了。

创造派“为革命而文学”，所以仍旧要文学，文学是现在最紧要的一点，因为将“由艺术的武器，到武器的艺术”，一到“武器的艺术”的时候，便正如“由批判的武器，到用武器的批判”的时候一般，世界上有先例，“徘徊者变成同意者，反对者变成徘徊者”了。

但即刻又有一点不小的问题：为什么不就到“武器的艺术”呢？

---

①“第一个是冷静，第二个是冷静，第三个还是冷静”：指张定璜在《鲁迅先生》一文中对鲁迅创作的评析。

②不“努力表现自己”之罪：指成仿吾在《〈呐喊〉的评论》一文中对鲁迅的批评。文中认为鲁迅小说可分为“再现的”和“表现的”两类，其中“再现的”即不努力表现自我的作品，是“庸俗”的。

这也很像“有产者差来的苏秦的游说”①。但当现在“无产者未曾从有产者意识解放以前”，这问题是总须起来的，不尽是资产阶级的退兵或反攻的毒计。因为这极彻底而勇猛的主张，同时即含有可疑的萌芽了。那解答只好是这样：

因为那边正有“武器的艺术”，所以这边只能“艺术的武器”。

这艺术的武器，实在不过是不得已，是从无抵抗的幻影脱出，坠入纸战斗的新梦里去了。但革命的艺术家，也只能以此维持自己的勇气，他只能这样。倘他牺牲了他的艺术，去使理论成为事实，就要怕不成其为革命的艺术家。因此必然的应该坐在无产阶级的阵营中，等待“武器的铁和火”出现。这出现之际，同时拿出“武器的艺术”来。倘那时铁和火的革命者已有一个“闲暇”，能静听他们自叙的功勋，那也就成为一样的战士了。最后的胜利。然而文艺是还是批判不清的，因为社会有许多层，有先进国的史实在；要取目前的例，则《文化批判》已经拖住Upton Sinclair②，《创造月刊》也背了Vigny③在“开步走”④。

倘使那时不说“不革命便是反革命”，革命的迟滞是“语丝

---

①“有产者差来的苏秦的游说”：这一句和下一句引号中的话都是李初梨《怎样地建设革命文学》一文中的说法。

②Upton Sinclair：今译厄普顿·辛克莱（1878-1968），美国作家。

③Vigny：今译维尼（1797—1863），法国诗人。

④“开步走”：成仿吾《从文学革命到革命文学》一文中鼓动性的言辞。

派”之所为，给人家扫地也还可以得到半块面包吃，我便将于八时间工作之暇，坐在黑房里，续钞我的《小说旧闻钞》，有几国的文艺也还是要谈的，因为我喜欢。所怕的只是成仿吾们真像符拉特弥尔·伊力支[①]一般，居然“获得大众”；那么，他们大约更要飞跃又飞跃，连我也会升到贵族或皇帝阶级里，至少也总得充军到北极圈内去了。译著的书都禁止，自然不待言。

不远总有一个大时代要到来。现在创造派的革命文学家和无产阶级作家虽然不得已而玩着“艺术的武器”，而有着“武器的艺术”的非革命武学家也玩起这玩意儿来了，有几种笑迷迷的期刊[②]便是这。他们自己也不大相信手里的“武器的艺术”了罢。那么，这一种最高的艺术——“武器的艺术”现在究竟落在谁的手里了呢？只要寻得到，便知道中国的最近的将来。

二月二十三日，上海。

①符拉特弥尔·伊力支：即弗拉基米尔·伊里奇·列宁。

②指国民党反动派当时所办的一些刊物如《新生命》等。

·背景与思想·

《"醉眼"中的朦胧》摘自杂文集《三闲集》。这篇文集的写作背景是：1928年，创造社、太阳社与鲁迅展开了一次以革命文学为中心的论战。本文主要是针对创造社、太阳社对鲁迅的批评而写的论战文章，这篇文章对扩大革命文学运动有着广泛的影响，使文化界对鲁迅所领导的革命文学有了更深层次的关注。本文文字尖锐犀利，"'醉眼'中的朦胧"直指敌方的要害。"朦胧"实指在革命运动下的文艺界，一些投机取巧的小人唯唯诺诺、缩首缩尾，不敢明言的嘴脸，文章还披露出创造社和太阳社严重的主观主义和宗派主义倾向。这篇文章具有强烈的针砭时弊性。

·品读与借鉴·

1. 广泛合理的引用。本文最大的特点就是合理广泛的引用，从而起到了有力地批驳对方的观点的作用。例如在批驳对方认为作者有着小资产阶级本性时，引用了《文化批判》上的李初梨的文章，指出了它与"趣味为中心"的矛盾等等，从而起到了驳倒对方论点的作用。

2. 幽默的比喻、辛辣的讽刺。幽默的比喻起到了良好的讽刺作用，这也是增强文章批驳性的一种手段。"这艺术的武器，实在不过是不得已，是从无抵抗的幻影脱出，坠入纸战斗的新梦里去了。"在这句话中"纸战斗"比喻的是反革命文学，用"新梦"比喻不切实际的夸夸其谈，形象且具有说服力。

我的态度气量和年纪

英勇的刊物是层出不穷，“文艺的分野”[①]上的确热闹起来了。日报广告上的《战线》[②]这名目就惹人注意，一看便知道其中都是战士。承蒙一个朋友寄给我三本，才得看见了一点枪烟，并且明白弱水做的《谈中国现在的文学界》里的有一粒弹子，是瞄准着我的。为什么呢？因为先是《“醉眼”中的朦胧》做错了。据说错处有三：一是态度，二是气量，三是年纪。复述易于失真，还是将这粒子弹移置在下面罢：

> 鲁迅那篇，不敬得很，态度太不兴了。我们从他先后的论战上看来，不能不说他的量气太窄了。最先（据所知）他和西滢战，继和长虹战[③]，我们一方面觉得正直是在他这

---

①“文艺的分野”：当时创造社成员的常用语。

②《战线》：文艺性周刊。

③和西滢战：1925年至1926年间，鲁迅与现代评论派的陈西滢等围绕女师大事件、五卅惨案和三一八惨案，进行了激烈的论战。和长虹战：指1926年底鲁迅对高长虹的诽谤所进行的回击。

面，一方面又觉得辞锋太有点尖酸刻薄，现在又和创造社战，辞锋仍是尖酸，正直却不一定落在他这面。是的，仿吾和初梨两人对他的批评是可以有反驳的地方，但这应庄严出之，因为他们所走的方向不能算不对，冷嘲热刺，只有对于冥顽不灵者为必要，因为是不可理喻。对于热烈猛进的绝对不合用这种态度。他那种态度，虽然在他自己亦许觉得骂得痛快，但那种口吻，适足表出"老头子"的确不行吧了。好吧，这事本该是没有勉强的必要和可能，让各人走各人的路去好了。我们不禁想起了五四时的林琴南[①]先生了!

这一段虽然并不涉及是非，只在态度，量气，口吻上，断定这"老头子的确不行"，从此又自然而然地抹杀我那篇文字，但粗粗一看，却很像第三者从旁的批评。从我看来，"尖酸刻薄"之处也不少，作者大概是青年，不会有"老头子"气的，这恐怕因为我"冥顽不灵"，不得已而用之的罢，或者便是自己不觉得。不过我要指摘，这位隐姓埋名的弱水先生，其实是创造社那一面的。我并非说，这些战士，大概是创造社里常见他的脚踪，或在艺术大学[②]里兼有一只饭碗，不过指明他们是相同的气类。因此，所谓《战线》，也仍不过是创造社的战线。所以我和西滢长

①林琴南（1852—1924）：名纾，福建闽侯（今属福州）人，翻译家。
②艺术大学：即上海艺术大学。

虹战，他虽然看见正直，却一声不响，今和创造社战，便只看见尖酸，忽然显战士身而出现了。其实所断定的先两回的我的“正直”，也还是死了已经两千多年了的老头子老聃[1]先师的“将欲取之必先与之”的战略，我并不感服这类的公评。陈西滢[2]也知道这种战法的，他因为要打倒我的短评，便称赞我的小说，以见他之公正。

即使真以为先两回是正直在我这面的罢，也还是因为这位弱水先生是不和他们同系，同社，同派，同流……。从他们那一面看来，事情可就两样了。我“和西滢战”了以后，现代系的唐有壬[3]曾说《语丝》的言论，是受了墨斯科的命令；“和长虹战”了以后，狂飙派的常燕生曾说《狂飙》的停版，也许因为我的阴谋。但除了我们两方以外，恐怕不大有人注意或记得了罢。事不干己，是很容易滑过去的。

这次对于创造社，是的，“不敬得很”，未免有些不“庄严”；即使在我以为是直道而行，他们也仍可认为“尖酸刻薄”。于是“论战”便变成“态度战”“量气战”“年龄战”了。但成仿吾辈的对我的“态度”，战士们虽然不屑留心到，

---

①老聃：即老子，春秋末期楚国人，道家学派的创始人。

②陈西滢（1896—1970）：江苏无锡人，现代评论派重要成员。

③唐有壬（1893—1935）：湖南浏阳人。《现代评论》的撰稿人，后曾任国民党政府外交次长，著名的亲日派分子。

在我本身是明白的。我有兄弟，自以为算不得就是我“不可理喻”，而这位批评家于《呐喊》出版时，即加以讥刺道：“这回由令弟编了出来，真是好看得多了”。这传统直到五年之后，再见于冯乃超的论文，说是“无聊赖地跟他弟弟说几句人道主义的美丽的说话”。我的主张如何且不论，即使相同，何以说话相同便是“无聊赖地”？莫非一有“弟弟”，就必须反对，一个讲革命，一个即该讲保皇，一个学地理，一个就得学天文么？还有，我合印一年的杂感为《华盖集》，另印先前所钞的小说史料为《小说旧闻钞》，是并不相干的。这位成仿吾先生却加以编排道：“我们的鲁迅先生坐在华盖之下正在抄他的‘小说旧闻’。”这使李初梨很高兴，今年又抄在《文化批判》里，还乐得不可开交道，“他（成仿吾）这段文章，比‘趣味文学’还更有趣些。”但是还不够，他们因为我生在绍兴，绍兴出酒，便说“醉眼陶然”；因为我年纪比他们大了，便说“老生”，还要加注道：“若许我用文学的表现。”而这一个“老”的错处，还给《战线》上的弱水先生作为“的确不行”的根源。我自信对于创造社，还不至于用了他们的籍贯，家族，年纪，来作奚落的资料，不过今年偶然做了一篇文章，其中第一次指摘了他们文字里的矛盾和笑话而已。但是“态度”问题来了，“量气”问题也来了，连战士也以为尖酸刻薄。莫非必须我学革命文学家所指为“卑污”的托尔斯泰，毫无抵抗，或者上一呈文：“小资产阶级或有产阶级臣鲁迅诚惶诚恐谨呈革命的‘印贴利更追亚’[①]老爷麾下”，这才不至于“的确不行”么？

至于我是“老头子”，却的确是我的不行。“和长虹战”的时候，他也曾指出我这一条大错处，此外还嘲笑我的生病[②]。而且也是真的，我的确生过病，这回弱水这一位“小头子”对于这一节没有话说，可见有些青年究竟还怀着纯朴的心，很是厚道的。所以他将“冷嘲热刺”的用途，也瓜分开来，给“热烈猛进的”制定了优待条件。可惜我生得太早，已经不属于那一类，不能享受同等待遇了。但幸而我年青时没有真上战线去，受过创伤，倘使身上有了残疾，那就又添一件话柄，现在真不知道要受多少奚落哩。这是“不革命”的好处，应该感谢自己的。

其实这回的不行，还只是我不行，无关年纪的。托尔斯泰，克罗颇特庚，马克斯，虽然言行有“卑污”与否之分，但毕竟都苦斗了一生，我看看他们的照相，全有大胡子。因为我一个而抹杀一切“老头子”，大约是不算公允的。然而中国呢，自然不免又有些特别，不行的多。少年尚且老成，老年当然成老。林琴南先生是确乎应该想起来的，他后来真是暮年景象，因为反对白话，不能论战，便从横道儿来做一篇影射小说，使一个武人痛打

①印贴利更追亚：俄语，即知识分子。

②高长虹在《狂飙》第五期（1926年11月7日）发表的《1925北京出版界形势指掌图》中，诽谤鲁迅为“世故老人”，又嘲弄他“入于心身交病之状况矣”。

改革者，——说得“美丽”一点，就是神往于“武器的文艺”了。旧的和新的，往往有极其相同之点——如：个人主义者和社会主义者往往都反对资产阶级，保守者和改革者往往都主张为人生的艺术，都讳言黑暗，棒喝主义者和共产主义者都厌恶人道主义等——林琴南先生的事也正是一个证明。至于所以不行之故，其关键就全在他生得更早，不知道这一阶级将被“奥服赫变”，及早变计，于是归根结蒂，分明现出Fascist本相了。但我以为“老头子”如此，是不足虑的，他总比青年先死。林琴南先生就早已死去了。可怕的是将为将来柱石的青年，还象他的东拉西扯。

又来说话，量气又太小了，再说下去，就要更小，“正直”岂但“不一定”在这一面呢，还要一定不在这一面。而且所说的又都是自己的事，并非“大贫”[①]的民众……。但是，即使所讲的只是个人的事，有些人固然只看见个人，有些人却也看见背景或环境。例如《鲁迅在广东》这一本书，今年战士们忽以为编者和被编者希图不朽，于是看得“烦躁”，也给了一点对于“冥顽不灵”的冷嘲。我却以为这太偏于唯心论了，无所谓不朽，不朽又干吗，这是现代人大抵知道的。所以会有这一本书，其实不过是要黑字印在白纸上，订成一本，作商品出售罢了。无论是怎样泡

---

①“大贫”：弱水在《谈现在中国的文学界》中说：“中国虽说只有大贫小贫，没有悬殊的阶级，但小贫虽没有小到够得上人家资本阶级的资格，大贫大到够得上人家无产阶级的资格而有余!”

制法，所谓“鲁迅”也者，往往不过是充当了一种的材料。这种方法，便是“所走的方向不能算不对”的创造社也在所不免的。托罗兹基虽然已经“没落”，但他曾说，不含利害关系的文章，当在将来另一制度的社会里。我以为他这话却还是对的。

四月二十日

·背景与思想·

这篇杂文收录在《三闲集》里，也是一篇著名的论战文章。鲁迅在发表了《“醉眼”中的朦胧》后，创造社和太阳社对其指出了三处错误，即“态度”“气量”和“年纪”。鲁迅先生以这三个所谓的错误为题，对其展开了有力的批驳，写下了这篇驳论文。在行文的过程中，作者将“态度”“气量”和“年纪”三者进行了有机的结合，表面看似混乱，其实条理清楚明确，旁征博引，针对性很强。这篇文章给了对方一个很有力的回击。

·品读与借鉴·

1. 反驳有力，条理清晰。开篇首先用大量的篇幅将对方所持观点的原文摘录了出来，这样摆出敌方的观点逐个批驳，显得矛头鲜明而有力。同时鲁迅先生用高度凝练的语言总结出敌方对自己的批评，即“态度”“气量”和“年纪”三方面的错误，在行文过程中针对这三方面进行针对性的反击，条理十分清晰。

2. 旁征博引，说服力强。旁征博引也是鲁迅杂文的一个典型的特征。运用典型的事例和广泛的引用可以更好地表明自己的观点和立场，同时也可以很好地驳倒对方的观点。例如，文章倒数第二自然段列举托尔斯泰等名人的例子来反击“老头子”，说服力很强。

新的“女将”[1]

在上海制图版，比别处便当，也似乎好些，所以日报的星期附录画报呀，书店的什么什么月刊画报呀，也出得比别处起劲。这些画报上，除了一排一排的坐着大人先生们的什么什么会开会或闭会的纪念照片而外，还一定要有“女士”。

“女士”的尊容，为什么要绍介于社会的呢？我们只要看那说明，就可以明白了。例如：

“A女士，B女校皇后，性喜音乐。”

“C女士，D女校高材生，爱养叭儿狗。”

“E女士，F大学肄业，为G先生之第五女公子。”

再看装束：春天都是时装，紧身窄袖；到夏天，将裤脚和袖子都撒掉了，坐在海边，叫作“海水浴”，天气正热，那原是应该的；入秋，天气凉了，不料日本兵恰恰侵入了东三省，于是画报上就出现了白长衫的看护服，或托枪的戎装的女士们。

---

①本篇最初发表于1931年11月20日《北斗》第一卷第三期，署名冬华。

这是可以使读者喜欢的，因为富于戏剧性。中国本来喜欢玩把戏，乡下的戏台上，往往挂着一副对子，一面是“戏场小天地”，一面是“天地大戏场”。做起戏来，因为是乡下，还没有《乾隆帝下江南》之类，所以往往是《双阳公主追狄》《薛仁贵招亲》，其中的女战士，看客称之为“女将”。她头插雉尾，手执双刀（或两端都有枪尖的长枪），一出台，看客就看得更起劲。明知不过是做做戏的，然而看得更起劲了。

练了多年的军人，一声鼓响，突然都变了无抵抗主义者。于是远路的文人学士，便大谈什么“乞丐杀敌”，“屠夫成仁”，“奇女子救国”一流的传奇式古典，想一声锣响，出于意料之外的人物来“为国增光”。而同时，画报上也就出现了这些传奇的插画。但还没有提起剑仙的一道白光，总算还是切实的。

但愿不要误解。我并不是说，“女士”们都得在绣房里关起来；我不过说，雄兵解甲而密斯[①]托枪，是富于戏剧性的而已。

还有事实可以证明。一，谁也没有看见过日本的“惩膺中国军”的看护队的照片；二，日本军里是没有女将的。然而确已动手了。这是因为日本人是做事是做事，做戏是做戏，决不混合起来的缘故。

---

①密斯：英语Miss的音译，意思是小姐。

·背景与思想·

《新的“女将”》作于1931年，正值日军侵占我国东三省。面对国土的丧失，鲁迅先生怀着十分忧虑和悲痛的心情写下了《新的“女将”》。这篇杂文表面上看似是在写“女将”，实际上暗含了丰富的寓意。文章开篇以纪念照片为切入点，引出“女将”，然后，由戏台上的“女戏子”来映射本文的主要写作目的：极力讽刺了在日军的侵略下，国人没有拿起手中的武器来奋勇杀敌，而把所谓的“女将”上场作为一种新奇现象，十分具有戏剧性和讽刺性。另外，这篇文章从侧面提醒国人：中华民族已经到了生死存亡的时刻，抗日救国已经迫在眉睫。

·品读与借鉴·

1. 过渡句的巧妙运用。文中的第五自然段是贯穿全文的纽带。“这是可以使读者喜欢的，因为富于戏剧性”，起到了承上启下的作用。“戏剧性”三个字既总结了上文“女士”照片衣服更迭的戏剧性，又更加巧妙地引出下文：唱戏“女将”角色的笑料。不仅使文章连贯自然，而且圆合有致。

2. 一语双关的巧妙运用。文章倒数第二自然段表面上似乎是在说女士们应该安分守己，其实作者的真正意图是在表明不要因为几个“奇女子救国”就觉得是新奇，杀敌上战场的事情应该是整个民族的事情。

“友邦惊诧”论

只要略有知觉的人就都知道：这回学生的请愿[1]，是因为日本占据了辽吉，南京政府束手无策，单会去哀求国联[2]，而国联却正和日本是一伙。读书呀，读书呀，不错，学生是应该读书的，但一面也要大人老爷们不至于葬送土地，这才能够安心读书。报上不是说过，东北大学逃散，冯庸大学[3]逃散，日本兵看见学生模样的就枪毙吗？放下书包来请愿，真是已经可怜之至。不道国民党政府却在十二月十八日通电各地军政当局文里，又加上他们“捣毁机关，阻断交通，殴伤中委，拦劫汽车，攒击路人及公

①学生的请愿：指1931年12月间全国各地学生为反对蒋介石的不抵抗政策到南京请愿的事件。

②哀求国联：九一八事变后，国民党政府多次向国联申诉，11月23日当日军进攻锦州时，又向国联提议划锦州为中立区，以中国军队退入关内为条件请求日军停止进攻；12月15日在日军继续进攻锦州时再度向国联申诉，请求它出面干涉，阻止日本帝国主义扩大侵华战争。

③冯庸大学：奉系军阀冯庸所创办的一所大学，1927年在沈阳成立，1931年九一八事变后停办。

务人员，私逮刑讯，社会秩序，悉被破坏”的罪名，而且指出结果，说是“友邦人士，莫名惊诧，长此以往，国将不国”了!

好个“友邦人士”!日本帝国主义的兵队强占了辽吉，炮轰机关，他们不惊诧；阻断铁路，追炸客车，捕禁官吏，枪毙人民，他们不惊诧。中国国民党治下的连年内战，空前水灾，卖儿救穷，砍头示众，秘密杀戮，电刑逼供，他们也不惊诧。在学生的请愿中有一点纷扰，他们就惊诧了!

好个国民党政府的“友邦人士”!是些什么东西!

即使所举的罪状是真的罢，但这些事情，是无论那一个“友邦”也都有的，他们的维持他们的“秩序”的监狱，就撕掉了他们的“文明”的面具。摆什么“惊诧”的臭脸孔呢?

可是“友邦人士”一惊诧，我们的国府就怕了，“长此以往，国将不国”了，好像失了东三省，党国倒愈像一个国，失了东三省谁也不响，党国倒愈像一个国，失了东三省只有几个学生上几篇“呈文”，党国倒愈像一个国，可以博得“友邦人士”的夸奖，永远“国”下去一样。

几句电文，说得明白极了：怎样的党国，怎样的“友邦”。“友邦”要我们人民身受宰割，寂然无声，略有“越轨”，便加屠戮；党国是要我们遵从这“友邦人士”的希望，否则，他就要“通电各地军政当局”，“即予紧急处置，不得于事后借口无法劝阻，敷衍塞责”了!

因为“友邦人士”是知道的：日兵“无法劝阻”，学生们怎会“无法劝阻”？每月一千八百万的军费，四百万的政费，作什么用的呀，“军政当局”呀？

写此文后刚一天，就见二十一日《申报》登载南京专电云：“考试院部员张以宽，盛传前日为学生架去重伤。兹据张自述，当时因车夫误会，为群众引至中大[①]，旋出校回寓，并无受伤之事。至行政院某秘书被拉到中大，亦当时出来，更无失踪之事。”而“教育消息”栏内，又记本埠一小部分学校赴京请愿学生死伤的确数，则云：“中公死二人，伤三十人，复旦伤二人，复旦附中伤十人，东亚失踪一人（系女性），上中失踪一人，伤三人，文生氏死一人，伤五人……”[②]可见学生并未如国府通电所说，将“社会秩序，破坏无余”，而国府则不但依然能够镇压，而且依然能够诬陷，杀戮。“友邦人士”，从此可以不必“惊诧莫名”，只请放心来瓜分就是了。

①中大：南京中央大学。

②中公：中国公学；复旦：复旦大学；复旦附中：复旦大学附属实验中学；东亚：东亚体育专科学校；上中：上海中学；文生氏：文生氏高等英文学校。这些都是当时上海的私立学校。

· 背景与思想 ·

这是一篇短小精悍的著名驳论文。1931年日军侵占东三省，全国各地学生极力反对蒋介石的不抵抗政策纷纷到南京政府请愿。12月18日，国民党反动政府致电各地军政当局："友邦人士，莫名诧异。"全国上下一片哗然。鲁迅先生带着愤慨的心情，用幽默的语言、辛辣的讽刺、明辨是非的洞察力尖锐地揭露了国民党反动政府对外妥协对内镇压的反动本质。本文在颂扬爱国人士不屈精神的同时，也表明了鲁迅先生对国民党反动派和所谓的"友邦人士"的无情嘲弄。文章毫无情面地驳倒了敌方的谬论，同时也撕毁了他们伪善的面目。

· 品读与借鉴 ·

1. 以事实为基础，对比强烈。批驳、讽刺从事实出发，列举确凿的事实对敌人的谬论产生了有力的回击。文中将日军的无恶不作和国民党对其暴行暴政的"不诧异"与学生请愿时"就诧异"作对比，将敌人的无耻行径批驳得体无完肤。

2. 义正辞严，批判有力。文中写到"好个国民党政府的'友邦人士'!是些什么东西!"，用极其严厉的口吻给敌人直接回击，使读者阅读文章时感到痛快淋漓。

为了忘却的记念

一

我早已想写一点文字，来记念几个青年的作家。这并非为了别的，只因为两年以来，悲愤总时时来袭击我的心，至今没有停止，我很想借此算是竦身一摇，将悲哀摆脱，给自己轻松一下，照直说，就是我倒要将他们忘却了。

两年前的此时，即一九三一年的二月七日夜或八日晨，是我们的五个青年作家[①]同时遇害的时候。当时上海的报章都不敢载这件事，或者也许是不愿，或不屑载这件事，只在《文艺新闻》上有一点隐约其辞的文章[②]。那第十一期（五月二十五日）里，有一

---

①五个青年作家：指本文所说的五位共产党员作家白莽、柔石、冯铿、李伟森和胡也频。

②“左联”五位作家被捕遇害的消息，《文艺新闻》第三号以《在地狱或人世的作家？》为题，用读者致编者信的形式，首先透露出来。

篇林莽[1]先生作的《白莽印象记》，中间说：

> 他做了好些诗，又译过匈牙利和诗人彼得斐[2]的几首诗，当时的《奔流》的编辑者鲁迅接到了他的投稿，便来信要和他会面，但他却是不愿见名人的人，结果是鲁迅自己跑来找他，竭力鼓励他作文学的工作，但他终于不能坐在亭子间里写，又去跑他的路了。不久，他又一次的被了捕。……

这里所说的我们的事情其实是不确的。白莽并没有这么高慢，他曾经到过我的寓所来，但也不是因为我要求和他会面；我也没有这么高慢，对于一位素不相识的投稿者，会轻率的写信去叫他。我们相见的原因很平常，那时他所投的是从德文译出的《彼得斐传》，我就发信去讨原文，原文是载在诗集前面的，邮寄不便，他就亲自送来了。看去是一个二十多岁的青年，面貌很端正，颜色是黑黑的，当时的谈话我已经忘却，只记得他自说姓徐，象山人；我问他为什么代你收信的女士是这么一个怪名字（怎么怪法，现在也忘却了），他说她就喜欢起得这么怪，罗曼谛克，自己也有些和她不大对劲了。就只剩了这一点。

夜里，我将译文和原文粗粗的对了一遍，知道除几处误译

①林莽即楼适夷，浙江余姚人，作家、翻译家。当时“左联”成员。

②彼得斐：Petofi Sándor（1823—1849）通译裴多菲，匈牙利爱国诗人。

之外，还有一个故意的曲译。他像是不喜欢“国民诗人”这个字的，都改成“民众诗人”了。第二天又接到他一封来信，说很悔和我相见，他的话多，我的话少，又冷，好像受了一种威压似的。我便写一封回信去解释，说初次相会，说话不多，也是人之常情，并且告诉他不应该由自己的爱憎，将原文改变。因为他的原书留在我这里了，就将我所藏的两本集子送给他，问他可能再译几首诗，以供读者的参看。他果然译了几首，自己拿来了，我们就谈得比第一回多一些。这传和诗，后来就都登在《奔流》第二卷第五本，即最末的一本里。

我们第三次相见，我记得是在一个热天。有人打门了，我去开门时，来的就是白莽，却穿着一件厚棉袍，汗流满面，彼此都不禁失笑。这时他才告诉我他是一个革命者，刚由被捕而释出，衣服和书籍全被没收了，连我送他的那两本；身上的袍子是从朋友那里借来的，没有夹衫，而必须穿长衣，所以只好这么出汗。我想，这大约就是林莽先生说的“又一次的被了捕”的那一次了。

我很欣幸他的得释，就赶紧付给稿费，使他可以买一件夹衫，但一面又很为我的那两本书痛惜：落在捕房的手里，真是明珠投暗了。那两本书，原是极平常的，一本散文，一本诗集，据德文译者说，这是他搜集起来的，虽在匈牙利本国，也还没有这么完全的本子，然而印在《莱克朗氏万有文库》（*Reclam's Universal-Bibliothek*）中，倘在德国，就随处可得，也值不到一元钱。不过在我是一种宝贝，因为这是三十年前，正当我热爱彼得斐的时候，特地托丸善书店从德国去头来的，那时还恐怕因为书极便宜，店员不肯经手，开口时非常惴惴。后来大抵带在身边，只是情随事迁，已没有翻译的意思了，这回便决计送给这也如我的那时一样，热爱彼得斐的诗的青年，算是给它寻得了一个好着落。所以还郑重其事，托柔石亲自送去的。谁料竟会落在“三道头”[①]之类的手里的呢，这岂不冤枉!

二

我的决不邀投稿者相见，其实也并不完全因为谦虚，其中含着省事的分子也不少。由于历来的经验，我知道青年们，尤其是文学青年们，十之九是感觉很敏，自尊心也很旺盛的，一不小心，极容易得到误解，所以倒是故意回避的时候多。见面尚且怕，更不必说敢有托付了。但那时我在上海，也有一个惟一的不但敢于随便谈笑，而且还敢于托他办点私事的人，那就是送书去给白莽的柔石。

我和柔石最初的相见，不知道是何时，在那里。他仿佛说过，曾在北京听过我的讲义，那么，当在八九年之前了。我也忘记了在上海怎么来往起来，总之，他那时住在景云里，离我的寓所不过四五家门面，不知怎么一来，就来往起来了。大约最初的

①“三道头”：当时上海公共租界里的巡官，制服袖上缀有三道倒人字形标志，被称做“三道头”。

一回他就告诉我是姓赵，名平复。但他又曾谈起他家乡的豪绅的气焰之盛，说是有一个绅士，以为他的名字好，要给儿子用，叫他不要用这名字了。所以我疑心他的原名是“平福”，平稳而有福，才正中乡绅的意，对于“复”字却未必有这么热心。他的家乡，是台州的宁海，这只要一看他那台州式的硬气就知道，而且颇有点迂，有时会令我忽而想到方孝孺[①]，觉得好像也有些这模样的。

他躲在寓里弄文学，也创作，也翻译，我们往来了许多日，说得投合起来了，于是另外约定了几个同意的青年，设立朝华社。目的是在绍介东欧和北欧的文学，输入外国的版画，因为我们都以为应该来扶植一点刚健质朴的文艺。接着就印《朝花旬刊》，印《近代世界短篇小说集》，印《艺苑朝华》，算都在循着这条线，只有其中的一本《蕗谷虹儿画选》，是为了扫荡上海滩上的“艺术家”，即戳穿叶灵凤这纸老虎而印的。

然而柔石自己没有钱，他借了二百多块钱来做印本。除买纸之外，大部分的稿子和杂务都是归他做，如跑印刷局，制图，校字之类。可是往往不如意，说起来皱着眉头。看他旧作品，都很有悲观的气息，但实际上并不然，他相信人们是好的。我有时谈到人会怎样的骗人，怎样的卖友，怎样的吮血，他就前额亮晶晶

①方孝孺（1357—1402）：浙江宁海人，明建文帝朱允炆时的侍讲学士、文学博士。

的，惊疑地圆睁了近视的眼睛，抗议道，“会这样的么？——不至于此罢？……”

不过朝花社不久就倒闭了，我也不想说清其中的原因，总之是柔石的理想的头，先碰了一个大钉子，力气固然白化，此外还得去借一百块钱来付纸账。后来他对于我那“人心惟危”[1]说的怀疑减少了，有时也叹息道，“真会这样的么？……”但是，他仍然相信人们是好的。

他于是一面将自己所应得的朝花社的残书送到明日书店和光华书局去，希望还能够收回几文钱，一面就拚命的译书，准备还借款，这就是卖给商务印书馆的《丹麦短篇小说集》和戈理基作的长篇小说《阿尔泰莫诺夫之事业》。但我想，这些译稿，也许去年已被兵火烧掉了。

他的迂渐渐的改变起来，终于也敢和女性的同乡或朋友一同去走路了，但那距离，却至少总有三四尺的。这方法很不好，有时我在路上遇见他，只要在相距三四尺前后或左右有一个年青漂亮的女人，我便会疑心就是他的朋友。但他和我一同走路的时候，可就走得近了，简直是扶住我，因为怕我被汽车或电车撞死；我这面也为他近视而又要照顾别人担心，大家都苍皇失措的愁一路，所以倘不是万不得已，我是不大和他一同出去的，我实

① “人心惟危”：语见《尚书·大禹谟》。

在看得他吃力，因而自己也吃力。

无论从旧道德，从新道德，只要是损己利人的，他就挑选上，自己背起来。

他终于决定地改变了，有一回，曾经明白的告诉我，此后应该转换作品的内容和形式。我说：这怕难罢，譬如使惯了刀的，这回要他耍棍，怎么能行呢？他简洁的答道：只要学起来!

他说的并不是空话，真也在从新学起来了，其时他曾经带了一个朋友来访我，那就是冯铿女士。谈了一些天，我对于她终于很隔膜，我疑心她有点罗曼谛克，急于事功；我又疑心柔石的近来要做大部的小说，是发源于她的主张的。但我又疑心我自己，也许是柔石的先前的斩钉截铁的回答，正中了我那其实是偷懒的主张的伤疤，所以不自觉地迁怒到她身上去了。——我其实也并不比我所怕见的神经过敏而自尊的文学青年高明。

她的体质是弱的，也并不美丽。

三

直到左翼作家联盟成立之后，我才知道我所认识的白莽，就是在《拓荒者》上做诗的殷夫。有一次大会时，我便带了一本德译的，一个美国的新闻记者所做的中国游记去送他，这不过以为他可以由此练习德文，另外并无深意。然而他没有来。我只得又托了柔石。

但不久，他们竟一同被捕，我的那一本书，又被没收，落在“三道头”之类的手里了。

四

明日书店要出一种期刊，请柔石去做编辑，他答应了；书店还想印我的译著，托他来问版税的办法，我便将我和北新书局所订的合同，抄了一份交给他，他向衣袋里一塞，匆匆的走了。其时是一九三一年一月十六日的夜间，而不料这一去，竟就是我和他相见的末一回，竟就是我们的永诀。

第二天，他就在一个会场上被捕了，衣袋里还藏着我那印书的合同，听说官厅因此正在找寻我。印书的合同，是明明白白的，但我不愿意到那些不明不白的地方去辩解。记得《说岳全传》[①]里讲过一个高僧，当追捕的差役刚到寺门之前，他就"坐化"了，还留下什么"何立从东来，我向西方走"的偈子。这是奴隶所幻想的脱离苦海的惟一的好方法，"剑侠"盼不到，最自在的惟此而已。我不是高僧，没有涅盘的自由，却还有生之留恋，我于是就逃走。

这一夜，我烧掉了朋友们的旧信札，就和女人抱着孩子走在一个客栈里。不几天，即听得外面纷纷传我被捕，或是被杀了，柔石的消息[①]却很少。有的说，他曾经被巡捕带到明日书店里，问

---

①《说岳全传》：清代康熙年间的演义小说，题为钱彩编次，金丰增订，共八十回。

是否是编辑；有的说，他曾经被巡捕带往北新书局去，问是否是柔石，手上上了铐，可见案情是重的。但怎样的案情，却谁也不明白。

他在囚系中，我见过两次他写给同乡[②]的信，第一回是这样的——

> 我与三十五位同犯（七个女的）于昨日到龙华。并于昨夜上了镣，开政治犯从未上镣之纪录。此案累及太大，我一时恐难出狱，书店事望兄为我代办之。现亦好，且跟殷夫兄学德文，此事可告周先生；望周先生勿念，我等未受刑。捕房和公安局，几次问周先生地址，但我那里知道。诸望勿念。祝好!
>
> 赵少雄一月二十四日。
>
> 以上正面。
>
> 洋铁饭碗，要二三只
>
> 如不能见面，可将东西
>
> 望转交赵少雄
>
> 以上背面。

---

①柔石被捕后，作者于1931年1月20日和家属避居黄陆路花园庄，2月28日回寓。

②指王育和，浙江宁海人，当时是慎昌钟表行的职员，和柔石同住闸北景云里28号，柔石在狱中通过送饭人带信给他，由他送周建人转给作者。

他的心情并未改变，想学德文，更加努力；也仍在记念我，像在马路上行走时候一般。但他信里有些话是错误的，政治犯而上镣，并非从他们开始，但他向来看得官场还太高，以为文明至今，到他们才开始了严酷。其实是不然的。果然，第二封信就很不同，措词非常惨苦，且说冯女士的面目都浮肿了，可惜我没有抄下这封信。其时传说也更加纷繁，说他可以赎出的也有，说他已经解往南京的也有，毫无确信；而用函电来探问我的消息的也多起来，连母亲在北京也急得生病了，我只得一一发信去更正，这样的大约有二十天。

天气愈冷了，我不知道柔石在那里有被褥不？我们是有的。洋铁碗可曾收到了没有？……但忽然得到一个可靠的消息，说柔石和其他二十三人，已于二月七日夜或八日晨，在龙华警备司令部被枪毙了，他的身上中了十弹。

原来如此!……

在一个深夜里，我站在客栈的院子中，周围是堆着的破烂的什物；人们都睡觉了，连我的女人和孩子。我沉重的感到我失掉了很好的朋友，中国失掉了很好的青年，我在悲愤中沉静下去了，然而积习却从沉静中抬起头来，凑成了这样的几句：

惯于长夜过春时，挈妇将雏鬓有丝。
梦里依稀慈母泪，城头变幻大王旗。
忍看朋辈成新鬼，怒向刀丛觅小诗。
吟罢低眉无写处，月光如水照缁衣。

但末二句，后来不确了，我终于将这写给了一个日本的歌人[①]。

可是在中国，那时是确无写处的，禁锢得比罐头还严密。我记得柔石在年底曾回故乡，住了好些时，到上海后很受朋友的责备。他悲愤的对我说，他的母亲双眼已经失明了，要他多住几天，他怎么能够就走呢？我知道这失明的母亲的眷眷的心，柔石的拳拳的心。当《北斗》创刊时，我就想写一点关于柔石的文章，然而不能够，只得选了一幅珂勒惠支（Kiithe Kollwitz）夫人的木刻，名曰《牺牲》，是一个母悲哀地献出她的儿子去的，算是只有我一个人心里知道的柔石的记念。

同时被难的四个青年文学家之中，李伟森我没有会见过，胡也频在上海也只见过一次面，谈了几句天。较熟的要算白莽，即殷夫了，他曾经和我通过信，投过稿，但现在寻起来，一无所得，想必是十七那夜统统烧掉了，那时我还没有知道被捕的也有白莽。然而那本《彼得斐诗集》却在的，翻了一遍，也没有什么，只在一首*Wahlspruch*（格言）的旁边，有钢笔写的四行译文道：

生命诚宝贵，
爱情价更高；
若为自由故，
二者皆可抛!

①日本歌人：指山本初枝（1898—1966）。

又在第二页上，写着“徐培根”[①]三个字，我疑心这是他的真姓名。

五

前年的今日，我避在客栈里，他们却是走向刑场了；去年的今日，我在炮声中逃在英租界，他们则早已埋在不知那里的地下了；今年的今日，我才坐在旧寓里，人们都睡觉了，连我的女人和孩子。我又沉重的感到我失掉了很好的朋友，中国失掉了很好的青年，我在悲愤中沉静下去了，不料积习又从沉静中抬起头来，写下了以上那些字。

要写下去，在中国的现在，还是没有写处的。年青时读向子期[②]《思旧赋》，很怪他为什么只有寥寥的几行，刚开头却又煞了尾。然而，现在我懂得了。不是年青的为年老的写记念，而在这三十年中，却使我目睹许多青年的血，层层淤积起来，将我埋得不能呼吸，我只能用这样的笔墨，写几句文章，算是从泥土中挖一个小孔，自己延口残喘，这是怎样的世界呢。夜正长，路也正长，我不如忘却，不说的好罢。但我知道，即使不是我，将来总会有记起他们，再说他们的时候的。……

一九三三年二月七—八日

---

①“徐培根”：白莽的哥哥，曾任国民党政府的航空署长。

②向子期（约227—272）：向秀，字子期，魏晋时期文学家。

·背景与思想·

1931年“左联”五烈士被国民党反动派残酷杀害，鲁迅先生为了纪念他们，写下这篇著名的杂文。文章的题目看似矛盾，其实涵义深刻。“忘却”其实是难以忘却的，但是斯人已去，活着的人应该将悲痛忘却。因为革命尚未成功，流血牺牲是在所难免的；“纪念”是表明先人的血不会白流，活着的人要记住敌人的滔天罪行，踏着先烈的足迹继续前行。这篇文章饱含深情，是鲁迅杂文中少有的抒情之作，可见鲁迅先生对“左联”五烈士深深的缅怀之情和对国民党反动派的强烈控诉。

·品读与借鉴·

1. 旁征博引，曲笔射影。大量广泛地引用典型的事例来讲明道理是鲁迅先生的行文风格。本文在写柔石被捕、作者躲避追捕的时候，选用了高僧坐化的故事，曲折隐晦地揭露了反动统治者蛮横残暴、滥杀无辜的罪行，也表明了作者不畏强权、敢于斗争的精神。文章中这样的例子不胜枚举，除了能增强文章的可读性外，还隐晦曲折地表明了作者的观点立场。

2. 在叙述中袒露真情。本文没有详细地将五位烈士的事迹讲述出来，而是叙述了与白莽、柔石的交往和感触，追忆了与他们深厚的友谊，表达了作者对他们的缅怀之情，读之催人泪下。

经验

古人所传授下来的经验，有些实在是极可宝贵的，因为它曾经费去许多牺牲，而留给后人很大的益处。

偶然翻翻《本草纲目》[①]，不禁想起了这一点。这一部书，是很普通的书，但里面却含有丰富的宝藏。自然，捕风捉影的记载，也是在所不免的，然而大部分的药品的功用，却由历久的经验，这才能够知道到这程度，而尤其惊人的是关于毒药的叙述。我们一向喜欢恭维古圣人，以为药物是由一个神农皇帝[②]独自尝出来的，他曾经一天遇到过七十二毒，但都有解法，没有毒死。这种传说，现在不能主宰人心了。人们大抵已经知道一切文物，都是历来的无名氏所逐渐的造成。建筑，烹饪，渔猎，耕种，无不如此；医药也如此。这么一想，这事情可就大起来了：大约古人一有病，最初只好这样尝一点，那样尝一点，吃了毒的就死，吃

①《本草纲目》：明代医药学家李时珍撰写的药物学著作，共五十二卷。

②神农皇帝：我国传说中的古代帝王。

了不相干的就无效，有的竟吃到了对证的就好起来，于是知道这是对于某一种病痛的药。这样地累积下去，乃有草创的纪录，后来渐成为庞大的书，如《本草纲目》就是。而且这书中的所记，又不独是中国的，还有阿剌伯人的经验，有印度人的经验，则先前所用的牺牲之大，更可想而知了。

然而也有经过许多人经验之后，倒给了后人坏影响的，如俗语说“各人自扫门前雪，莫管他家瓦上霜”的便是其一。救急扶伤，一不小心，向来就很容易被人所诬陷，而还有一种坏经验的结果的歌诀，是“衙门八字开，有理无钱莫进来”，于是人们就只要事不干己，还是远远的站开干净。我想，人们在社会里，当初是并不这样彼此漠不相关的，但因豺狼当道，事实上因此出过许多牺牲，后来就自然的都走到这条道路上去了。所以，在中国，尤其是在都市里，倘使路上有暴病倒地，或翻车摔伤的人，路人围观或甚至于高兴的人尽有，肯伸手来扶助一下的人却是极少的。这便是牺牲所换来的坏处。

总之，经验的所得的结果无论好坏，都要很大的牺牲，虽是小事情，也免不掉要付惊人的代价。例如近来有些看报的人，对于什么宣言，通电，讲演，谈话之类，无论它怎样骈四俪六，崇论宏议，也不去注意了，甚而还至于不但不注意，看了倒不过做做嘻笑的资料。这那里有“始制文字，乃服衣裳”[①]一样重要呢，

①“始制文字，乃服衣裳”：语见《千字文》。

然而这一点点结果，却是牺牲了一大片地面，和许多人的生命财产换来的。生命，那当然是别人的生命，偶是自己，就得不着这经验了。所以一切经验，是只有活人才能有的，我的决不上别人讥刺我怕死[①]，就去自杀或拚命的当，而必须写出这一点来，就为此。而且这也是小小的经验的结果。

六月十二日

·背景与思想·

这是一篇针对梁实秋所说“鲁迅怕死”而进行反击的文章。文章开篇着眼于古人的经验展开论述，先是对前人所做出的巨大的牺牲而得出的宝贵经验进行赞赏，而后又针砭时弊地指出了有些经验给后人留下了很坏的影响，“不肯伸援手来扶助一下人”。文章最后得出“经验的所得的结果无论好坏，都要很大的牺牲”，“我的决不上别人讥刺我怕死，就去自杀或拚命的当”。另外，鲁迅先生还讽刺了在国难当头不闻政治国事的某些文人。

---

①别人讥刺我怕死：梁实秋在《新月》上发表的《鲁迅与牛》一文，借1930年4月8日中国自由运动大同盟为声援四·三惨案集会时，一工人被巡捕枪杀的事讥笑作者说：“自由运动大同盟即是鲁迅先生领衔发起的，……这事发生之后，颇有人为鲁迅先生担心，因为不晓得流了‘一滩鲜血’的究竟是那一位。……幸亏事实不久大明，死的不是‘参加工农革命实际行动’的‘左翼作家’，是一位‘勇敢的工人’……鲁迅先生的‘不卖肉主义’是老早言明在先的。”

· 品读与借鉴 ·

1. 结构清晰，内容完整。文章的结构脉络十分清晰，开篇首先点明论点，然后从正反两个方面来对经验进行褒贬，赞扬了前人所做的牺牲和努力，同时也对豺狼当道，人们彼此漠不关心的经验进行了有力的鞭笞。最后文章写到经验是活着的人才有的，讽刺了那些只作“嘻笑资料”的文人，同时表明了鲁迅先生革命文学的主张。

2. 巧妙运用俗语。文章在论述坏的经验给人造成影响的时候，运用了两个俗语“各人自扫门前雪，莫管他家瓦上霜”“衙门八字开，有理无钱莫进来”。这两个俗语的运用既增强了文章的趣味性和说理性，也很好地表现了虽然前人做了牺牲，但是给后人却留下了很坏的经验，揭示出国民的劣根性。

谚　语

粗略的一想，谚语固然好像一时代一国民的意思的结晶，但其实，却不过是一部分的人们的意思。现在就以“各人自扫门前雪，莫管他家瓦上霜”来做例子罢，这乃是被压迫者们的格言，教人要奉公，纳税，输捐，安分，不可怠慢，不可不平，尤其是不要管闲事；而压迫者是不算在内的。

专制者的反面就是奴才，有权时无所不为，失势时即奴性十足。孙皓[①]是特等的暴君，但降晋之后，简直像一个帮闲；宋徽宗[②]在位时，不可一世，而被掳后偏会含垢忍辱。做主子时以一切别人为奴才，则有了主子，一定以奴才自命：这是天经地义，无可动摇的。

所以被压制时，信奉着“各人自扫门前雪，莫管他家瓦上霜”的格言的人物，一旦得势，足以凌人的时候，他的行为就截

①孙皓（242—283）：三国时吴国最后的皇帝。

②宋徽宗（1082—1185）：即赵佶，北宋皇帝。

然不同，变为“各人不扫门前雪，却管他家瓦上霜”了。

二十年来，我们常常看见：武将原是练兵打仗的，且不问他这兵是用以安内或攘外，总之他的“门前雪”是治军，然而他偏来干涉教育，主持道德；教育家原是办学的，无论他成绩如何，总之他的“门前雪”是学务，然而他偏去膜拜“活佛”，绍介国医。小百姓随军充伕，童子军沿门募款。头儿胡行于上，蚁民乱碰于下，结果是各人的门前都不成样，各家的瓦上也一团糟。

女人露出了臂膊和小腿，好像竟打动了贤人们的心，我记得曾有许多人絮絮叨叨，主张禁止过，后来也确有明文禁止了[①]。不料到得今年，却又“衣服蔽体已足，何必前拖后曳，消耗布匹，……顾念时艰，后患何堪设想”起来，四川的营山县长于是就令公安局派队一一剪掉行人的长衣的下截。[②]长衣原是累赘的东西，但以为不穿长衣，或剪去下截，即于“时艰”有补，却是一种特别的经济学。《汉书》上有一句云，“口含天宪”[③]，此之谓也。

某一种人，一定只有这某一种人的思想和眼光，不能越出他本阶级之外。说起来，好像又在提倡什么犯讳的阶级了，然而

---

①1933年5月，广西民政厅曾公布法令，凡女子服装袖不过肘，裙不过膝者，均在取缔之列。

②当时四川军阀杨森提倡“短衣运动”，他管辖下的营山县县长罗象翥曾发布《禁穿长衫令》。

③“口含天宪”：语见《后汉书·朱穆传》。

事实是如此的。谣谚并非全国民的意思，就为了这缘故。古之秀才，自以为无所不晓，于是有“秀才不出门，而知天下事”这自负的漫天大谎，小百姓信以为真，也就渐渐的成了谚语，流行开来。其实是“秀才虽出门，不知天下事”的。秀才只有秀才头脑和秀才眼睛，对于天下事，那里看得分明，想得清楚。清末，因为想“维新”，常派些“人才”出洋去考察，我们现在看看他们的笔记罢，他们最以为奇的是什么馆里的蜡人能够和活人对面下棋。南海圣人康有为，佼佼者也，他周游十一国，一直到得巴尔干，这才悟出外国之所以常有“弑君”之故来了，曰：因为宫墙太矮的缘故。

六月十三日

·背景与思想·

本文写于1933年，收录在《南腔北调集》中。当时社会上普遍存在着一种穷奢极欲、道德败坏、霸道蛮横、不安分守己的现象，如本文中写道：“武将来干涉教育，主持道德”“教育家去膜拜‘活佛’”等等。鲁迅先生用“谚语”为题揭露了反动统治者及其帮闲们蛮横欺压百姓，不干实事的丑恶面目，同时文章在结尾处也批判了这个病态社会，国民道德败坏、思想愚昧落后，表达了鲁迅先生渴望国民提高爱国意识来关心国家大事的强烈愿望。

·品读与借鉴·

1. 巧妙选用典型谚语。全篇用了两个谚语来反映当时社会的黑暗及其不合理性。“各人自扫门前雪，莫管他家瓦上霜”一语道出了：反动统治者们对国民的无理欺压，可谓一针见血。而选用“秀才不出门，全知天下事”的谚语是为了表明国人的愚昧落后和自欺欺人的本性。以谚语为切入点展开论述，大大增加了文章的趣味性，使文章在说理的同时，情趣盎然。

2. 大量运用典型的事例。开篇的孙皓和宋徽宗的事例说明了“专制者的反面就是奴才”；中间“女人不能穿袖不过肘，裙不过膝的衣服”说明了反动统治者的无理欺压；最后选用了清末留学生的出国留洋的事例表明了国人的目光短浅，愚昧无知等等。这些事例的运用很好地揭露了国民劣根性，使读者心服口服。

沙

近来的读书人，常常叹中国人好像一盘散沙，无法可想，将倒楣的责任，归之于大家。其实这是冤枉了大部分中国人的。小民虽然不学，见事也许不明，但知道关于本身利害时，何尝不会团结。先前有跪香[①]，民变，造反；现在也还有请愿之类。他们的像沙，是被统治者“治”成功的，用文言来说，就是“治绩”。

那么，中国就没有沙么？有是有的，但并非小民，而是大小统治者。

人们又常常说：“升官发财。”其实这两件事是不并列的，其所以要升官，只因为要发财，升官不过是一种发财的门径。所以官僚虽然依靠朝廷，却并不忠于朝廷，吏役虽然依靠衙署，却并不爱护衙署，头领下一个清廉的命令，小喽罗是决不听的，对付的方法有“蒙蔽”。他们都是自私自利的沙，可以肥己时就肥己，而且每一粒都是皇帝，可以称尊处就称尊。有些人译俄皇为

①跪香：旧时穷苦无告的人们手捧燃香，跪于衙前或街头，向官府“请愿”、鸣冤的一种方式。

“沙皇”，移赠此辈，倒是极确切的尊号。财何从来？是从小民身上刮下来的。小民倘能团结，发财就烦难，那么，当然应该想尽方法，使他们变成散沙才好。以沙皇治小民，于是全中国就成为“一盘散沙”了。

然而沙漠以外，还有团结的人们①在，他们“如入无人之境”的走进来了。

这就是沙漠上的大事变。当这时候，古人曾有两句极切贴的比喻，叫作“君子为猿鹤，小人为虫沙”②。那些君子们，不是象白鹤的腾空，就如猢狲的上树，“树倒猢狲散”，另外还有树，他们决不会吃苦。剩在地下的，便是小民的蝼蚁和泥沙，要践踏杀戮都可以，他们对沙皇尚且不敌，怎能敌得过沙皇的胜者呢？

然而当这时候，偏又有人摇笔鼓舌，向着小民提出严重的质问道：“国民将何以自处”呢，“问国民将何以善其后”呢？忽然记得了“国民”，别的什么都不说，只又要他们来填亏空，不是等于向着缚了手脚的人，要求他去捕盗么？

但这正是沙皇治绩的后盾，是猿鸣鹤唳的尾声，称尊肥己之余，必然到来的末一着。

七月十二日

---

①这里所说“团结的人们”和下文“沙皇的胜者”，隐指日本帝国主义。

②“君子为猿鹤，小人为虫沙”：出自《太平御览》卷九一六引古本《抱朴子》，“周穆王南征，一军尽化，君子为猿为鹤，小人为虫为沙。”

· 背景与思想 ·

《沙》写于1933年，日本帝国主义那时已经在中华民族的国土上肆意妄为，鲁迅先生带着对日本帝国主义的愤怒和忧国忧民的心情写下了这篇杂文。文章指出“沙”不是指国民，而是指“大小统治者”和日本帝国主义。因为国民“有‘跪香，民变，造反和请愿’”，是团结的。不团结是沙的本质特征，而“大小统治者”的见利忘义正好体现的是沙不团结的本质特征。统治者要把中国变成不团结的沙，于是“沙皇”的胜者——日本帝国主义走了进来，侵略我国的疆土。

· 品读与借鉴 ·

1. 隐喻含蓄，辩证性强。用沙的本质特征来喻指反动势力，寓意极为隐晦。文章写道，反动统治者要将小民统治成“一盘散沙”，比喻形象贴切。“他们对沙皇尚且不敌，怎能敌得过沙皇的胜者？”表明“沙漠”外的“团结人”——日本帝国主义者大肆侵略中国，要把中国变成其殖民地的险恶用心。

2. 综合运用多种写作手法。“那么，中国就没有沙么？有是有的，但并非小民，而是大小统治者。”文章用了自问自答的方式，目的是在强调大小统治者的自私自利，肆意妄为。还引用“君子为猿鹤，小人为虫沙”“树倒猢狲散”等古训，来批判反动统治者及其帮凶们在日本帝国主义的淫威下对国民的践踏和杀戮。文章还运用了反问的修辞，如“不是等于向着缚了手脚的人，要求他去捕盗么？”等等。多种写作手法的运用使文章张弛有度、丰富圆润。

上海的少女①

在上海生活，穿时髦衣服的比土气的便宜。如果一身旧衣服，公共电车的车掌会不照你的话停车，公园看守会格外认真的检查入门券，大宅子或大客寓的门丁会不许你走正门。所以，有些人宁可居斗室，喂臭虫，一条洋服裤子却每晚必须压在枕头下，使两面裤腿上的折痕天天有棱角。

然而更便宜的是时髦的女人。这在商店里最看得出：挑选不完，决断不下，店员也还是很能忍耐的。不过时间太长，就须有一种必要的条件，是带着一点风骚，能受几句调笑。否则，也会终于引出普通的白眼来。

惯在上海生活了的女性，早已分明地自觉着这种自己所具的光荣，同时也明白着这种光荣中所含的危险。所以凡有时髦女子所表现的神气，是在招摇，也在固守，在罗致，也在抵御，像一切异性的亲人，也像一切异性的敌人，她在喜欢，也正在恼怒。

---

①本篇最初发表于1933年9月15日《申报月刊》第二卷第九号，署名洛文。

这神气也传染了未成年的少女，我们有时会看见她们在店铺里购买东西，侧着头，佯嗔薄怒，如临大敌。自然，店员们是能像对于成年的女性一样，加以调笑的，而她也早明白着这调笑的意义。总之：她们大抵早熟了。

然而我们在日报上，确也常常看见诱拐女孩，甚而至于凌辱少女的新闻。

但是《西游记》里的魔王，吃人的时候必须童男和童女而已，在人类中的富户豪家，也一向以童女为侍奉，纵欲，鸣高，寻仙，采补的材料，恰如食品的餍足了普通的肥甘，就想乳猪芽茶一样。现在这现象并且已经见于商人和工人里面了，但这乃是人们的生活不能顺遂的结果，应该以饥民的掘食草根树皮为比例，和富户豪家的纵恣的变态是不可同日而语的。

但是，要而言之，中国是连少女也进了险境了。

这险境，更使她们早熟起来，精神已是成人，肢体却还是孩子。俄国的作家梭罗古勃曾经写过这一种类型的少女，说是还是小孩子，而眼睛却已经长大了[1]。然而我们中国的作家是另有一种称赞的写法的：所谓“娇小玲珑”者就是。

八月十二日

---

①梭罗古勃在长篇小说《小鬼》中，描写过一群早熟的少女。

·背景与思想·

在畸形变态的社会下，女性的问题一直是社会的痛处。作者选取旧时上海少女虚荣、追求时髦的不良品性这个角度来反映旧社会女性的愚昧腐化。文章着眼于旧时上海这个大都市，十里洋场的繁华使国民普遍染上了“势利”的陋习，而这种思想荼毒了纯洁无知的少女。于是上海少女便也开始追求时髦，学着搔首弄姿。实际上在腐朽的社会里，女人的美貌和打扮是供男人来玩赏的，即使貌似追求时髦的女人得到了好处，其实也是种来自旧社会变相的歧视和压迫。可悲的是国民竟然玩赏这种“过早的成熟”，鲁迅深刻地揭露和批判了颓废的旧社会里男权当道，女性所受到的非人的摧残和压榨。

·品读与借鉴·

1. 用词巧妙。“在上海生活，穿时髦衣服的比土气的便宜。”“便宜”这个词在这篇杂文中得到了巧妙的运用。“便宜”不是指价钱上的便宜，而是指“不应当得到的好处”的意思。从“便宜”二字不仅可以看出旧上海市民的“势利”，还揭露了旧社会女性们爱慕虚荣、追求时髦、跟风的时代特点。

2. 细节描写传神细致。文中写未成年的少女在购买东西时：“侧着头，佯嗔薄怒，如临大敌”，这一系列动作描写，很好地将上海少女的腐化、跟风的姿态传神地表露出来，使“她们大抵早熟了”的逻辑顺理成章，也为后面文章讽刺旧社会上海“娇小玲珑”类型的少女作了铺垫。

我怎么做起小说来

我怎么做起小说来？——这来由，已经在《呐喊》的序文上，约略说过了。这里还应该补叙一点的，是当我留心文学的时候，情形和现在很不同：在中国，小说不算文学，做小说的也决不能称为文学家，所以并没有人想在这一条道路上出世。我也并没有要将小说抬进“文苑”里的意思，不过想利用他的力量，来改良社会。

但也不是自己想创作，注重的倒是在绍介，在翻译，而尤其注重于短篇，特别是被压迫的民族中的作者的作品。因为那时正盛行着排满论，有些青年，都引那叫喊和反抗的作者为同调的。所以“小说作法”之类，我一部都没有看过，看短篇小说却不少，小半是自己也爱看，大半则因了搜寻绍介的材料。也看文学史和批评，这是因为想知道作者的为人和思想，以便决定应否绍介给中国。和学问之类，是绝不相干的。

因为所求的作品是叫喊和反抗，势必至于倾向了东欧，因此所看的俄国，波兰以及巴尔干诸小国作家的东西就特别多。

也曾热心的搜求印度，埃及的作品，但是得不到。记得当时最爱看的作者，是俄国的果戈理（N.Gogol）和波兰的显克微支[①]（H.Sienkiewitz）。日本的，是夏目漱石[②]和森鸥外。

回国以后，就办学校，再没有看小说的工夫了，这样的有五六年。为什么又开手了呢？——这也已经写在《呐喊》的序文里，不必说了。但我的来做小说，也并非自以为有做小说的才能，只因为那时是住在北京的会馆[③]里的，要做论文罢，没有参考书，要翻译罢，没有底本，就只好做一点小说模样的东西塞责，这就是《狂人日记》。大约所仰仗的全在先前看过的百来篇外国作品和一点医学上的知识，此外的准备，一点也没有。

但是《新青年》的编辑者，却一回一回的来催，催几回，我就做一篇，这里我必得记念陈独秀[④]先生，他是催促我做小说最着力的一个。

自然，做起小说来，总不免自己有些主见的。例如，说到"为什么"做小说罢，我仍抱着十多年前的"启蒙主义"，以为必须是"为人生"，而且要改良这人生。我深恶先前的称小说为"闲书"，而且将"为艺术的艺术"，看作不过是"消闲"的新

---

①显克微支（H. Sienkiewitz，1846—1916）：波兰作家。作品主要反映波兰农民的痛苦生活和波兰人民反对异族侵略的斗争。

②夏目漱石（1867—1916）：日本小说家，文学评论家。

③会馆：指北京宣武门外南半截胡同的"绍兴县馆"。

④陈独秀（1880—1942）：五四时期提倡新文化运动的主要人物。

式的别号。所以我的取材，多采自病态社会的不幸的人们中，意思是在揭出病苦，引起疗救的注意。所以我力避行文的唠叨，只要觉得够将意思传给别人了，就宁可什么陪衬拖带也没有。中国旧戏上，没有背景，新年卖给孩子看的花纸上，只有主要的几个人（但现在的花纸却多有背景了），我深信对于我的目的，这方法是适宜的，所以我不去描写风月，对话也决不说到一大篇。

我做完之后，总要看两遍，自己觉得拗口的，就增删几个字，一定要它读得顺口；没有相宜的白话，宁可引古语，希望总有人会懂，只有自己懂得或连自己也不懂的生造出来的字句，是不大用的。这一节，许多批评家之中，只有一个人看出来了，但他称我为Stylist①。

所写的事迹，大抵有一点见过或听到过的缘由，但决不全用这事实，只是采取一端，加以改造，或生发开去，到足以几乎完全发表我的意思为止。人物的模特儿也一样，没有专用过一个人，往往嘴在浙江，脸在北京，衣服在山西，是一个拼凑起来的脚色。有人说，我的那一篇是骂谁，某一篇又是骂谁，那是完全胡说的。

不过这样的写法，有一种困难，就是令人难以放下笔。一气写下去，这人物就逐渐活动起来，尽了他的任务。但倘有什么分心的事情来一打岔，放下许久之后再来写，性格也许就变了样，

---

①Stylist：英语，文体家。作者这里所指似为黎锦明。

情景也会和先前所豫想的不同起来。例如我做的《不周山》，原意是在描写性的发动和创造，以至衰亡的，而中途去看报章，见了一位道学的批评家[①]攻击情诗的文章，心里很不以为然，于是小说里就有一个小人物跑到女娲的两腿之间来，不但不必有，且将结构的宏大毁坏了。但这些处所，除了自己，大概没有人会觉到的，我们的批评大家成仿吾先生，还说这一篇做得最出色。

我想，如果专用一个人做骨干，就可以没有这弊病的，但自己没有试验过。

忘记是谁说的了，总之是，要极省俭的画出一个人的特点，最好是画他的眼睛[②]。我以为这话是极对的，倘若画了全副的头发，即使细得逼真，也毫无意思。我常在学学这一种方法，可惜学不好。

可省的处所，我决不硬添，做不出的时候，我也决不硬做，但这是因为我那时别有收入，不靠卖文为活的缘故，不能作为通例的。

还有一层，是我每当写作，一律抹杀各种的批评。因为那时中国的创作界固然幼稚，批评界更幼稚，不是举之上天，就是按之入地，倘将这些放在眼里，就要自命不凡，或觉得非自杀不足以谢天下的。批评必须坏处说坏，好处说好，才于作者有益。

---

①一位道学的批评家：指胡梦华。

②这是东晋画家顾恺之的话，见南朝宋刘义庆《世说新语·巧艺》。

但我常看外国的批评文章，因为他于我没有恩怨嫉恨，虽然所评的是别人的作品，却很有可以借镜之处。但自然，我也同时一定留心这批评家的派别。

以上，是十年前的事了，此后并无所作，也没有长进，编辑先生要我做一点这类的文章，怎么能呢。拉杂写来，不过如此而已。

三月五日，灯下。

·背景与思想·

这篇杂文的题目《我是怎么做起小说来》是一个陈述句，而不是一个疑问句。在这篇文章中，先生从写小说的原因、材料的来源、作文的态度、人物的塑造方法和行文的方式等等方面来叙述是怎么样来完成小说创作的。先生在文中写道：“自己其实是想利用小说的力量来改良社会，创作的作品是以压迫的民族为主题的。”从这样的话中我们可以看出鲁迅先生作为一位战斗型的文学家他的内心对中华民族饱含的是怎样的一种忧国忧民的深情。文中还写道：“所以我的取材，多采自病态社会的不幸的人们中，意思是在揭出病苦，引起疗救的注意。”可见先生作小说时选材的良苦用心。“对于做完小说，总要看两遍，直至顺口”，表明了先生态度的严谨。所有这些，体现了一位文学大家所具有的文学素养。

·品读与借鉴·

1. 语言朴实，感情真挚。例如：“所以我的取材，多采自病态社会的不幸的人们中，意思是在揭出病苦，引起疗救的注意。”虽然句子的语法和现代语句的表现形式不大相同，但是语句中的意思简单朴实，使人一目了然。同时在字里行间也流露出先生爱国忧民的真情，深深地感染着读者。

2. 详略有致，灵活变化。“怎样做小说”这个命题庞大而复杂，而在先生笔下详略有致。如在写作小说的原因只用一句话点明：利用小说的力量来改良社会；取材，是来自劳苦的大众等等一笔带过。在写角色的塑造、情节的安排时却用了一个事例详细来说明，这样是为了将复杂的道理点明说清，使读者更容易理解。

作文秘诀

现在竟还有人写信来问我作文的秘诀。

我们常常听到：拳师教徒弟是留一手的，怕他学全了就要打死自己，好让他称雄。在实际上，这样的事情也并非全没有，逢蒙杀羿[①]就是一个前例。逢蒙远了，而这种古气是没有消尽的，还加上了后来的“状元瘾”，科举虽然久废，至今总还要争“唯一”，争“最先”。遇到有“状元瘾”的人们，做教师就危险，拳棒教完，往往免不了被打倒，而这位新拳师来教徒弟时，却以他的先生和自己为前车之鉴，就一定留一手，甚而至于三四手，于是拳术也就“一代不如一代”了。

还有，做医生的有秘方，做厨子的有秘法，开点心铺子的有秘传，为了保全自家的衣食，听说这还只授儿妇，不教女儿，以免流传到别人家里去，“秘”是中国非常普遍的东西，连关于国

①逢蒙杀羿：见《孟子·离娄》，“逢蒙学射于羿，尽羿之道；思天下惟羿为愈己，于是杀羿。”

家大事的会议，也总是“内容非常秘密”，大家不知道。但是，作文却好像偏偏并无秘诀，假使有，每个作家一定是传给子孙的了，然而祖传的作家很少见。自然，作家的孩子们，从小看惯书籍纸笔，眼格也许比较的可以大一点罢，不过不见得就会做。目下的刊物上，虽然常见什么“父子作家”“夫妇作家”的名称，仿佛真能从遗嘱或情书中，密授一些什么秘诀一样，其实乃是肉麻当有趣，妄将做官的关系，用到作文上去了。

那么，作文真就毫无秘诀么？却也并不。我曾经讲过几句做古文的秘诀[①]，是要通篇都有来历，而非古人的成文；也就是通篇是自己做的，而又全非自己所做，个人其实并没有说什么；也就是“事出有因”，而又“查无实据”。到这样，便“庶几乎免于大过也矣”了。简而言之，实不过要做得“今天天气，哈哈哈……”而已。

这是说内容。至于修辞，也有一点秘诀：一要蒙胧，二要难懂。那方法，是：缩短句子，多用难字。譬如罢，作文论秦朝事，写一句“秦始皇乃始烧书”，是不算好文章的，必须翻译一下，使它不容易一目了然才好。这时就用得着《尔雅》《文选》[②]了，其实是只要不给别人知道，查查《康熙字典》也不妨的。

---

①指1930年写的《做古文和做好人的秘诀》，后收入《二心集》。

②《尔雅》：我国最早解释词义的书，大概成书于春秋至西汉初年，今本十九篇。《文选》：南朝梁昭明太子萧统编选的从先秦到齐、梁的各体文章的总集，共六十卷。

动手来改，成为“始皇始焚书”，就有些“古”起来，到得改成“政俶燔典”，那就简直有了班马[1]气，虽然跟着也令人不大看得懂。但是这样的做成一篇以至一部，是可以被称为“学者”的，我想了半天，只做得一句，所以只配在杂志上投稿。

我们的古之文学大师，就常常玩着这一手。班固先生的“紫色鼃声，余分闰位”[2]，就将四句长句，缩成八字的；扬雄[3]先生的“蠢迪检柙”，就将“动由规矩”这四个平常字，翻成难字的。《绿野仙踪》[4]记塾师咏“花”，有句云：“媳钗俏矣儿书废，哥罐闻焉嫂棒伤。”自说意思，是儿妇折花为钗，虽然俏丽，但恐儿子因而废读；下联较费解，是他的哥哥折了花来，没有花瓶，就插在瓦罐里，以嗅花香，他嫂嫂为防微杜渐起见，竟用棒子连花和罐一起打坏了。这算是对于冬烘先生的嘲笑。然而他的作法，其实是和扬班并无不合的，错只在他不用古典而用新典。这一个所谓“错”，就使《文选》之类在遗老遗少们的心眼里保住了威灵。

做得蒙胧，这便是所谓“好”么？答曰：也不尽然，其实是

---

①班马：指班固、司马迁。他们都是汉代史学家、文学家。

②“紫色鼃声，余分闰位”：语见《汉书·王莽传》，指王莽“篡位”这件事。

③扬雄（公元前53—18）：一作杨雄，字子云，成都（今属四川）人，西汉文学家、语言文字学家。

④《绿野仙踪》：长篇小说，清代李百川著。

不过掩了丑。但是，“知耻近乎勇”[①]，掩了丑，也就仿佛近乎好了。摩登女郎披下头发，中年妇人罩上面纱，就都是蒙胧术。人类学家解释衣服的起源有三说：一说是因为男女知道了性的羞耻心，用这来遮羞；一说却以为倒是用这来刺激；还有一种是说因为老弱男女，身体衰瘦，露着不好看，盖上一些东西，借此掩掩丑的。从修辞学的立场上看起来，我赞成后一说。现在还常有骈四俪六，典丽堂皇的祭文，挽联，宣言，通电，我们倘去查字典，翻类书，剥去它外面的装饰，翻成白话文，试看那剩下的是怎样的东西呵？！

不懂当然也好的。好在那里呢？即好在“不懂”中。但所虑的是好到令人不能说好丑，所以还不如做得它“难懂”：有一点懂，而下一番苦功之后，所懂的也比较的多起来。我们是向来很有崇拜“难”的脾气的，每餐吃三碗饭，谁也不以为奇，有人每餐要吃十八碗，就郑重其事的写在笔记上；用手穿针没有人看，用脚穿针就可以搭帐篷卖钱；一幅画片，平淡无奇，装在匣子里，挖一个洞，化为西洋镜，人们就张着嘴热心的要看了。况且同是一事，费了苦功而达到的，也比并不费力而达到的的可贵。譬如到什么庙里去烧香罢，到山上的，比到平地上的可贵；三步一拜才到庙里的庙，和坐了轿子一径抬到的庙，即使同是这庙，在到达者的心里的可贵的程度是大有高下的。作文之贵乎难懂，

①“知耻近乎勇”：语见《礼记·中庸》。

就是要使读者三步一拜，这才能够达到一点目的的妙法。

写到这里，成了所讲的不但只是做古文的秘诀，而且是做骗人的古文的秘诀了。但我想，做白话文也没有什么大两样，因为它也可以夹些僻字，加上蒙胧或难懂，来施展那变戏法的障眼的手巾的。倘要反一调，就是“白描”。

“白描”却并没有秘诀。如果要说有，也不过是和障眼法反一调：有真意，去粉饰，少做作，勿卖弄而已。

十一月十日

·背景与思想·

1933年，一些反动文人在文化界发起了一阵复古运动，劝说国民学习古文、学做古诗。书籍报刊等媒体上也到处充斥着晦涩难懂的文字。鲁迅为了讽刺这种不正的文风，揭露反动统治者及其帮闲文人们险恶丑陋的一面，写下了这篇文章。

文章先是用练拳、医术、厨艺等中国传统技艺“留一手”的例子引出了当下所谓文人们作文的秘诀——书写晦涩难懂的文字，讲述模糊朦胧的内容。揭示了反动文人们的作文不过是在遮羞掩丑罢了，同时也批判了反动派统治下的文化界阿谀卖弄、故作深沉的文风。文章在最后指出真正的作文秘诀是白话文中的“白描”，“有真意，去粉饰，少做作，勿卖弄”才是朴实求真的作风。先生身体力行，也号召着广大青年切身实践。

· 品读与借鉴 ·

1. 行文缜密，结构完整。文章的开篇没有直奔主题，而是围绕“秘诀”二字写出民族的劣根性，“留一手”而使许多宝贵的遗产消失殆尽，从而引出文章的主旨：讽刺揭露反动文人利用书写晦涩难懂的词汇、讲述模糊懵懂的内容来遮羞掩丑的作文秘诀。文章没有生硬地将敌人的嘴脸暴露出来，而是运用了大量的事实来进行说理论证，最后指出了白描的朴实文风才是作文的秘诀。文章符合条理，圆合有致，结构完整。

2. 语言精练，说理有力。语言精练也是鲁迅文风的一大特点。如，“至于修辞，也有一点秘诀：一要蒙胧，二要难懂。那方法，是：缩短句子，多用难字。”寥寥几句，看似简洁随意，但形象有力地指出了反动文人在作文上的荒谬。

观　斗

我们中国人总喜欢说自己爱和平，但其实，是爱斗争的，爱看别的东西斗争，也爱看自己们斗争。

最普通的是斗鸡，斗蟋蟀，南方有斗黄头鸟，斗画眉鸟，北方有斗鹌鹑，一群闲人们围着呆看，还因此赌输赢。古时候有斗鱼，现在变把戏的会使跳蚤打架。看今年的《东方杂志》[①]，才知道金华又有斗牛，不过和西班牙却两样的，西班牙是人和牛斗，我们是使牛和牛斗。

任他们斗争着，自己不与斗，只是看。

军阀们只管自己斗争着，人民不与闻，只是看。

然而军阀们也不是自己亲身在斗争，是使兵士们相斗争，所以频年恶战，而头儿个个终于是好好的，忽而误会消释了，忽而杯酒言欢了，忽而共同御侮了，忽而立誓报国了，忽而……。不

---

①《东方杂志》：综合性刊物，1934年3月在上海创刊，1948年12月停刊，商务印书馆出版。

消说，忽而自然不免又打起来了。

然而人民一任他们玩把戏，只是看。

但我们的斗士，只有对于外敌却是两样的：近的，是“不抵抗”，远的，是“负弩前驱”[①]云。

“不抵抗”在字面上已经说得明明白白。“负弩前驱”呢，弩机的制度早已失传了，必须待考古学家研究出来，制造起来，然后能够负，然后能够前驱。

还是留着国产的兵士和现买的军火，自己斗争下去罢。中国的人口多得很，暂时总有一些孑遗在看着的。但自然，倘要这样，则对于外敌，就一定非“爱和平”“爱和平”：当时国民党当局经常以“爱和平”这类论调掩盖其妥协投降政策。不可。

一月二十四日

·背景与思想·

《观斗》摘自杂文集《伪自由书》，是作者“出于时事的刺戟”和“对于时局的愤言”而收录的杂文集。本文就是其中的代表作。文章开篇通过国民的秉性——喜欢观斗，将矛头投向了军阀统治者，明确指出军阀头子们“不是自己亲身在斗争，是使兵士们相斗

① “负弩前驱”：语见《逸周书》：“武王伐纣，散宜生、闳夭负弩前驱。”当时国民党政府对日本侵略采取不抵抗政策，每当日军进攻，中国驻守军队大都奉命后退。

争”，对于外敌是“不抵抗”和“负弩前驱”，无情地揭露了当时统治者对内欺骗人民，对外妥协投降的丑陋本质，号召清醒的国民撕开当时国民党当局以“爱和平”掩盖其投降政策的假面具。

·品读与借鉴·

1. 巧用类比。文章用动物之间“任他们斗争着，自己不与斗，只是看”和“军阀们只管自己斗争着，人民不与闻，只是看”作类比，使读者形象地看出国民的愚昧和统治者的丑恶。

2. 嘲讽辛辣，反语尖锐。“对于外敌，就一定非‘爱和平’不可”，这句反语极尽辛辣嘲讽之能力，无情地揭露了反动当局苟且偷生、妥协求荣、假和平的虚伪本质。

出卖灵魂的秘诀

几年前，胡适博士曾经玩过一套“五鬼闹中华”[1]的把戏，那是说：这世界上并无所谓帝国主义之类在侵略中国，倒是中国自己该着“贫穷”，“愚昧”……等五个鬼，闹得大家不安宁。现在，胡适博士又发见了第六个鬼，叫做仇恨。这个鬼不但闹中华，而且祸延友邦，闹到东京去了。因此，胡适博士对症发药，预备向“日本朋友”上条陈。

据博士说：“日本军阀在中国暴行所造成之仇恨，到今日已颇难消除”，“而日本决不能用暴力征服中国”（见报载胡适之的最近谈话，下同）。这是值得忧虑的：难道真的没有方法征服中国么？不，法子是有的。“九世之仇，百年之友，均在觉悟不

①“五鬼闹中华”：胡适在《新月》月刊第二卷第十期（1930年4月）发表《我们走那条路》一文，为帝国主义侵略中国和国民党反动统治作辩护，认为危害中国的是“五个大仇敌：第一大敌是贫穷。第二大敌是疾病。第三大敌是愚昧。第四大敌是贪污。第五大敌是扰乱。这五大仇敌之中，资本主义不在内，……封建势力也不在内，因为封建制度早已在二千年前崩坏了。帝国主义也不在内，因为帝国主义不能侵害那五鬼不入之国”。

觉悟之关系头上，”——“日本只有一个方法可以征服中国，即悬崖勒马，彻底停止侵略中国，反过来征服中国民族的心。”

这据说是“征服中国的惟一方法”。不错，古代的儒教军师，总说“以德服人者王，其心诚服也”。[①]胡适博士不愧为日本帝国主义的军师。但是，从中国小百姓方面说来，这却是出卖灵魂的惟一秘诀。中国小百姓实在“愚昧”，原不懂得自己的“民族性”，所以他们一向会仇恨，如果日本陛下大发慈悲，居然采用胡博士的条陈，那么，所谓“忠孝仁爱信义和平”的中国固有文化，就可以恢复：——因为日本不用暴力而用软功的王道，中国民族就不至于再生仇恨，因为没有仇恨，自然更不抵抗，因为更不抵抗，自然就更和平，更忠孝……中国的肉体固然买到了，中国的灵魂也被征服了。

可惜的是这“惟一方法”的实行，完全要靠日本陛下的觉悟。如果不觉悟，那又怎么办？胡博士回答道：“到无可奈何之时，真的接受一种耻辱的城下之盟”好了。那真是无可奈何的呵——因为那时候“仇恨鬼”是不肯走的，这始终是中国民族性的污点，即为日本计，也非万全之道。

因此，胡博士准备出席太平洋会议[②]，再去“忠告”一次他

①“以德服人者王，其心诚服也”：语出《孟子·公孙丑》。

②太平洋会议：指太平洋学术会议，又称泛太平洋学术会议。自1920年在美国檀香山首次召开后，每隔数年举行一次。这里所指胡适准备出席的是1933年8月在加拿大温哥华举行的第五次会议。

的日本朋友：征服中国并不是没有法子的，请接受我们出卖的灵魂罢，何况这并不难，所谓“彻底停止侵略”，原只要执行“公平的”李顿报告——仇恨自然就消除了！

三月二十二日

·背景与思想·

1930年4月，胡适在为日本帝国主义侵略中国和国民党反动统治作辩护发表了危害中国的“五大仇敌”的言论。胡适认为：“这五个大敌，第一大敌是贫穷、第二大敌是疾病、第三大敌是愚昧，第四大敌是贪污，第五大敌是扰乱。这五大仇敌中，资本主义不在内，封建势力也不在内，因为封建制度早已在二千年前崩坏了。帝国主义也不在内，因为帝国主义不能侵略那五鬼不入之国。”1933年3月，胡适等人在国民政府的委任下，出席第五次太平洋会议，胡适临行前在答北京记者问时发表言论：“日本军阀在中国暴行所造成之仇恨，到今日已颇难消除”，“而日本决不能用暴力征服中国”，“日本只有一个方法可以征服中国，即悬崖勒马，彻底停止侵略中国，反过来征服中国民族的心。”

鲁迅针对胡适这种“出卖灵魂”的言论，写下了这篇文章，对胡适为帝国主义侵略中国和国民党反动统治作辩护进行了有力的回击，强烈抨击和批判了胡适的言论，指出胡适的言论是一种出卖灵魂的言论。

·品读与借鉴·

1. 强烈的讽刺意味。文章指出“胡博士不愧为日本帝国主义的军师”指导日本“来征服中国民族的心”，鲁迅先生给胡适冠以“日本帝国主义的军师”称号，有明显的讽刺意味。结尾处写道：“胡博士准备出席太平洋会议，再去‘忠告’一次他的日本朋友”，“忠告”二字运用了反语，讽刺胡适的言论出卖民族的灵魂，同时也表达了鲁迅先生对其错误言论的不满和愤怒。

2. 引用原话，逐句批判。鲁迅先生有意摘抄了胡适不同时期的言论，对原话内容进行了自己的分析和梳理，逐句批判，说服力强。

现代史[①]

从我有记忆的时候起，直到现在，凡我所曾经到过的地方，在空地上，常常看见有“变把戏”的，也叫作“变戏法”的。

这变戏法的，大概只有两种——

一种，是教一个猴子戴起假面，穿上衣服，耍一通刀枪；骑了羊跑几圈。还有一匹用稀粥养活，已经瘦得皮包骨头的狗熊玩一些把戏。末后是向大家要钱。

一种，是将一块石头放在空盒子里，用手巾左盖右盖，变出一只白鸽来；还有将纸塞在嘴巴里，点上火，从嘴角鼻孔里冒出烟焰。其次是向大家要钱。要了钱之后，一个人嫌少，装腔作势的不肯变了，一个人来劝他，对大家说再五个。果然有人抛钱了，于是再四个，三个……

抛足之后，戏法就又开了场。这回是将一个孩子装进小口的坛子里面去，只见一条小辫子，要他再出来，又要钱。收足之

①本篇最初发表于1933年4月8日《申报·自由谈》，署名何家干。

后，不知怎么一来，大人用尖刀将孩子刺死了，盖上被单，直挺挺躺着，要他活过来，又要钱。

“在家靠父母，出家靠朋友……Huazaa!Huazaa![①]”变戏法的装出撒钱的手势，严肃而悲哀的说。

别的孩子，如果走近去想仔细的看，他是要骂的；再不听，他就会打。

果然有许多人Huazaa了。待到数目和预料的差不多，他们就捡起钱来，收拾家伙，死孩子也自己爬起来，一同走掉了。

看客们也就呆头呆脑的走散。

这空地上，暂时是沉寂了。过了些时，就又来这一套。俗语说，“戏法人人会变，各有巧妙不同。”其实是许多年间，总是这一套，也总有人看，总有人Huazaa，不过其间必须经过沉寂的几日。

我的话说完了，意思也浅得很，不过说大家Huazaa Huazaa一通之后，又要静几天了，然后再来这一套。

到这里我才记得写错了题目，这真是成了“不死不活”的东西。

四月一日

---

①Huazaa：用拉丁字母拼写的象声词，译音似“哗嚓”，形容撒钱的声音。

·背景与思想·

本文所说的现代史是从辛亥革命到20世纪30年代这期间中国的历史现状。作者没有生硬地讲述这一时期中国内忧外患，民不聊生，而是以寓言的方式，通过司空见惯的“变戏法”来影射血雨腥风的中国现代史。“变戏法”本身是荒谬的，而历史本身应该是庄严的，但是中国的现代史就如同“变戏法”一样的荒谬。文中写道变戏法结束后：“这空地上，暂时是沉寂了。过了些时，就又来这一套”，“其实是许多年间，总是这一套”，这些话表面上描写变戏法，其实是暗写动荡的社会政局。辛亥革命后，袁世凯、张勋、曹锟、段祺瑞、蒋介石等等，他们就如同变戏法中的小丑一样，在历史的舞台上上蹿下跳，愚弄民众，搞得整个社会动荡不安，民不聊生。

在这部现代史中不仅有当局的统治者，还有“看客”的民众。文章还特别描写了看客们，“呆头呆脑”一针见血地指出了国民的愚昧无知和麻木不仁。

·品读与借鉴·

1. 融痛心疾首于细节描写之间。文章用大量的篇幅描写了变戏法，但是在这看似平淡无奇的描写之间，饱含了作者对整个现代史的痛心疾首。变戏法的花样多是统治者变化多端的伎俩；空地上一波又一波的变戏法是不稳定、不干实事、动荡的政局；呆头呆脑的看客是愚昧无知、麻木不仁的国民，这样“不死不活”的现代史怎能不让人痛心疾首?

2. 用“变戏法”暗喻现代史，别出心裁。变戏法的特点就如现代史一样，充满着愚昧、变化多端、血雨腥风。如果是生硬地来写现代史或是再用其他的事物来比喻现代史，都不如用变戏法形象贴切，眼光独特。因为变戏法所独有的戏剧性是其他任何事物都不具备的，而这一特点正好符合了从辛亥革命到20世纪30年代这一期间的历史状态。

中国人的生命圈

“蝼蚁尚知贪生”，中国百姓向来自称“蚁民”，我为暂时保全自己的生命计，时常留心着比较安全的处所，除英雄豪杰之外，想必不至于讥笑我的罢。

不过，我对于正面的记载，是不大相信的，往往用一种另外的看法。例如罢，报上说，北平正在设备防空，我见了并不觉得可靠；但一看见载着古物的南运[①]，却立刻感到古城的危机，并且由这古物的行踪，推测中国乐土的所在。

现在，一批一批的古物，都集中到上海来了，可见最安全的地方，到底也还是上海的租界上。

然而，房租是一定要贵起来的了。

这在“蚁民”，也是一个大打击，所以还得想想另外的地方。

想来想去，想到了一个“生命圈”。这就是说，既非“腹

①古物的南运：据1933年2月—4月间报载，国民党政府已将北平故宫博物院、历史语言研究所等所存古物近二万箱，分批南运到上海，存放于租界的仓库中。

地”，也非“边疆”[①]，是介乎两者之间，正如一个环子，一个圈子的所在，在这里倒或者也可以“苟延性命于×世”[②]的。

“边疆”上是飞机抛炸弹。据日本报，说是在剿灭“兵匪”；据中国报，说是屠戮了人民，村落市廛，一片瓦砾。“腹地”里也是飞机抛炸弹。据上海报，说是在剿灭“共匪”，他们被炸得一塌胡涂；“共匪”的报上怎么说呢，我们可不知道。但总而言之，边疆上是炸，炸，炸；腹地里也是炸，炸，炸。虽然一面是别人炸，一面是自己炸，炸手不同，而被炸则一。只有在这两者之间的，只要炸弹不要误行落下来，倒还有可免“血肉横飞”的希望，所以我名之曰“中国人的生命圈”。

再从外面炸进来，这“生命圈”便收缩而为“生命线”；再炸进来，大家便都逃进那炸好了的“腹地”里面去，这“生命圈”便完结而为“生命〇”[③]。

其实，这预感是大家都有的，只要看这一年来，文章上不大见有“我中国地大物博，人口众多”的套话了，便是一个证据。而有一位先生，还在演说上自己说中国人是“弱小民族”哩。

---

①“腹地”：指江西等地区工农红军根据地。1933年2月—4月，蒋介石在第四次反革命“围剿”的后期，调集五十万兵力进攻中央革命根据地，并出动飞机滥肆轰炸。“边疆”：指当时热河一带。1933年3月日军占领承德后，又向冷口、古北口、喜峰口等地进迫，出动飞机狂炸，人民死伤惨重。

②“苟延性命于×世”：语出诸葛亮《前出师表》。

③“生命〇”即“生命零”，意思是存身之处完全没有了。

但这一番话，阔人们是不以为然的，因为他们不但有飞机，还有他们的“外国”！

四月十日

·背景与思想·

本文反映的是1933年的中国，处于内忧外患的时代背景下底层国民的生存状态。文章将普通的国民比喻成蝼蚁，称为“蚁民”，“蝼蚁尚知贪生”表明普通的国民想要一个安居之所，在那个时代下却是如此的艰难。文中将国民的生存状态比喻成一个生命圈，并且论证了生命圈怎样归零的。

文章中有两个重要的“词眼”，一个是“腹地”，另一个是“边疆”，这两个词眼构成了本文的主题——中国人的生命圈。腹地是指红色革命根据地，“边疆”指1933年热河一带的地区，实指除了红色革命根据地之外，剩下的是敌人侵略的国土。无辜的国民只好在这两者间寻找生命的居所，寻找生命圈。在“腹地”，蒋介石国民政府对其进行大肆残酷进攻，而“边疆”上有日本帝国主义的飞机狂轰乱炸。国民无法生存，只好退居到“腹地”，但是腹地却又遭到国民党反动派的围剿。所以，最后中国人的生命圈归零，存身之处完全没有了。文章用精密的论证向我们介绍了中国人的生命圈，将那个内忧外患的社会、生活在水生火热中的国民一一展现在读者的眼前。

·品读与借鉴·

1. 虚实结合的表现手法。文章写日本帝国主义对“边疆”狂轰滥炸、国民党反动派对红色“腹地”的大肆进攻是实写，而文章的主题“中国人的生命圈”其实是虚拟存在的事物，是虚写。文章采用虚实相结合的表现手法是为了论证国人的生存居所在日本帝国主义和国民党反动派的蹂躏下已经没有了，表达了作者强烈的愤怒和深深的无奈。

2. 巧用对比，暗含讽刺。结尾处将“文章上不大见有‘我中国地大物博，人口众多’的套话”、一位先生说中国人是“弱小的民族”与“阔人们”（指国民党反动派）的不以为然相对比，表现了国民党反动派的不顾人民死活的真实面目，暗含了作者对其的讽刺意味。

言论自由的界限

看《红楼梦》[1]，觉得贾府上是言论颇不自由的地方。焦大以奴才的身分，仗着酒醉，从主子骂起，直到别的一切奴才，说只有两个石狮子干净。结果怎样呢？结果是主子深恶，奴才痛嫉，给他塞了一嘴马粪。

其实是，焦大的骂；并非要打倒贾府，倒是要贾府好，不过说主奴如此，贾府就要弄不下去罢了。然而得到的报酬是马粪。所以这焦大，实在是贾府的屈原，假使他能做文章，我想，恐怕也会有一篇《离骚》之类。

三年前的新月社[2]诸君子，不幸和焦大有了相类的境遇。他们引经据典，对于党国有了一点微词，虽然引的大抵是英国经

---

①《红楼梦》：长篇小说。清代曹雪芹著。焦大是小说中贾家的一个忠实的老仆，他酒醉骂人被塞马粪事见该书第七回。只有两个石狮子干净的话，见第六十六回，系另一人物柳湘莲所说。

②新月社：以一些资产阶级知识分子为核心的文学和政治团体，约于1923年在北京成立，主要成员有胡适、徐志摩、陈源、梁实秋、罗隆基等。

典，但何尝有丝毫不利于党国的恶意，不过说："老爷，人家的衣服多么干净，您老人家的可有些儿脏，应该洗它一洗"罢了。不料"荃不察余之中情兮"[①]，来了一嘴的马粪：国报同声致讨，连《新月》杂志也遭殃。但新月社究竟是文人学士的团体，这时就也来了一大堆引据三民主义，辨明心迹的"离骚经"。现在好了，吐出马粪，换塞甜头，有的顾问，有的教授，有的秘书，有的大学院长，言论自由，《新月》也满是所谓"为文艺的文艺"了。

这就是文人学士究竟比不识字的奴才聪明，党国究竟比贾府高明，现在究竟比乾隆时候光明：三明主义。

然而竟还有人在嚷着要求言论自由。世界上没有这许多甜头，我想，该是明白的罢，这误解，大约是在没有悟到现在的言论自由，只以能够表示主人的宽宏大度的说些"老爷，你的衣服……"为限，而还想说开去。

这是断乎不行的。前一种，是和《新月》受难时代不同，现在好像已有的了，这《自由谈》也就是一个证据，虽然有时还有几位拿着马粪，前来探头探脑的英雄。至于想说开去，那就足以破坏言论自由的保障。要知道现在虽比先前光明，但也比先前利害，一说开去，是连性命都要送掉的。即使有了言论自由的

---

①"荃不察余之中情兮"：语见屈原《离骚》："荃不察余之中情兮，反信谗而齌怒。"

明令，也千万大意不得。这我是亲眼见过好几回的，非“卖老”也，不自觉其做奴才之君子，幸想一想而垂鉴焉。

四月十七日

·背景与思想·

本文所论述的言论自由实际上是言论的不自由。在国民党反动派的统治下、帝国主义的侵略下，底层的人们其实是没有言论上的自由的。文中所提到的《新月》月刊中的文人们曾在1929年《新月》上发表谈人权等问题的文章，引证英、美各国法规，提出解决中国政治问题的意见，意在向蒋介石献策邀宠。但文章发表后，却引起了国民党反动当局的不满，国民党报刊纷纷著文攻击，说他们“言论实属反动”，随后国民党中央决议由教育部对胡适加以“警诫”，《新月》月刊遭扣留。他们继而变换手段，研读“国民党的经典”，著文引据“党义”以辨明心迹，讨好反动当局，终于得到蒋介石的赏识。文章中所说的“这时就也来了一大堆引据三民主义，辨明心迹的‘离骚经’”，就是对这件事情的讽刺，嘲讽《新月》杂志的文人们的阿谀奉承、摇尾讨好。

鲁迅先生针对当时社会所出现的关于言论自由的问题写下了这篇针砭时弊的文章。文章最后一语破的：“即使有了言论自由的明令，也千万大意不得。”说明在国民党统治下的人们是没有言论的自由的。

·品读与借鉴·

1. 引经据典，巧用类比。文章借用《红楼梦》中的焦大之口说明在贾府没有言论自由与在国民党反动统治下人们没有言论自由相类比，说明焦大的骂得罪了贾府的奴才这不大关紧要，关键是得罪了贾府中的主人，所以得到了嘴塞马粪的报应。而“文人学士”比焦大高明，他们的言论引经据典，委婉而又讨好了反动当局，向反动当局邀宠。这样的类比具有针砭时弊性，同时也值得借鉴。

2. 层层推理，巧妙论证。本文先是用贾府没有言论自由与“新月社的诸君子”的言论相类比，意在说明当时的社会下是根本没有言论自由的。文章又说道：“有几位拿着马粪，前来探头探脑的英雄。至于想说开去，那就足以破坏言论自由的保障。”是说在当时的社会人们即使是想说真实的话，也会被反动当局给镇压下去的。所以文章在最后写道“即使有了言论自由的明令，也千万大意不得”，很好地表明了作者的态度。

大观园的人才

早些年，大观园里的压轴戏是刘老老骂山门[①]。那是要老旦出场的，老气横秋地大“放”一通，直到裤子后穿[②]而后止。当时指着手无寸铁或者已被缴械的人大喊“杀，杀，杀!”[③]那呼声是多么雄壮。所以它——男角扮的老婆子，也可以算得一个人才。

而今时世大不同了，手里象刀，而嘴里却需要“自由，自由，自由”，“开放××”[④]云云。压轴戏要换了。

于是人才辈出，各有巧妙不同，出场的不是老旦，却是花

---

①大观园：《红楼梦》中贾府的花园，这里比喻国民党政府。刘老老即刘姥姥，是《红楼梦》中的人物，这里指国民党中以“元老”自居的反动政客吴稚晖（他曾被人称作“吴老老”）。

②大“放”一通：吴稚晖的反动言论中，常出现“放屁”一类字眼。“裤子后穿”：是章太炎在《再复吴敬恒书》中痛斥吴稚晖的话：“善箝而口，勿令舐痈；善补而裤，勿令后穿。”

③指1927年4月蒋介石背叛革命时，吴稚晖充当帮凶，叫嚣“打倒”“严办”共产党人和革命群众。

④“开放××”：指当时一些国民党政客鼓吹的“开放政权”。

旦了，而且这不是平常的花旦，而是海派戏广告上所说的“玩笑旦”。这是一种特殊的人物，他（她）要会媚笑，又要会撒泼，要会打情骂俏，又要会油腔滑调。总之，这是花旦而兼小丑的角色。不知道是时世造英雄（说“美人”要妥当些），还是美人儿多年阅历的结果？

美人儿而说“多年”，自然是阅人多矣的徐娘[①]了，她早已从窑姐儿升任了老鸨婆；然而她丰韵犹存，虽在卖人，还兼自卖。自卖容易，而卖人就难些。现在不但有手无寸铁的人，而且有了……况且又遇见了太露骨的强奸。要会应付这种非常之变，就非有非常之才不可。你想想：现在的压轴戏是要似战似和，又战又和，不降不守，亦降亦守![②]这是多么难做的戏。没有半推半就假作娇痴的手段是做不好的。孟夫子说，“以天下与人易。”[③]其实，能够简单地双手捧着“天下”去“与人”，倒也不为难了。问题就在于不能如此。所以要一把眼泪一把鼻涕，哭哭啼啼，而又刁声浪气的诉苦说：我不入火坑[④]，谁入火坑。

---

①徐娘：《南史·后妃传》有关于梁元帝妃徐昭佩的记载：“徐娘虽老，犹尚多情。”后来因有“徐娘半老，风韵犹存”的成语。这里是指汪精卫。

②“似战似和”等语：是讽刺汪精卫等人既想降日又要掩饰投降面目的丑态。

③“以天下与人易”：语见《孟子·滕文公》：“以天下与人易，为天下得人难。”

④入火坑：汪精卫1933年4月14日在上海答记者问时曾说：“现时置身南京政府中人，其中心焦灼，无异投身火坑一样。我们抱着共赴国难的决心，涌身跳入火坑，同时……，竭诚招邀同志们一齐跳入火坑。”

然而娼妓说她自己落在火坑里，还是想人家去救她出来；而老鸨婆哭火坑，却未必有人相信她，何况她已经申明：她是敞开了怀抱，准备把一切人都拖进火坑的。虽然，这新鲜压轴戏的玩笑却开得不差，不是非常之才，就是挖空了心思也想不出的。

老旦进场，玩笑旦出场，大观园的人才着实不少!

四月二十四日

· 背景与思想 ·

这是一篇言辞尖锐犀利的时事评论文。1933年4月，当时的行政院院长汪精卫发表言论："现时置身南京政府中人，其中心焦灼，无异投身火坑一样。我们抱着共赴国难的决心，涌身跳入火坑……"鲁迅针对汪精卫这种虚伪、假惺惺的言论，写下了这篇文章。

· 品读与借鉴 ·

1. 丰富幽默的比喻、类比。本文将国民政府比做大观园；吴稚晖比做老旦；汪精卫比做玩笑旦、小丑、徐娘；文章所说的"非常人才"也是指汪精卫。大观园里这些角色的性格特征正好符合了国民党政府反动派中各类人物的特征。这些比喻和类比形象贴切地将那个年代的政治时局中的人物描摹了出来。

2. 深邃隐晦的寓意。文章写男角扮的老婆子（老旦）——吴稚晖扮演"大观园里的压轴戏刘老老骂山门"，在国民党政府的庇护下，"指着手无寸铁或者已被缴械的人（无辜的国民）"大喊"杀、杀、杀!"。寓意是在说明欺压无辜弱者是国民党反动派的惯用伎俩。而"大观园里人才辈出"，说的是汪精卫，既能扮演"玩笑旦”，又“兼小丑的角色”，会“媚笑，又会撒泼，还会油腔滑调”，“手里拿着刀，危害群众”，嘴里却喊着：“自由，自由，自由”，“开放××”云云。从而指出了1933年4月，汪精卫在上海答记者问时所说的全是一派胡言，是无耻的笑话。这样隐晦的寓意使国民党反动派的一切无耻行径不攻自破。

夜颂[1]

爱夜的人，也不但是孤独者，有闲者，不能战斗者，怕光明者。

人的言行，在白天和在深夜，在日下和在灯前，常常显得两样。夜是造化所织的幽玄的天衣，普覆一切人，使他们温暖，安心，不知不觉的自己渐渐脱去人造的面具和衣裳，赤条条地裹在这无边际的黑絮似的大块里。

虽然是夜，但也有明暗。有微明，有昏暗，有伸手不见掌，有漆黑一团糟。爱夜的人要有听夜的耳朵和看夜的眼睛，自在暗中，看一切暗。君子们从电灯下走入暗室中，伸开了他的懒腰；爱侣们从月光下走进树阴里，突变了他的眼色。夜的降临，抹杀了一切文人学士们当光天化日之下，写在耀眼的白纸上的超然，混然，恍然，勃然，粲然的文章，只剩下乞怜，讨好，撒谎，骗人，吹牛，捣鬼的夜气，形成一个灿烂的金色的光圈，像见于佛

①本篇最初发表于1933年6月10日《申报·自由谈》。

画上面似的，笼罩在学识不凡的头脑上。

爱夜的人于是领受了夜所给与的光明。

高跟鞋的摩登女郎在马路边的电光灯下，阁阁的走得很起劲，但鼻尖也闪烁着一点油汗，在证明她是初学的时髦，假如长在明晃晃的照耀中，将使她碰着“没落”的命运。一大排关着的店铺的昏暗助她一臂之力，使她放缓开足的马力，吐一口气，这时之觉得沁人心脾的夜里的拂拂的凉风。

爱夜的人和摩登女郎，于是同时领受了夜所给与的恩惠。

一夜已尽，人们又小心翼翼的起来，出来了；便是夫妇们，面目和五六点钟之前也何其两样。从此就是热闹，喧嚣。而高墙后面，大厦中间，深闺里，黑狱里，客室里，秘密机关里，却依然弥漫着惊人的真的大黑暗。

现在的光天化日，熙来攘往，就是这黑暗的装饰，是人肉酱缸上的金盖，是鬼脸上的雪花膏。只有夜还算是诚实的。我爱夜，在夜间作《夜颂》。

六月八日

·背景与思想·

从文章的题目看，鲁迅对夜是喜爱的，其实这种喜爱是无奈的喜爱。因为白天已经失去了光明，不值得爱了。反而夜是真实的，不虚伪的。这样逆向的逻辑、错位的表现与传统观念相背驰的想法是作者对现实社会黑白颠倒、不明是非的深刻剖析和控诉。

文章写人的言行在白天和深夜“显得两样”，意在说明：在帝国主义反动军阀统治下的社会，人们的言行被挤压着，没有真实的存在。这是对当时黑暗社会的深刻揭露。作者歌颂夜，似乎是对现实社会的逃避，实际上是作者对真实社会的向往，表达了作者渴望光明存在、真理存在，渴望一切帝国主义和反动派消亡死掉，渴望一个自由民主的社会的到来。对夜的歌颂实际上就是对光明的歌颂。

·品读与借鉴·

1. 语言简洁。本文的语言简洁富含韵律感，这是因为文章多处运用了短句、短语。例如写夜“有微明，有昏暗，有伸手不见掌，有漆黑一团糟”，“写在耀眼的白纸上的超然，混然，恍然，勃然，粲然的文章，只剩下乞怜，讨好，撒谎，骗人，吹牛，捣鬼的夜气”。这样文章显得简洁有力，富有感染力。

2. 运用象征和暗语。“爱夜的人和摩登女郎，于是同时领受了夜所给与的恩惠”说明了人们喜欢生活在黑暗之中是因为在反动当局的统治下到处都是黑暗的统治，只有夜才是真实的。“爱夜的人于是领受了夜所给与的光明”，说明了作者对光明的歌颂和向往。

秋夜纪游[1]

秋已经来了，炎热也不比夏天小，当电灯替代了太阳的时候，我还是在马路上漫游。

危险？危险令人紧张，紧张令人觉到自己生命的力。在危险中漫游，是很好的。

租界也还有悠闲的处所，是住宅区。但中等华人的窟穴却是炎热的，吃食担，胡琴，麻将，留声机，垃圾桶，光着的身子和腿。相宜的是高等华人或无等洋人住处的门外，宽大的马路，碧绿的树，淡色的窗幔，凉风，月光，然而也有狗子叫。

我生长农村中，爱听狗子叫，深夜远吠，闻之神怡，古人之所谓“犬声如豹”[2]者就是。倘或偶经生疏的村外，一声狂嗥，巨獒跃出，也给人一种紧张，如临战斗，非常有趣的。

①本篇最初发表于1933年8月16日《申报·自由谈》。

②“犬声如豹”：语出唐代王维《山中与裴秀才迪书》，原作“深巷寒犬，吠声如豹”。

但可惜在这里听到的是吧儿狗。它躲躲闪闪，叫得很脆：汪汪!

我不爱听这一种叫。

我一面漫步，一面发出冷笑，因为我明白了使它闭口的方法，是只要去和它主子的管门人说几句话，或者抛给它一根肉骨头。这两件我还能的，但是我不做。

它常常要汪汪。

我不爱听这一种叫。

我一面漫步，一面发出恶笑了，因为我手里拿着一粒石子，恶笑刚敛，就举手一掷，正中了它的鼻梁。

呜的一声，它不见了。我漫步着，漫步着，在少有的寂寞里。

秋已经来了，我还是漫步着。叫呢，也还是有的，然而更加躲躲闪闪了，声音也和先前不同，距离也隔得远了，连鼻子都看不见。

我不再冷笑，不再恶笑了，我漫步着，一面舒服的听着它那很脆的声音。

八月十四日

· 背景与思想 ·

1933年中国的社会环境恶劣，时局十分动荡。日本帝国主义的侵略加上国民党反动派的统治，文艺界也笼罩在白色恐怖中，正如文章中所说的“危险？危险令人紧张”。这句话就是对当时的文艺界的一种真实的写照。但是鲁迅作为一个文化斗士，所秉持的斗争精神在文章中也体现得淋漓尽致。文章写道：“危险？……在危险中漫游，是很好的。”表达了鲁迅对这样危险的蔑视和无畏的精神。

文中着重描写了狗的叫声，这狗的叫声喻指了当时社会上反动文人虚伪狡诈的言论。写农村的狗吠是指革命文学家的言论，因为这样的文学言论“如临战斗”，鲁迅对其持赞扬的态度。租界中的吧儿狗是指一味讨好当局的反动文人。鲁迅对它们是抱以“冷笑”的态度。文章写到“举手一掷，正中了它的鼻梁”，是先生对他们虚假的言论毫不留情地进行回击。

从这篇文章可以看出先生作为一个革命文学家所秉持的斗争精神，他无畏于敌人所施加的威胁，“一面舒服的听着它那很脆的声音”享受这种斗争所带来的快乐。

·品读与借鉴·

1. 脉络清晰，结构完整。文章按照空间顺序来组织安排材料。由华人和洋人的住处引出文章主要描写的对象——狗子叫。在描写狗子叫的同时融入了作者对反动文人的蔑视。先写农村的狗子叫声，再写吧儿狗的叫声，对前一种叫声作者进行了赞赏，对后一种叫声作者进行了无情的嘲弄。这样一来文章的脉络就十分的清晰，在结构上也趋于完整。

2. 辛辣、尖锐的讽刺。作者将吧儿狗的叫声比做反动文人的虚伪言论，对其进行了辛辣的嘲弄和深刻的讽刺。文章还将吧儿狗的叫声进行了详细的描写，同时也将作者对“吧儿狗的叫声”的厌恶暗含其中。“我一面漫步，……因为我手里拿着一粒石子，……就举手一掷，正中了它的鼻梁”表达了作者对反动文人的深刻讽刺和无情的抨击。

“揩　油”[1]

“揩油”，是说明着奴才的品行全部的。

这不是“取回扣”或“取佣钱”，因为这是一种秘密；但也不是偷窃，因为在原则上，所取的实在是微乎其微。因此也不能说是“分肥”；至多，或者可以谓之“舞弊”罢。然而这又是光明正大的“舞弊”，因为所取的是豪家，富翁，阔人，洋商的东西，而且所取又不过一点点，恰如从油水汪洋的处所，揩了一下，于人无损，于揩者却有益的，并且也不失为损富济贫的正道。设法向妇女调笑几句，或乘机摸一下，也谓之“揩油”，这虽然不及对于金钱的名正言顺，但无大损于被揩者则一也。

表现得最分明的是电车上的卖票人。纯熟之后，他一面留心着可揩的客人，一面留心着突来的查票，眼光都练得像老鼠和老鹰的混合物一样。付钱而不给票，客人本该索取的，然而很难索

①本篇最初发表于1933年8月17日《申报·自由谈》。

取，也很少见有人索取，因为他所揩的是洋商的油[①]，同是中国人，当然有帮忙的义务，一索取，就变成帮助洋商了。这时候，不但卖票人要报你憎恶的眼光，连同车的客人也往往不免显出以为你不识时务的脸色。

然而彼一时，此一时，如果三等客中有时偶缺一个铜元，你却只好在目的地以前下车，这时他就不肯通融，变成洋商的忠仆了。

在上海，如果同巡捕，门丁，西崽之类闲谈起来，他们大抵是憎恶洋鬼子的，他们多是爱国主义者。然而他们也像洋鬼子一样，看不起中国人，棍棒和拳头和轻蔑的眼光，专注在中国人的身上。

“揩油”的生活有福了。这手段将更加展开，这品格将变成高尚，这行为将认为正当，这将算是国民的本领，和对于帝国主义的复仇。打开天窗说亮话，其实，所谓“高等华人”也者，也何尝逃得出这模子。

但是，也如“吃白相饭”朋友那样，卖票人是还有他的道德的。倘被查票人查出他收钱而不给票来了，他就默然认罚，决不说没有收过钱，将罪案推到客人身上去。

八月十四日

①揩的是洋商的油：解放前，上海租界内的电车是分别由英商和法商投资的两个电车公司经营的。

·背景与思想·

揩油是占别人或公家便宜的意思。文章虽取材自上海的人或事，但是揭示出的却是当时旧社会的国民性。文章的开篇全面解释了揩油的性质。先是说这是一种秘密的行为，然后再从原则上对其进行分析，得出了揩油是一种小的占便宜、是“光明正大的‘舞弊’”的结论。最后又从两个方面来论述揩油，于揩者有益、无损于被揩者。接着文章又用电车上卖票人和上海普通人生活态度的两个事例揭示出国民“揩油”的本性。他们对当时的黑暗统治愤怒，但同时又是无奈的，只能像揩油一样做些小的动作，反映了当时的社会国民仅有的良知。

在这篇文章中鲁迅先生对国民性进行了深入的剖析，用“揩油”这个词来揭露当时殖民地下的国民的生存状态。国民有反抗意识但是却是微小的。

·品读与借鉴·

1. 例证充分，说理透彻。文章主要举了两个事例：一是电车上的卖票人。这个事例说明了卖票人的揩油是对反动当局统治的一种反抗。他揩的是洋商的油，对自己的国民有益。另一个事例是上海的民众，他们对中国人的态度反映了他们还是有爱国主义的，但是又看不起国人的懦弱的劣根性，自己又无力反抗。这两个事例充分说明了国人揩油的本性。

2. 结尾意义深刻。文章的结尾写卖票人是有道德的，是对国民仅有的良心、仅有的反抗的一种赞扬。因为在当时的社会状态下，帝国主义的侵略、反动当局的白色恐怖统治，使国民都生活在水深火热之中。这仅有的反抗说明了国民还是没有走到无可救药的地步，反映了作者对革命胜利的一种期望。

我们怎样教育儿童的？

看见了讲到“孔乙己”[①]，就想起中国一向怎样教育儿童来。

现在自然是各式各样的教科书，但在村塾里也还有《三字经》和《百家姓》[②]。清朝末年，有些人读的是“天子重英豪，文章教尔曹，万般皆下品，惟有读书高”的《神童诗》[③]，夸着“读书人”的光荣；有些人读的是“混沌初开，乾坤始奠，轻清者上浮而为天，重浊者下凝而为地”的《幼学琼林》[④]，教着做古文的滥调。再上去我可不知道了，但听说，唐末宋初用过《太公家教》[⑤]，久已失传，后来才从敦煌石窟中发现，而在汉朝，是读

①“孔乙己”：鲁迅小说《孔乙己》中的人物。

②《三字经》和《百家姓》：旧时书塾给幼童用的开蒙课本。前者据传为南宋王应麟撰，后者无著撰人，一般认为是宋人所作。

③《神童诗》：相传北宋汪洙作，旧时儿童蒙学读本。

④《幼学琼林》：清代程允升撰。该书杂集自然、社会、历史、伦理等方面的知识典故，编为骈语，可为儿童诵记。

⑤《太公家教》：撰者不详，旧时蒙学读本。此书唐宋时颇流行，后失传。清光绪末年在敦煌石窟中发现抄本，由罗振玉编入影印的《鸣沙石室古佚书》。

《急就篇》[1]之类的。

就是所谓“教科书”，在近三十年中，真不知变化了多少。忽而这么说，忽而那么说，今天是这样的宗旨，明天又是那样的主张，不加“教育”则已，一加“教育”，就从学校里造成了许多矛盾冲突的人，而且因为旧的社会关系，一面也还是“混沌初开，乾坤始奠”的老古董。

中国要作家，要“文豪”，但也要真正的学究。倘有人作一部历史，将中国历来教育儿童的方法，用书，作一个明确的记录，给人明白我们的古人以至我们，是怎样的被熏陶下来的，则其功德，当不在禹（虽然他也许不过是一条虫）下[2]。

《自由谈》的投稿者，常有博古通今的人，我以为对于这工作，是很有胜任者在的。不知亦有有意于此者乎？现在提出这问题，盖亦知易行难，遂只得空口说白话，而望垦辟于健者也。

八月十四日

---

①《急就篇》：一名《急就章》，西汉史游撰。该书大抵按姓名、衣服、饮食、器用等分类编成韵语，多为七字句，以教儿童识字。

②其功德，当不在禹下：唐代韩愈《与孟尚书书》：“故愈尝推尊孟氏（按：指孟子），以为功不在禹下者为此也。”

·背景与思想·

本文的题目用一个疑问句——“我们怎样教育儿童的”，对当时旧社会儿童教育发出有力的质问。

儿童的教育关系到社会未来的发展和民族的振兴，而当时中国的儿童教育，历经几十年，依然走不出古董状态，教材几经改编，除了造成“宗旨”上的矛盾冲突外，并未从根本上解决儿童的教育问题。教育无法适应社会，无法满足社会发展的需要，那么国家的发展与兴旺又将从何谈起？当下的社会给儿童的启蒙教育往往都是封建礼教，伦理纲常，根本不利于儿童的发展，这些三纲五常只能将儿童教育成“‘混沌初开，乾坤始尊’的老古董了”。文章在最后指出倘若有一位真正研究教育儿童方法的学者出现，他的史学著作的功德堪比大禹。同时作者也渴望能够胜任此重任的学究出现，“望垦眸丁健者也”。

这篇文章表达了鲁迅先生对儿童教育的强烈关注，也从侧面表达了先生强烈的忧国忧民的情思。

·品读与借鉴·

1. 引经据典，讲明事实。文章开篇引用了古语和经典著作来说明清末教育儿童的方式。引用经典可以更好地说明这古老陈旧的教育方式不适合儿童教育的发展，因为这些封建礼教只能让儿童“夸着读书人的光荣，学做古文的滥调”。这样教出来的儿童对于社会的发展是极为不利的。

2. 令人回味的结尾。作者以委婉的语调，表达了对教育前景的希望。他在号召一个能胜任编撰教育史工作的学者出现时，并没有生硬地讲，而是写在《自由谈》的投稿者中有博古通今的人，因此他认定了教育人才的存在，并鼓励这样的人赶快出来关注儿童教育的问题，关心民族的未来。这种表达方式，给人以充足的信心与勇气。

由聋而哑

医生告诉我们：有许多哑子，是并非喉舌不能说话的，只因为从小就耳朵聋，听不见大人的言语，无可师法，就以为谁也不过张着口呜呜哑哑，他自然也只好呜呜哑哑了。所以勃兰兑斯[①]叹丹麦文学的衰微时，曾经说：文学的创作，几乎完全死灭了。人间的或社会的无论怎样的问题，都不能提起感兴，或则除在新闻和杂志之外。绝不能惹起一点论争。我们看不见强烈的独创的创作。加以对于获得外国的精神生活的事，现在几乎绝对的不加顾及。于是精神上的“聋”，那结果，就也招致了“哑”来。（《十九世纪文学主潮》第一卷自序）

这几句话，也可以移来批评中国的文艺界，这现象，并不能全归罪于压迫者的压迫，五四运动时代的启蒙运动者和以后的反对者，都应该分负责任的。前者急于事功，竟没有译出什么有价

①勃兰兑斯（George Brandes，1842—1927）：丹麦文学批评家。著有《十九世纪文学主潮》等。

值的书籍来，后者则故意迁怒，至骂翻译者为媒婆[1]，有些青年更推波助澜，有一时期，还至于连人地名下注一原文，以便读者参考时，也就诋之曰“衒学”[2]。

今竟何如？三开间店面的书铺，四马路上还不算少，但那里面满架是薄薄的小本子，倘要寻一部巨册，真如披沙拣金之难。自然，生得又高又胖并不就是伟人，做得多而且繁也决不就是名著，而况还有“剪贴”。但是，小小的一本“什么ABC”[3]里，却也决不能包罗一切学术文艺的。一道浊流，固然不如一杯清水的干净而澄明，但蒸溜了浊流的一部分，却就有许多杯净水在。

因为多年买空卖空的结果，文界就荒凉了，文章的形式虽然比较的整齐起来，但战斗的精神却较前有退无进。文人虽因捐班或互捧，很快的成名，但为了出力的吹，壳子大了，里面反显得更加空洞。于是误认这空虚为寂寞，像煞有介事的说给读者们；其甚者还至于摆出他心的腐烂来，算是一种内面的宝贝。散文，在文苑中算是成功的，但试看今年的选本，便是前三名，也即令人有“貂不足，狗尾续”之感。用秕谷来养青年，是决不会壮

---

①骂翻译者为媒婆：见1921年2月《民铎》杂志所刊郭沫若致李石岑函，其谓：“我觉得国内人士只注重媒婆，而不注重处子；只注重翻译，而不注重产生。”

②衒学：卖弄学问。

③“什么ABC”：指某一方面的入门书。

大的，将来的成就，且要更渺小，那模样，可看尼采所描写的“末人”[1]。

但绍介国外思潮，翻译世界名作，凡是运输精神的粮食的航路，现在几乎都被聋哑的制造者们堵塞了，连洋人走狗，富户赘郎，也会来哼哼的冷笑一下。他们要掩住青年的耳朵，使之由聋而哑，枯涸渺小，成为“末人”，非弄到大家只能看富家儿和小瘪三所卖的春宫，不肯罢手。甘为泥土的作者和译者的奋斗，是已经到了万不可缓的时候了，这就是竭力运输些切实的精神的粮食，放在青年们的周围，一面将那些聋哑的制造者送回黑洞和朱门里面去。

八月二十九日

·背景与思想·

1933年5月，《自由谈》登出启事：“吁请海内文章，从兹多谈风月，少发牢骚，庶作者编者，两蒙其休。”鲁迅先生有感于当时文学界这种无理取闹、可笑的“多谈风月”的境地写了很多的杂感，收录在《准风月谈》里。本文就是其中的一篇代表作。

文章写由聋而哑是抨击当时的文艺界的混乱、欺压人们、阻碍

①末人：指平庸、渺小、无创造力的人。尼采在《查拉图斯特拉如是说·序言》里写道：“……地也就小了，在这上面跳着末人，就是那做小了一切的。他的种族是跳蚤似的除灭不完；末人活得最长久。”

国民的创造力。文章指出五四运动时代的启蒙运动者没有翻译出什么有价值的书籍来；“以后的反对者”（指对五四运动持反对意见的所谓专家学者），“骂翻译者为媒婆”，将那些所谓的不合时宜的没有价值的思想传到中国来；还有一些文人校注不必要的人名地名，美其名为“衒学”等等文艺界的弊病。鲁迅针对文艺界的“荒凉”写下了这篇文章，具有强烈的针砭时弊性，强烈地抨击谴责了这些聋哑的制造者。

鲁迅在文章的最后强烈地号召作者和译者与那些反动文人们斗争，“竭力运输些切实的精神的粮食”，使青年们“耳聪目明”，打倒“聋哑的制造者”，表达了鲁迅先生对国民素质提高的强烈愿望。

·品读与借鉴·

1. 巧用类比，摆清事实。文章开篇先讲了一个人哑是因为聋的道理从而解释了文艺界精神上的聋导致了“哑”——没有创造力的事实。用人生理上的聋哑与文艺界的聋哑相类比很好地将本文要论述的问题（批判文艺界的弊病）讲述清楚，使读者更容易理解文章所要表达的意图。

2. 比喻形象，一针见血。文章开篇引用了勃兰兑斯感叹丹麦文学衰微的话，是为了说明文艺界精神上的聋导致了哑；用“三开间店面的书铺，……倘要寻一部巨册，真如披沙拣金之难”这个比喻句极言文艺界有价值的书籍之少；“用秕谷来养青年”，用秕谷来比喻糟粕的无任何价值的书籍，可谓一针见血，这句话贬斥了反动文人学者进行的文化压制和垄断，使糟粕的书籍在文艺界流通，对广大青年造成文化上的摧残。引用和比喻的修辞使文章具有表现力和说服力，也使道理更加通俗易懂。

喝茶[①]

某公司又在廉价了，去买了二两好茶叶，每两洋二角。开首泡了一壶，怕它冷得快，用棉袄包起来，却不料郑重其事的来喝的时候，味道竟和我一向喝着的粗茶差不多，颜色也很重浊。

我知道这是自己错误了，喝好茶，是要用盖碗的，于是用盖碗。果然，泡了之后，色清而味甘，微香而小苦，确是好茶叶。但这是须在静坐无为的时候的，当我正写着《吃教》的中途，拉来一喝，那好味道竟又不知不觉的滑过去，像喝着粗茶一样了。

有好茶喝，会喝好茶，是一种“清福”。不过要享这“清福”，首先就须有工夫，其次是练习出来的特别的感觉。由这一极琐屑的经验，我想，假使是一个使用筋力的工人，在喉干欲裂的时候，那么，即使给他龙井芽茶，珠兰窨片，恐怕他喝起来也未必觉得和热水有什么大区别罢。所谓“秋思”，其实也是这样

①本篇最初发表于1933年10月2日《申报·自由谈》。

的，骚人墨客，会觉得什么“悲哉秋之为气也”[1]，风雨阴晴，都给他一种刺戟，一方面也就是一种“清福”，但在老农，却只知道每年的此际，就要割稻而已。

于是有人以为这种细腻锐敏的感觉，当然不属于粗人，这是上等人的牌号。然而我恐怕也正是这牌号就要倒闭的先声。我们有痛觉，一方面是使我们受苦的，而一方面也使我们能够自卫。假如没有，则即使背上被人刺了一尖刀，也将茫无知觉，直到血尽倒地，自己还不明白为什么倒地。但这痛觉如果细腻锐敏起来呢，则不但衣服上有一根小刺就觉得，连衣服上的接缝，线结，布毛都要觉得，倘不穿“无缝天衣”，他便要终日如芒刺在身，活不下去了。但假装锐敏的，自然不在此例。

感觉的细腻和锐敏，较之麻木，那当然算是进步的，然而以有助于生命的进化为限。如果不相干，甚而至于有碍，那就是进化中的病态，不久就要收梢。我们试将享清福，抱秋心的雅人，和破衣粗食的粗人一比较，就明白究竟是谁活得下去。喝过茶，望着秋天，我于是想：不识好茶，没有秋思，倒也罢了。

九月三十日

---

①“悲哉秋之为气也”：语见战国时楚国诗人宋玉《九辩》。

·背景与思想·

血雨腥风的20世纪30年代，文艺界经历了五四运动的思想变革之后，文学风格出现了各种差异，其中不求进取、自我陶醉的文学风格是鲁迅先生所严厉抨击，冷嘲热讽的。周作人和林语堂写过关于喝茶的小品散文反映了自我陶醉的腐化文风。以改良人生的文学和拯救社会为己任的鲁迅先生借《喝茶》这篇杂文对这种“清福”“寄沉痛于幽闲”的文学论调进行了抨击。

文章先是对喝茶的感受进行了简明扼要的介绍后迅速转入主题。在国难当头之际，过分地享“清福”实在是一种自我逃避和不负责任的行为。然后文章用骚客的悲秋之气与老农的割稻收获相类比，这样“究竟是谁活得下去”的道理不言而喻。由此对林语堂等人“清福”“苦茶”、周作人喜欢喝自然主义的“清茶”进行了针砭时弊的批驳。过分的“雅”脱离了生命的自然性，也是“进化中的病态”。鲁迅的茶外之茶，可谓精妙。

在国难当头、中华民族危难之际，这篇文章体现了鲁迅先生对麻木不仁者的讽刺，并且对其敲响了警钟。

·品读与借鉴·

1.行文有张有弛，巧妙启承转合。文章开篇用“廉价”二字引出茶来，然后接着写品尝的感受，“须在静坐无为的时候”才能品出茶的妙处。文章用了一个中心句：“有好茶喝，会喝好茶，是一种‘清福’。”除了写喝茶的感受，还承接了下文。抨击了骚人墨客的不合时宜的“清福”，起到了画龙点睛的作用。纵观全文作者对喝茶的美妙感受只是点到为止，大量篇幅是在论述本文的中心命题，抨击不合时宜的“清福”。行文顺畅，有张有弛。

2. 诗情画意的语言，巧妙运用反语。鲁迅的文风多以逻辑严密、论证周详、讽刺辛辣见长。这篇文章的前半部分是鲁迅难得的描写细腻之语：“有好茶喝，会喝好茶，是一种‘清福’。不过要享这‘清福’，首先就须有工夫，其次是练习出来的特别的感觉。”这句话表面读来舒心闲适，再仔细一读，却从中品出辣味，鲁迅表面是在赞美喝好茶的身心享受，实际却是在讽刺有闲心喝茶者对时局的麻木。

看变戏法[1]

我爱看“变戏法”。

他们是走江湖的，所以各处的戏法都一样。为了敛钱，一定有两种必要的东西：一只黑熊，一个小孩子。

黑熊饿得真瘦，几乎连动弹的力气也快没有了。自然，这是不能使它强壮的，因为一强壮，就不能驾驭。现在是半死不活，却还要用铁圈穿了鼻子，再用索子牵着做戏。有时给吃一点东西，是一小块水泡的馒头皮，但还将勺子擎得高高的，要它站起来，伸头张嘴，许多工夫才得落肚，而变戏法的则因此集了一些钱。

这熊的来源，中国没有人提到过。据西洋人的调查，说是从小时候，由山里捉来的；大的不能用，因为一大，就总改不了野性。但虽是小的，也还须“训练”，这“训练”的方法，是

①本篇最初发表于1933年10月4日《申报·自由谈》。

“打”和“饿”；而后来，则是因虐待而死亡。我以为这话是的确的，我们看它还在活着做戏的时候，就瘪得连熊气息也没有了，有些地方，竟称之为“狗熊”，其被蔑视至于如此。

孩子在场面上也要吃苦，或者大人踏在他肚子上，或者将他的两手扭过来，他就显出很苦楚，很为难，很吃重的相貌，要看客解救。六个，五个，再四个，三个……而变戏法的就又集了一些钱。

他自然也曾经训练过，这苦痛是装出来的，和大人串通的勾当，不过也无碍于赚钱。

下午敲锣开场，这样的做到夜，收场，看客走散，有化了钱的，有终于不化钱的。

每当收场，我一面走，一面想：两种生财家伙，一种是要被虐待至死的，再寻幼小的来；一种是大了之后，另寻一个小孩子和一只小熊，仍旧来变照样的戏法。

事情真是简单得很，想一下，就好像令人索然无味。然而我还是常常看。此外叫我看什么呢，诸君？

十月一日

·背景与思想·

这篇文章收录在《准风月谈》里，钱理群先生曾说《伪自由书》《准风月谈》《花边文学》里的杂文“其中有着时代的眉目”。因此我们要从这篇文章所处的时代背景来阅读此文。这篇文章写于1933年，当时日本帝国主义侵占我国东三省之后，进一步深入华北地区，而蒋介石反动集团奉行“攘外必先安内”的政策，使国民生活在水深火热当中，鲁迅带着万分忧虑的心情写下了这篇文章。

这篇文章写的是走江湖的人如何要把戏，敛钱财，然而意在言外，讲的是国民党反动派的残酷剥削、暴行暴政和卑鄙无耻的丑态。走江湖的骗子喻指国民党反动当局，狗熊喻指被剥削压榨的劳苦国民，而小孩则是指资产阶级买办的帮凶。“狗熊”是不能强壮的，“因为一强壮，就不能驾驭”，这句话形象地表明国民党反动派对虚弱的国民的残酷剥削和血腥镇压。而“孩子”，“自然也曾经训练过，这苦痛是装出来的，和大人串通的勾当，不过也无碍于赚钱”这句话则表明了资产阶级买办的帮凶，他们和国民党反动当局串通一气，欺压百姓，极尽丑陋无耻的行径，在历史的舞台上扮演着小丑的角色。

·品读与借鉴·

1. 开篇点题、脉络清晰。开篇就直接摆出文章要论述的对象——变戏法，并且对其进行简单的归纳总结：这戏法各处都一样，为了敛钱，必须有两个东西——狗熊和小孩子。这样的行文，开门见山，使文章的中心明确。后面的行文根据这个主题来组织材料，分别论述狗熊被残酷虐待、小孩子和要把戏的串通作戏。这样文章的结构安排就十分合理，脉络也十分清晰。

2. 细致的心理描写。结尾处作者写道：“每当收场，我一面走，一面想：两种生财家伙，一种是要被虐待至死的，再寻幼小的来；一种是大了之后，另寻一个小孩子和一只小熊，仍旧来变照样的戏法。”这句活是细致的心理描写，表面上是在写狗熊和小孩，实质是在写国民党反动派的丑陋面目和惯用伎俩，对底层国民不断地进行残酷剥削、与资产阶级买办帮凶们狼狈为奸。

未来的光荣

现在几乎每年总有外国的文学家到中国来，一到中国，总惹出一点小乱子。前有萧伯纳[①]，后有德哥派拉[②]；只有伐扬古久列[③]，大家不愿提，或者不能提。

德哥派拉不谈政治，本以为可以跳在是非圈外的了，不料因为恭维了食与色，又挣得“外国文氓”[④]的恶谥，让我们的论客，

---

①萧伯纳1933年2月来中国旅行时，新闻界颇多报道和评论，有人曾攻击他“宣传共产”。

②德哥派拉（M. Dekobra，1885—1973）：法国小说家、记者。1933年11月来中国旅行。鲁迅在1933年12月28日的一封信中说：德哥派拉“盖法国礼拜六派，油头滑脑，其到中国来，大概确是搜集小说材料”。

③伐扬古久列（P. vaillant-Coutunier，1892—1937）：通译伐扬—古久里，法国作家、社会活动家。1933年9月，他曾来上海出席世界反对帝国主义战争委员会召开的远东会议。

④“外国文氓”：德哥派拉于1933年11月29日在上海参加中法文艺界、报界茶话会时，中国新闻记者曾问他“对日本侵略中国之感想如何”，他回答说：“此问题过于严重，非小说家所可谈到。”又请他谈“对中国之感想”，他回答说：“来华后最使我注意的，一是中国菜很好，二是中国女子很美。”当时曾有人在报上发表谈话说：“德氏来平，并未谈及文学，仅讥笑中国女子，中国女子认为德氏系一文氓而已。”

在这里议论纷纷。他大约就要做小说去了。

鼻子生得平而小，没有欧洲人那么高峻，那是没有法子的，然而倘使我们身边有几角钱，却一样的可以看电影。侦探片子演厌了，爱情片子烂熟了，战争片子看腻了，滑稽片子无聊了，于是乎有《人猿泰山》，有《兽林怪人》，有《斐洲探险》等等，要野兽和野蛮登场。然而在蛮地中，也还一定要穿插一点蛮婆子的蛮曲线。如果我们也还爱看，那就可见无论怎样奚落，也还是有些恋恋不舍的了，"性"之于市侩，是很要紧的。

文学在西欧，其碰壁和电影也并不两样；有些所谓文学家也者，也得找寻些奇特的（grotesque），色情的（erotic）东西，去给他们的主顾满足，因此就有探险式的旅行，目的倒并不在地主的打拱或请酒。然而倘遇呆问，则以笑话了之，他其实也知道不了这些，他也不必知道。德哥派拉不过是这些人们中的一人。

但中国人，在这类文学家的作品里，是要和各种所谓"土人"一同登场的，只要看报上所载的德哥派拉先生的路由单就知道——中国，南洋，南美。英，德之类太平常了。我们要觉悟着被描写，还要觉悟着被描写的光荣还要多起来，还要觉悟着将来会有人以有这样的事为有趣。

一月八日

·背景与思想·

在国难频繁、万象凋敝的乱世，中国的文学界存在着浮夸、妖娆、闲适之风。1933年许多国外文学者打着访问学习的幌子到中国来“招摇撞骗”，这与鲁迅先生以拯救国民为己任、以笔墨为匕首的革命文学相背驰。针对这不良的文风，鲁迅写下了这篇文章对虚伪狡诈的文人学者进行了抨击。

本文主要是讽刺了像德哥派拉这样的国外访问学者，他们此行的目的不过是“大约就要做小说去了”，帮助国民党反动政局在精神上欺压民众。文章在最后指出：“我们要觉悟着被描写，还要觉悟着被描写的光荣……这样的事为有趣。”意思是像德哥派拉这样的文人以我们国民为材料回去做小说，我们国民要觉悟着被描写是种光荣，且觉着这样的事情是有趣的。这与题目“未来的光荣”相呼应，强烈讽刺了这样愚昧的国民和文人。

·品读与借鉴·

1. 抛砖引玉，讽刺辛辣。文章第三自然段中“鼻子生得平而小”暗指中国人，“没有欧洲人那么高峻”意思是说中国人和外国人不一样。接着又讲到看电影，在电影中插入“在蛮地中，也还一定要穿插一点蛮婆子的蛮曲线”，然而中国人愿意看。讽刺了在动荡的政局下外国委靡的电影和小说对中国国民的麻醉，批评了外国文学家给中国国民带来精神垃圾，同时也辛辣地讽刺了愚昧堕落的国民。

2. 画龙点睛，点明题旨。文章的结尾明确了本文的中心思想，解释了“未来的光荣”的含义。揭露了像德哥派拉这样的国外文人的罪恶动机，也讽刺了国民把这样的描写当成是一种未来的光荣的无知愚昧。最后这句话在文章的结构上起到了画龙点睛的作用，同时与题目遥相呼应，写作手法深刻高明。

过　年

今年上海的过旧年，比去年热闹。

文字上和口头上的称呼，往往有些不同：或者谓之“废历”[①]，轻之也；或者谓之“古历”，爱之也。但对于这“历”的待遇是一样的：结账，祀神，祭祖，放鞭炮，打马将，拜年，“恭喜发财”！

虽过年而不停刊的报章上，也已经有了感慨[②]；但是，感慨而已，到底胜不过事实。有些英雄的作家，也曾经叫人终年奋发，悲愤，纪念。但是，叫而已矣，到底也胜不过事实。中国

---

①“废历”：指阴历（或称夏历）。1912年（民国元年）1月2日，中华民国临时政府通令各省废除阴历，改用阳历。后来，国民党政府又再三下过这样的通令。

②1934年2月13日（夏历除夕），《申报号外·本埠增刊》临时增加的副刊《不自由谈》上有署名非人的《开场白》说：“编辑先生们辛苦了一年，在这几天寒假里头，本想可以还我自由自在的身，写写意意，享几天难得享到的幸福。不料突然地接到一道命令：说不但要出号外，并且要屁股两排，没有办法，只得再来放几个屁。”

的可哀的纪念太多了，这照例至少应该沉默；可喜的纪念也不算少，然而又怕有“反动分子乘机捣乱”[①]，所以大家的高兴也不能发扬。几经防遏，几经淘汰，什么佳节都被绞死，于是就觉得只有这仅存残喘的“废历”或“古历”还是自家的东西，更加可爱了。那就格外的庆贺——这是不能以“封建的余意”一句话，轻轻了事的。

叫人整年的悲愤，劳作的英雄们，一定是自己毫不知道悲愤，劳作的人物。在实际上，悲愤者和劳作者，是时时需要休息和高兴的。古埃及的奴隶们，有时也会冷然一笑。这是蔑视一切的笑。不懂得这笑的意义者，只有主子和自安于奴才生活，而劳作较少，并且失了悲愤的奴才。

我不过旧历年已经二十三年了，这回却连放了三夜的花爆[②]，使隔壁的外国人也“嘘”了起来：却和花爆都成了我一年中仅有的高兴。

二月十五日

---

①“反动分子乘机捣乱”：1933年5月5日，国民党上海市党部举行“革命政府成立十二周年纪念”大会，事前通知各界“于是日上午九时，在本党部三楼大礼堂，召集各界代表举行纪念大会”，并规定纪念办法九条，末条是“函请警备司令部暨市公安局，严防反动分子，乘机捣乱；并酌派军警若干，维持会场秩序”。

②花爆：花炮、爆竹。

·背景与思想·

这篇文章写于1934年2月15日，此时除夕已经过去了三天，但鲁迅有感于这“一年中仅有的高兴”，写下了这篇杂文。这“仅有的高兴”反映了鲁迅先生对国家的深深忧思和对反动当局的激愤。

开篇写的“废历”和“古历”的待遇，是对国民党政府三番更改日历的讽刺。接着写不停刊的报刊上的无聊感慨，是批评在反动当局的白色恐怖下，文人们的唯唯诺诺、纪念些无关痛痒的东西。在万象凋敝、政局动荡的年代里“可哀的纪念”和“可喜的纪念”都没有了，“什么佳节都被绞死”了。文中写道：“仅存残喘的‘废历’或‘古历’还是自家的东西，因而‘格外庆贺’过年，不以‘封建的余意’一句话轻轻了事。”道出了鲁迅先生对新年的热爱，对自己国家、民族自有的东西的热爱。文章以含蓄的语言对反动统治下尚存悲愤心，且敢于蔑视反动派的劳苦人民进行了肯定，因为作者知道，只要人民还懂得悲愤，还有自尊心，民族就有重新振兴的希望。作者同时对那些已失去悲愤心的麻木者提出批评，讽刺他们是“奴才”。

·品读与借鉴·

1. 巧用类比、比喻，表达灵活。文中将悲愤者和劳作者同古埃及的奴隶们进行了类比，形象表明了悲愤者和劳作者生活在反动当局的罪恶压榨下。又将劳作者的高兴与奴隶的“冷然一笑”相类比，表明劳苦人民骨子里尚存的傲气与志气，这也是作者的希望所在。这段中的“主子”比喻国民党反动政权，而奴才则指麻木不仁的国民，这个比喻将“不懂这笑的意义者”解释得十分清楚。

2. 语言简洁、工整。本文语言精练，朴质爽然，是鲁迅杂文中的珍品。如“或者谓之‘废历’，轻之也；或者谓之‘古历’，爱之也”这句话，句子工整，语言精练，毫不拖沓冗长，简明扼要地就将句子的意思表达出来。

朋　友[1]

我在小学的时候，看同学们变小戏法，“耳中听字”呀，“纸人出血”呀，很以为有趣。庙会时就有传授这些戏法的人，几枚铜元一件，学得来时，倒从此索然无味了。进中学是在城里，于是兴致勃勃的看大戏法，但后来有人告诉了我戏法的秘密，我就不再高兴走近圈子的旁边。去年到上海来，才又得到消遣无聊的处所，那便是看电影。

但不久就在书上看到一点电影片子的制造法，知道了看去好像千丈悬崖者，其实离地不过几尺，奇禽怪兽，无非是纸做的。这使我从此不很觉得电影的神奇，倒往往只留心它的破绽，自己也无聊起来，第三回失掉了消遣无聊的处所。有时候，还自悔去看那一本书，甚至于恨到那作者不该写出制造法来了。

暴露者揭发种种隐秘，自以为有益于人们，然而无聊的人，为消遣无聊计，是甘于受欺，并且安于自欺的，否则就更无聊

①本篇最初发表于1934年5月1日《申报·自由谈》。

赖。因为这，所以使戏法长存于天地之间，也所以使暴露幽暗不但为欺人者所深恶，亦且为被欺者所深恶。

暴露者只在有为的人们中有益，在无聊的人们中便要灭亡。自救之道，只在虽知一切隐秘，却不动声色，帮同欺人，欺那自甘受欺的无聊的人们，任它无聊的戏法一套一套的，终于反反复复的变下去。周围是总有这些人会看的。

变戏法的时时拱手道："……出家靠朋友!"有几分就是对着明白戏法的底细者而发的，为的是要他不来戳穿西洋镜。

"朋友，以义合者也"①，但我们向来常常不作如此解。

四月二十二日

·背景与思想·

本文的题目虽是《朋友》，但是行文却没有围绕"朋友"二字来组织材料，而是通过讲述看戏、看电影中的暴露者、看客、骗子三者之间的本质特点来揭示朋友之间的"义"字不过是帮同欺人罢了。

文中列举的两个事例很好地论证了变戏法的无耻骗子、勇敢的暴露者和麻木受欺、安于受欺的看客三者之间存在的关系。作者通过自己的切身体验告诉我们：勇敢的暴露者只能在有为的人们中生存，因为无聊的麻木的看客是安于这种自欺的行为的。而所谓的朋友却对

---

①"朋友，以义合者也"：语出《论语·乡党》，宋代朱熹注："朋友以义合。"

于骗子的这种惯用伎俩不动声色，置若罔闻。从而揭示了一条“自救之道”“无聊的戏法一套一套的，反反复复的变下去。周围是总有这些人会看的”的道理。

·品读与借鉴·

1. 巧用事例，讽刺辛辣。文章如果开篇就论述骗子、暴露者、看客三者之间复杂的关系就会有混乱、模糊之感。但是作者先用看戏法和看电影这两个事例说明无聊的看客沉醉在骗子导演的戏法中，骗子讨厌暴露者“戳穿西洋镜”这个道理，强烈讽刺了不动声色，帮同欺人的朋友。所谓的“义”就是帮同欺人。这样巧用事例使问题深入浅出，让读者一目了然，也极为隐晦地讽刺了“帮凶式”的朋友。

2. 卒章显志，篇末点题。文章在最后才说出了本文的中心命题，有画龙点睛之意，是一种极富张力的艺术表现形式。本文在结尾写道“变戏法的时时拱手道：‘……出家靠朋友!’”。变戏法三个字既与本文开篇看戏的例子遥相呼应，也引出了主题“朋友”二字。写作手法极其高明。而且“朋友，以义合者也”这句话在篇末点题，使文章在平坦直叙中点明题旨，吸引了读者的注意力。

安贫乐道法

孩子是要别人教的，毛病是要别人医的，即使自己是教员或医生。但做人处世的法子，却恐怕要自己斟酌，许多别人开来的良方，往往不过是废纸。

劝人安贫乐道是古今治国平天下的大经络，开过的方子也很多，但都没有十全大补的功效。因此新方子也开不完，新近就看见了两种，但我想：恐怕都不大妥当。

一种是教人对于职业要发生兴趣，一有兴趣，就无论什么事，都乐此不倦了。当然，言之成理的，但到底须是轻松一点的职业。且不说掘煤，挑粪那些事，就是上海工厂里做工至少每天十点的工人，到晚快边就一定筋疲力倦，受伤的事情是大抵出在那时候的。“健全的精神，宿于健全的身体之中”[1]，连自己的身体也顾不转了，怎么还会有兴趣？——除非他爱兴趣比性命还利

① “健全的精神，宿于健全的身体之中”：西洋古格言，见罗马讽刺诗人朱味那尔的《讽刺诗》第十篇。

害。倘若问他们自己罢，我想，一定说是减少工作的时间，做梦也想不到发生兴趣法的。

还有一种是极其彻底的：说是大热天气，阔人还忙于应酬，汗流浃背，穷人却挟了一条破席，铺在路上，脱衣服，浴凉风，其乐无穷，这叫作“席卷天下”。这也是一张少见的富有诗趣的药方，不过也有煞风景在后面。快要秋凉了，一早到马路上去走走，看见手捧肚子，口吐黄水的就是那些“席卷天下”的前任活神仙。大约眼前有福，偏不去享的大愚人，世上究竟是不多的，如果精穷真是这么有趣，现在的阔人一定首先躺在马路上，而现在的穷人的席子也没有地方铺开来了。

上海中学会考的优良成绩发表了，有《衣取蔽寒食取充腹论》[①]，其中有一段——

……若德业已立，则虽饔飧不继，捉襟肘见，而其名德足传于后，精神生活，将充分发展，又何患物质生活之不足耶？人生真谛，固在彼而不在此也。……（由《新语林》第三期转录）

①《衣取蔽寒食取充腹论》：是1934年上海中学会考的作文试题。《新语林》第三期载埜容《拥护会考》一文中，曾根据《上海中学会考特刊》引录了试卷中的这段文字。

这比题旨更进了一步，说是连不能“充腹”也不要紧的。但中学生所开的良方，对于大学生就不适用，同时还是出现了要求职业的一大群。

事实是毫无情面的东西，它能将空言打得粉碎。有这么的彰明较著，其实，据我的愚见，是大可以不必再玩“之乎者也”了——横竖永远是没有用的。

八月十三日

·背景与思想·

“安贫乐道”表面上的意思是：一个人在贫穷的境地，却能泰然处之，安于贫穷，以坚持自己的信念为乐，不会因为贫穷而忧心忡忡，怨天尤人而心理失衡。这是旧时士大夫所主张的为人处世之道。然而，鲁迅将“安贫乐道”这四个字用在这里是别有一番用意的。

在那个动荡的年代，反动统治者为了巩固自己的政权，采用了各种招数来安抚民众。如反动派的御用文人发表安贫乐道的言论来蛊惑大众，企图麻痹全民。鲁迅先生看清了他们虚伪丑陋的嘴脸，写下了这篇《安贫乐道法》，用辩证的方法使“安于贫穷”的观点不攻自破。文中三个例证就很好地说明了这一点。文章先是将论者忽略的一面揭示出来：工厂里的工人工作时间太长筋疲力尽根本就没有兴趣、马路上“手捧肚子，口吐黄水的那些‘席卷天下’”的穷人居无定所，这样使读者认识到穷人根本不像反动文人说的那样逍遥自在，其乐无穷，从而使“安贫乐道”的论调不攻自破。所以文章在最后说道：“事实是毫无情面的东西，它能将空言打得粉碎。”

· 品读与借鉴 ·

1. 故意望文生义。“说是大热天气，……穷人却挟了一条破席……浴凉风，其乐无穷，这叫作‘席卷天下’。”“席卷天下”的词义是如同卷席子一样把天下包括无余。作者在这里特地取其表面意义，看似附会，其实包含了对敌论的嘲讽，国民居无定所，居住条件恶劣，千百辛酸暗含其中。“席卷天下”这个成语运用得巧妙，语言极富表现力。

2. 巧妙批驳敌论。任何事物都是矛盾的对立统一体，所以要想得出正确的结论，就要从正反两个方面来分析问题。鲁迅在批驳敌论时就巧妙地注意到这一点。在批驳“安贫乐道”治天下的时候，作者先是摆出事例，从正面讲述国民是怎样乐道的，然后从反面讲述在所谓的“乐道”主义下国民所遭受的苦难。这样一来就巧妙地将敌论批驳掉，使人感到逻辑严密，论证周详。

骂杀与捧杀

现在有些不满于文学批评的，总说近几年的所谓批评，不外乎捧与骂。

其实所谓捧与骂者，不过是将称赞与攻击，换了两个不好看的字眼。指英雄为英雄，说娼妇是娼妇，表面上虽像捧与骂，实则说得刚刚合式，不能责备批评家的。批评家的错处，是在乱骂与乱捧，例如说英雄是娼妇，举娼妇为英雄。

批评的失了威力，由于“乱”，甚而至于“乱”到和事实相反，这底细一被大家看出，那效果有时也就相反了。所以现在被骂杀的少，被捧杀的却多。

人古而事近的，就是袁中郎。这一班明末的作家，在文学史上，是自有他们的价值和地位的。而不幸被一群学者们捧了出来，颂扬，标点，印刷，“色借，日月借，烛借，青黄借，眼色无常。声借，钟鼓借，枯竹窍借……”[①]借得他一塌胡涂，正如在

---

①当时刘大杰标点、林语堂校阅的《袁中郎全集》断句错误甚多。曹聚仁曾在1934年11月13日《中华日报·动向》上发表《标点三不朽》一文，指出刘大杰标点本的这个错误。

中郎脸上，画上花脸，却指给大家看，啧啧赞叹道：“看哪，这多么‘性灵’呀!”对于中郎的本质，自然是并无关系的，但在未经别人将花脸洗清之前，这“中郎”总不免招人好笑，大触其霉头。

人近而事古的，我记起了泰戈尔[①]。他到中国来了，开坛讲演，人给他摆出一张琴，烧上一炉香，左有林长民[②]，右有徐志摩[③]，各各头戴印度帽。徐诗人开始绍介了：“唵!叽哩咕噜，白云清风，银磬……当！”说得他好像活神仙一样，于是我们的地上的青年们失望，离开了。神仙和凡人，怎能不离开呢？但我今年看见他论苏联的文章，自己声明道：“我是一个英国治下的印度人。”他自己知道得明明白白。大约他到中国来的时候，决不至于还胡涂，如果我们的诗人诸公不将他制成一个活神仙，青年们对于他是不至于如此隔膜的。现在可是老大的晦气。

以学者或诗人的招牌，来批评或介绍一个作者，开初是很能够蒙混旁人的，但待到旁人看清了这作者的真相的时候，却只剩了他自己的不诚恳，或学识的不够了。然而如果没有旁人来指明真相呢，这作家就从此被捧杀，不知道要多少年后才翻身。

十一月十九日

---

①泰戈尔（R. Tagore，1861—1941）：印度诗人。著有《新月集》《园丁集》《飞鸟集》等。1924年到中国旅行。

②林长民（1876—1925）：福建闽侯人（今属福州），政治活动家。

③徐志摩（1897—1931）：浙江海宁人，诗人，新月社主要成员。著有《志摩的诗》《猛虎集》等。泰戈尔来华时他担任翻译。

·背景与思想·

本文以骂杀和捧杀为中心论点，着重论述了捧杀，因为“现在被骂杀的少，被捧杀的多”。

文章先是从有些人不满于文学批评开始说起，论述了捧和骂的性质，指出了骂和捧如果实事求是，是没有害处的。如果是乱骂和乱捧，“乱到和事实相反了”就会出现问题。乱骂的害处轻，乱捧的害处多，所以被捧杀的比被骂杀的多许多。接着文章列举了两个事例来说明被捧杀的害处。前一个事例意在说明，乱捧犹如在作者脸上乱涂乱抹变成了一个花脸，招人好笑。后一个事例说明如果对作者进行大肆吹捧，就会使作者高高在上，“好像活神仙”，使作者和读者产生隔膜，说这“可是老大的晦气”。

最后，鲁迅指出了评论家、批评家的评论和批评的真相：如果自己的学识不够或不诚恳只会捧杀了作家，在没有旁人指明真相的情况下，作家是难以翻身的。本文的逻辑严密，论证周详，体现了鲁迅一贯的杂文风格。

·品读与借鉴·

1. 巧用事例。文章在论述文化界“捧杀”现象的时候，运用了袁中郎和泰戈尔的两个事例。在袁中郎的事例中，作者主要讲明了胡乱颂扬和标点书籍或文章，就像给作者画了个花脸，招人笑，使其大触霉头。从而说明这是评论家学识不够的一种表现。在泰戈尔的事例中，评论家故意吹捧泰戈尔，捧到天上，使他高高在上，于是就和青年们产生了隔膜，是评论家态度不够诚恳的一种表现。这两个事例都很好地论证了作者是怎样被“捧杀”的。论证充分，道理也十分的明白。

2. 推理合理，论证周详。很强的逻辑性是鲁迅杂文的特点。在本文的结尾处作者讲述了作家是怎样被捧杀的，分析得十分透彻。不诚恳、学识不够的学者或诗人介绍作者只能蒙混旁人，没有旁人来指明真相，作家就被捧杀了。这段将作家被捧杀的原因，分析得条理清楚，论证十分周详。

读书忌

记得中国的医书中，常常记载着“食忌”，就是说，某两种食物同食，是于人有害，或者足以杀人的，例如葱与蜜，蟹与柿子，落花生与王瓜之类。但是否真实，却无从知道，因为我从未听见有人实验过。

读书也有“忌”，不过与“食忌”稍不同。这就是某一类书决不能和某一类书同看，否则两者中之一必被克杀，或者至少使读者反而发生愤怒。例如现在正在盛行提倡的明人小品，有些篇的确是空灵的。枕边厕上，车里舟中，这真是一种极好的消遣品。然而先要读者的心里空空洞洞，混混茫茫。假如曾经看过《明季稗史》[①]，《痛史》，或者明末遗民的著作，那结果可就不同了，这两者一定要打起仗来，非打杀其一不止。我自以为因此很了解了那些憎恶明人小品的论者的心情。

①《明季稗史》：即《明季稗史汇编》，清代留云居士辑，共二十七卷，汇刊稗史十六种，所记都是明末遗事。

这几天偶然看见一部屈大均[1]的《翁山文外》，其中有一篇戊申（即清康熙七年）八月做的《自代北[2]入京记》。他的文笔，岂在中郎之下呢？可是很有些地方是极有重量的，抄几句在这里——

……沿河行，或渡或否。往往见西夷毡帐，高低不一，所谓穹庐连属，如冈如阜者。男妇皆蒙古语；有卖干湿酪者，羊马者，牦皮者，卧两骆驼中者，坐奚车者，不鞍而骑者，三两而行，被戒衣，或红或黄，持小铁轮，念《金刚秽咒》者。其首顶一柳筐，以盛马粪及木炭者，则皆中华女子。皆盘头跣足，垢面，反被毛袄。人与牛羊相枕藉，腥膻之气，百余里不绝。……

我想，如果看过这样的文章，想像过这样的情景，又没有完全忘记，那么，虽是中郎的《广庄》或《瓶史》[3]，也断不能洗清积愤的，而且还要增加愤怒。因为这实在比中郎时代的他们互相标榜还要坏，他们还没有经历过扬州十日，嘉定三屠!

明人小品，好的；语录体也不坏，但我看《明季稗史》之类

①屈大均（1630—1696）：字翁山，广东番禺人，文学家。清兵入广州前后，曾参加抗清活动，失败后剃发为僧，名今种。后又回俗，北游关中、山西。

②代北：古地区名，指现在的山西省北部、河北省西北部一带。

③《广庄》：袁中郎模仿《庄子》文体谈道家思想的著作，共七篇。《瓶史》：袁中郎研究花瓶与插花的小品，共十二章。

和明末遗民的作品却实在还要好，现在也正到了标点，翻印的时候了：给大家来清醒一下。

十一月二十五日

·背景与思想·

本篇最初发表于1934年11月29日《中华日报·动向》，后来收录到《花边文学》里，是一篇针对性强的时论性杂文。

当时的文艺界存在着武断混乱的不正之风，鲁迅有感于当时的这种现象写下了这篇文章，文章的题目是《读书忌》。所谓的“忌”就是两类不同种类的书不能同时看，“否则两者中之一必被克杀，或者至少使读者反而发生愤怒”，提出了读书治学所需的严谨态度。随即文章又举出了两个事例，意在说明读书时，应该用一种全新的视角来读，要弄清楚作者的真实意图，不要与别的书籍混合起来，否则就会产生误读，意思就会有偏颇，这是读书的大忌。

最后文章亮出了本文的写作目的：告诫标点史书名著的学者们要保持严谨的治学态度，不能牵强附会。

·品读与借鉴·

1. 巧用类比。文章开篇用“食忌”巧妙引出读书忌，然后以此为契机展开行文。这样的结构安排合理，同时也很新颖，使读者很容易理解“读书忌”的含义，领会作者意图。

2. 巧妙的结尾。结尾暗含丰富的寓意。作者在结尾处对明人小品、语录体和《明季稗史》报以嘉奖。目的是在说明文人学者在对其进行标点的时候要注意读书的忌讳，不要糟蹋了好的文学作品。这样的结尾能够明确文章的中心思想，使文章在结构上趋于完整。

拿来主义

中国一向是所谓“闭关主义”，自己不去，别人也不许来。自从给枪炮打破了大门之后，又碰了一串钉子，到现在，成了什么都是“送去主义”了。别的且不说罢，单是学艺上的东西，近来就先送一批古董到巴黎去展览[①]，但终“不知后事如何”；还有几位“大师”们捧着几张古画和新画，在欧洲各国一路的挂过去，叫作“发扬国光”[②]。听说不远还要送梅兰芳博士到苏联去，以催进“象征主义”[③]，此后是顺便到欧洲传道。我在这里不想讨论梅博士演艺和象征主义的关系，总之，活人替代了古董，我敢

---

①指当时国民党政府在巴黎举办的中国古典艺术展览。

②“发扬国光”：1932年—1934年间，美术家徐悲鸿、刘海粟曾分别去欧洲一些国家举办中国美术展览或个人美术作品展览。

③“象征主义”：1934年5月28日《大晚报》报道：“苏俄艺术界向分写实与象征两派，现写实主义已渐没落，而象征主义则经朝野一致提倡，引成欣欣向荣之概。自彼邦艺术家见我国之书画作品深合象征派后，即忆及中国戏剧亦必采取象征主义。因拟……邀中国戏曲名家梅兰芳等前往奏艺。”鲁迅曾在《花边文学·谁在没落》一文中批评《大晚报》的这种歪曲报道。

说，也可以算得显出一点进步了。

但我们没有人根据了“礼尚往来”的仪节，说道：拿来!

当然，能够只是送出去，也不算坏事情，一者见得丰富，二者见得大度。尼采[①]就自诩过他是太阳，光热无穷，只是给与，不想取得。然而尼采究竟不是太阳，他发了疯。中国也不是，虽然有人说，掘起地下的煤来，就足够全世界几百年之用，但是，几百年之后呢？几百年之后，我们当然是化为魂灵，或上天堂，或落了地狱，但我们的子孙是在的，所以还应该给他们留下一点礼品。要不然，则当佳节大典之际，他们拿不出东西来，只好磕头贺喜，讨一点残羹冷炙做奖赏。

这种奖赏，不要误解为“抛来”的东西，这是“抛给”的，说得冠冕些，可以称之为“送来”，我在这里不想举出实例[②]。

我在这里也并不想对于“送去”再说什么，否则太不“摩登”了。我只想鼓吹我们再吝啬一点，“送去”之外，还得“拿来”，是为“拿来主义”。

但我们被“送来”的东西吓怕了。先有英国的鸦片，德国的废枪炮，后有法国的香粉，美国的电影，日本的印着“完全国

---

①尼采（1844—1900）：德国哲学家，唯意志论和“超人”哲学的鼓吹者。这里所述尼采的话，见于他的《查拉图斯特拉如是说·序言》。

②1933年6月4日，国民党政府和美国在华盛顿签订五千万美元的“棉麦借款”，购买美国的小麦、面粉和棉花。

货”的各种小东西。于是连清醒的青年们，也对于洋货发生了恐怖。其实，这正是因为那是“送来”的，而不是“拿来”的缘故。

所以我们要运用脑髓，放出眼光，自己来拿!

譬如罢，我们之中的一个穷青年，因为祖上的阴功（姑且让我这么说说罢），得了一所大宅子，且不问他是骗来的，抢来的，或合法继承的，或是做了女婿换来的[1]。那么，怎么办呢？我想，首先是不管三七二十一，“拿来”!但是，如果反对这宅子的旧主人，怕给他的东西染污了，徘徊不敢走进门，是孱头；勃然大怒，放一把火烧光，算是保存自己的清白，则是昏蛋。不过因为原是羡慕这宅子的旧主人的，而这回接受一切，欣欣然的蹩进卧室，大吸剩下的鸦片，那当然更是废物。“拿来主义”者是全不这样的。

他占有，挑选。看见鱼翅，并不就抛在路上以显其“平民化”，只要有养料，也和朋友们像萝卜白菜一样的吃掉，只不用它来宴大宾；看见鸦片，也不当众摔在茅厕里，以见其彻底革命，只送到药房里去，以供治病之用，却不弄“出售存膏，售完即止”的玄虚。只有烟枪和烟灯，虽然形式和印度，波斯，阿刺伯的烟具都不同，确可以算是一种国粹，倘使背着周游世界，一定会有人看，但我想，除了送一点进博物馆之外，其余的是大可

①这里是讽刺做了富家翁的女婿而炫耀于人的邵洵美等人。

以毁掉的了。还有一群姨太太，也大以请她们各自走散为是，要不然，“拿来主义”怕未免有些危机。

总之，我们要拿来。我们要或使用，或存放，或毁灭。那么，主人是新主人，宅子也就会成为新宅子。然而首先要这人沉着，勇猛，有辨别，不自私。没有拿来的，人不能自成为新人，没有拿来的，文艺不能自成为新文艺。

六月四日

·背景与思想·

这篇文章写于20世纪30年代，外有帝国主义的侵略，内有蒋介石反动集团的白色恐怖统治，万象凋敝，民不聊生。中华民族不仅在政治和经济上出现了严重的危机，在文化上也出现了盲目的媚外、甘作“洋奴”“全盘西化”的现象。鲁迅先生为了打击资产阶级买办文人、澄清事实，围绕如何继承文化遗产这一问题撰写了此文。

本文从蒋介石反动集团的卖国政策、错误对待传统文化等方面进行了强烈的批评。文章细致周密地论述了“送来”“拿来”这两个名词的含义。“送来”是“英国的鸦片，德国的废枪炮，法国的香粉，……”“就是清醒的小伙也对其产生了恐怖”。这样的“送来”是毫无益处的。但是中国要发展，外国的好东西，对中国的进步有益的东西都应该吸收，这就是“拿来”。由此而衍生了“拿来主义”。

《拿来主义》这篇文章有着高度的说服力，严密的论证,深刻的思想、独特的见解，是鲁迅先生杂文中的精品。

· **品读与借鉴** ·

1. 巧妙论述“拿来主义”。文章首先是讲“闭关主义”，然后讲了“送去主义”及其危害，文章还指出“送来”的东西只是让“清醒的青年们对于洋货发生了恐怖”，“送来的东西”不适宜社会的发展，从而提出了“拿来主义”，并且论述了“拿来主义”对社会发展的合理性。这样一来论述就顺理成章，通篇形成严密的逻辑推理。

2. 比喻论证的合理运用。多处运用的比喻论证使说理更加透彻了。文章将民族文化比做大宅子，懦弱无能、逃避主义者比做孱头，完全否定文化遗产、割断历史、盲目排斥文化遗产的虚无主义者比做昏蛋，文化的精髓比做鱼翅等比喻，不仅使抽象的事物具体化，还使论述的问题深入浅出，让读者眼前一亮。

忆刘半农君

这是小峰出给我的一个题目。

这题目并不出得过分。半农[①]去世，我是应该哀悼的，因为他也是我的老朋友。但是，这是十来年前的话了，现在呢，可难说得很。

我已经忘记了怎么和他初次会面，以及他怎么能到了北京。他到北京，恐怕是在《新青年》[②]投稿之后，由蔡孑民[③]先生或陈独秀[④]先生去请来的，到了之后，当然更是《新青年》里的一个战士。他活泼，勇敢，很打了几次大仗。譬如罢，答王敬轩的双鐄

---

①半农：刘半农（1891—1934），名复，江苏江阴人。历任北京大学教授、北平大学女子文理学院院长等。

②《新青年》：综合性月刊，五四时期倡导新文化运动、传播马克思主义的重要刊物。

③蔡孑民（1868—1940）：即蔡元培，字鹤卿，号孑民，浙江绍兴人，近代教育家。反清革命组织光复会的创始人之一。

④陈独秀（1880—1942）：字仲甫，安徽怀宁人。原为北京大学教授，《新青年》杂志的创办人，五四时期提倡新文化运动的主要人物。

信[①]，“她”字和“牠”字的创造[②]，就都是的。这两件，现在看起来，自然是琐屑得很，但那是十多年前，单是提倡新式标点，就会有一大群人“若丧考妣”，恨不得“食肉寝皮”的时候，所以的确是“大仗”。现在的二十左右的青年，大约很少有人知道三十年前，单是剪下辫子就会坐牢或杀头的了。然而这曾经是事实。

但半农的活泼，有时颇近于草率，勇敢也有失之无谋的地方。但是，要商量袭击敌人的时候，他还是好伙伴，进行之际，心口并不相应，或者暗暗的给你一刀，他是决不会的。倘若失了算，那是因为没有算好的缘故。

《新青年》每出一期，就开一次编辑会，商定下一期的稿件。其时最惹我注意的是陈独秀和胡适之。假如将韬略比作一间仓库罢，独秀先生的是外面竖一面大旗，大书道：“内皆武器，来者小心!”但那门却开着的，里面有几枝枪，几把刀，一目了然，用不着提防。适之先生的是紧紧的关着门，门上粘一条小纸条道：“内无武器，请勿疑虑。”这自然可以是真的，但有些

---

①答王敬轩的双簧信：1918年初，《新青年》为了推动文学革命运动，开展对复古派的斗争，曾由编者之一钱玄同化名王敬轩，把当时社会上反对新文化运动的论调集中起来，摹仿封建复古派口吻写信给《新青年》编辑部，又由刘半农写回信痛加批驳。

②“她”字和“牠”字的创造：刘半农在1920年6月6日所作《她字问题》一文中主张创造“她”“牠”二字。

人——至少是我这样的人——有时总不免要侧着头想一想。半农却是令人不觉其有“武库”的一个人，所以我佩服陈胡，却亲近半农。

所谓亲近，不过是多谈闲天，一多谈，就露出了缺点。几乎有一年多，他没有消失掉从上海带来的才子必有“红袖添香夜读书”的艳福的思想，好容易才给我们骂掉了。但他好像到处都这么的乱说，使有些“学者”皱眉。有时候，连到《新青年》投稿都被排斥。他很勇于写稿，但试去看旧报去，很有几期是没有他的。那些人们批评他的为人，是：浅。

不错，半农确是浅。但他的浅，却如一条清溪，澄澈见底，纵有多少沉渣和腐草，也不掩其大体的清。倘使装的是烂泥，一时就看不出它的深浅来了；如果是烂泥的深渊呢，那就更不如浅一点的好。

但这些背后的批评，大约是很伤了半农的心的，他的到法国留学，我疑心大半就为此。我最懒于通信，从此我们就疏远起来了。他回来时，我才知道他在外国钞古书，后来也要标点《何典》[①]，我那时还以老朋友自居，在序文上说了几句老实话，事后，才知道半农颇不高兴了，“驷不及舌”[②]，也没有法子。另外

①《何典》：清代张南庄编著，是运用俗谚写成、带有讽刺而流于油滑的章回体小说。

②“驷不及舌”：语出《论语·颜渊》。

还有一回关于《语丝》的彼此心照的不快活[①]。五六年前，曾在上海的宴会上见过一回面，那时候，我们几乎已经无话可谈了。

近几年，半农渐渐的据了要津，我也渐渐的更将他忘却；但从报章上看见他禁称“蜜斯”[②]之类，却很起了反感：我以为这些事情是不必半农来做的。从去年来，又看见他不断的做打油诗，弄烂古文[③]，回想先前的交情，也往往不免长叹。我想，假如见面，而我还以老朋友自居，不给一个“今天天气……哈哈哈”完事，那就也许会弄到冲突的罢。

不过，半农的忠厚，是还使我感动的。我前年曾到北平，后来有人通知我，半农是要来看我的，有谁恐吓了他一下，不敢来了。这使我很惭愧，因为我到北平后，实在未曾有过访问半农的心思。

现在他死去了，我对于他的感情，和他生时也并无变化。我爱十年前的半农，而憎恶他的近几年。这憎恶是朋友的憎恶，因为我希望他常是十年前的半农，他的为战士，即使“浅”罢，却于中国更为有益。我愿以愤火照出他的战绩，免使一群陷沙鬼将

---

①《语丝》第四卷第九期曾发表刘半农的《林则徐照会英吉利国王公文》，其中说林则徐被英人俘虏，并且“明正了典刑，在印度舁尸游街”。

②禁称“蜜斯”：见1931年4月1日北平《世界日报》所载刘半农答记者的谈话。蜜斯，英语Miss的音译，小姐的意思。

③指刘半农于1933年—1934年间发表于《论语》《人间世》等刊物的《桐花芝豆堂诗集》和《双凤凰砖斋小品文》等。

他先前的光荣和死尸一同拖入烂泥的深渊。

八月一日

·背景与思想·

刘半农是我国近现代史上著名的文学家、语言学家和教育家，他为推行白话文学运动发挥了重要的作用。

这篇文章是鲁迅应李小锋的邀请写的悼文。文章语言中肯，对刘半农的生平事迹进行了真实的评价，不像当时的许多悼文那样对刘半农妄加歌颂，将其捧得天花乱坠。本文主要介绍了作者与刘半农交往的经过，回忆了刘半农的生平，对他的优缺点也是进行了实事求是的评价，并且辅以典型的事例，有理有据。

文章在结尾处这样写道："我愿以愤火照出他的战绩，免使一群陷沙鬼将他先前的光荣和死尸一同拖入烂泥的深渊。"这表达了鲁迅先生对刘半农的赞美之情，也表明了作者写这篇文章的目的。

·品读与借鉴·

1. 巧妙介绍人物特点。本文主要讲述了作者与刘半农交往的经历，在叙述过程中夹以简单的议论。如文章的第三自然段写了刘半农的几件事情之后，进行了简单的议论，而议论是为了更好地介绍人物的特点。"但半农的活泼，有时颇近于草率，勇敢也有失之无谋的地方"，这是作者对刘半农中肯的评价，也使读者对刘半农的人物特点有所了解。文章把人物的评价融合在对其行为事迹的记叙中，手法高明。

2. 真情流露。文章对刘半农的人物品质没有进行大肆的褒贬，但是作者对朋友的真挚和坦诚透过淡淡的叙述沁入到读者的心脾中。

如写："不过，半农的忠厚，是还使我感动的""这憎恶是朋友的憎恶，因为我希望他常是十年前的半农，……"用坦诚的语言写出了作者对刘半农的思想感情。

中国人失掉自信力了吗

从公开的文字上看起来：两年以前，我们总自夸着“地大物博”，是事实；不久就不再自夸了，只希望着国联[①]，也是事实；现在是既不夸自己，也不信国联，改为一味求神拜佛[②]，怀古伤今了——却也是事实。

于是有人慨叹曰：中国人失掉自信力了[③]。

如果单据这一点现象而论，自信其实是早就失掉了的。先前信“地”，信“物”，后来信“国联”，都没有相信过“自己”。假使这也算一种“信”，那也只能说中国人曾经有过“他

---

①国联：“国际联盟”的简称，第一次世界大战后于1920年成立的政府间国际组织。它标榜以“促进国际合作，维持国际和平与安全”为宗旨，实际上是英法等帝国主义国家控制并为其侵略政策服务的工具。

②求神拜佛：当时一些国民党官僚和“社会名流”，以祈祷“解救国难”为名，多次在一些大城市举办“时轮金刚法会”“仁王护国法会”等。

③中国人失掉自信力了：当时舆论界曾有过这类论调，如1934年8月20日《大公报》社评《孔子诞辰纪念》中说：“民族的自尊心与自信力，既已荡焉无存，不待外侮之来，国家固早已濒于精神幻灭之域。”

信力”，自从对国联失望之后，便把这他信力都失掉了。

失掉了他信力，就会疑，一个转身，也许能够只相信了自己，倒是一条新生路，但不幸的是逐渐玄虚起来了。信“地”和“物”，还是切实的东西，国联就渺茫，不过这还可以令人不久就省悟到依赖它的不可靠。一到求神拜佛，可就玄虚之至了，有益或是有害，一时就找不出分明的结果来，它可以令人更长久的麻醉着自己。

中国人现在是在发展着“自欺力”。

“自欺”也并非现在的新东西，现在只不过日见其明显，笼罩了一切罢了。然而，在这笼罩之下，我们有并不失掉自信力的中国人在。

我们从古以来，就有埋头苦干的人，有拼命硬干的人，有为民请命的人，有舍身求法的人，……虽是等于为帝王将相作家谱的所谓“正史”[①]，也往往掩不住他们的光耀，这就是中国的脊梁。

这一类的人们，就是现在也何尝少呢？他们有确信，不自欺；他们在前仆后继的战斗，不过一面总在被摧残，被抹杀，消灭于黑暗中，不能为大家所知道罢了。说中国人失掉了自信力，用以指一部分人则可，倘若加于全体，那简直是诬蔑。

---

①“正史”：清高宗（乾隆）诏定从《史记》到《明史》共二十四部纪传体史书为正史，即二十四史。

要论中国人，必须不被搽在表面的自欺欺人的脂粉所诓骗，却看看他的筋骨和脊梁。自信力的有无，状元宰相的文章是不足为据的，要自己去看地底下。

九月二十五日

·背景与思想·

这是一篇针砭时弊的著名驳论文，是鲁迅杂文中的精品。这篇文章有着深厚的历史背景，体现了鲁迅强烈的爱国热情和不屈不挠的革命精神。

“九一八”事变之后，日本帝国主义侵占了我国东三省，中华民族处于严重的殖民危机中。国民党反动派一味地对外献媚求宠，于1934年派亲日分子黄郛乞向日本帝国主义求和，却遭到了日本公使有吉明的严厉拒绝。日军进一步侵略我国华北地区。

外有帝国主义的大肆侵略，内有反动当局的消极政策，整个社会笼罩在悲观失望的氛围下。资产阶级报纸《大公报》还为国民党反动政权辟谣、推卸责任，发表社论：指责中华民族已经失去了自信力了。

鲁迅先生针对资产阶级的反动论调，于纪念“九一八”事变三周年之际写下了这篇文章，强烈抨击了国民党反动派的不抵抗政策，同时歌颂了英勇奋斗的革命战士，鼓舞中国人的战斗士气。

·品读与借鉴·

1. 层次分明，重点突出。提出对方的论点论据（1、2段）、直接反驳（3至5段）、间接反驳（6至8段）是本文的三个层次。第一部分的“自夸的‘地大物博’”“只希望‘国联’”“一味的求神拜佛”是对方的论据，其论点是“中国人失掉了自信力”。第二部分作者针对第一部分的论据和论点进行了直接的反驳，指出了国民失掉的是“他信力”，发展的是“自欺力”。第三部分针对敌方的论点进行间接的反驳，指出中国有并不失掉自信力的人存在，从古至今都有充满信心的“中国脊梁”。

2. 巧妙批驳，论证周详。文章首先将敌方的三个论据摆出来，然后进行分析，最后有针对性地进行批驳。这样的结构安排是为了层层剥茧，做到有的放矢。在批驳的时候加以严密的逻辑推理，从而巧妙地驳倒对方的论据和论点，使自己的论点——中国人没有失掉自信力、还有革命的脊梁巧妙成立。

说“面子”

“面子”，是我们在谈话里常常听到的，因为好像一听就懂，所以细想的人大约不很多。

但近来从外国人的嘴里，有时也听到这两个音，他们似乎在研究。他们以为这一件事情，很不容易懂，然而是中国精神的纲领，只要抓住这个，就像二十四年前的拔住了辫子一样，全身都跟着走动了。相传前清时候，洋人到总理衙门去要求利益，一通威吓，吓得大官们满口答应，但临走时，却被从边门送出去。不给他走正门，就是他没有面子；他既然没有了面子，自然就是中国有了面子，也就是占了上风了。这是不是事实，我断不定，但这故事，“中外人士”中是颇有些人知道的。

因此，我颇疑心他们想专将“面子”给我们。

但“面子”究竟是怎么一回事呢？不想还好，一想可就觉得胡涂。它像是很有好几种的，每一种身价，就有一种“面子”，也就是所谓“脸”。这“脸”有一条界线，如果落到这线的下面去了，即失了面子，也叫作“丢脸”。不怕“丢脸”，便是“不要脸”。但倘使做了超出这线以上的事，就“有面子”，或曰“露脸”。而“丢脸”之道，则因人而不同，例如车夫坐在路边赤膊捉虱子，并不算什么，富家姑爷坐在路边赤膊捉虱子，才成为“丢脸”。但车夫也并非没有“脸”，不过这时不算“丢”，要给老婆踢了一脚，就躺倒哭起来，这才成为他的“丢脸”。这一条“丢脸”律，是也适用于上等人的。这样看来，“丢脸”的机会，似乎上等人比较的多，但也不一定，例如车夫偷一个钱袋，被人发见，是失了面子的，而上等人大捞一批金珠珍玩，却仿佛也不见得怎样“丢脸”，况且还有“出洋考察”[①]，是改头换面的良方。

谁都要“面子”，当然也可以说是好事情，但“面子”这东西，却实在有些怪。九月三十日的《申报》就告诉我们一条新闻：沪西有业木匠大包作头之罗立鸿，为其母出殡，邀开“贳器店之王树宝夫妇帮忙，因来宾众多，所备白衣，不敷分配，其时适有名王道才，绰号三喜子，亦到来送殡，争穿白衣不遂，以为有失体面，心中怀恨，……邀集徒党数十人，各执铁棍，据说尚有持手枪者多人，将王树宝家人乱打，一时双方有剧烈之战争，头破血流，多人受有重伤。……”白衣是亲族有服者所穿的，现

①“出洋考察”：旧时的军阀、政客在失势或失意时，常以“出洋考察”作为暂时隐退、伺机再起的手段。其中也有并不真正“出洋”，只用这句话来保全面子的。

在必须“争穿”而又“不遂”，足见并非亲族，但竟以为“有失体面”，演成这样的大战了。这时候，好像只要和普通有些不同便是“有面子”，而自己成了什么，却可以完全不管。这类脾气，是“绅商”也不免发露的：袁世凯将要称帝的时候，有人以列名于劝进表中为“有面子”；有一国从青岛撤兵①时候，有人以列名于万民伞上为“有面子”。

所以，要“面子”也可以说并不一定是好事情——但我并非说，人应该“不要脸”。现在说话难，如果主张“非孝”，就有人会说你在煽动打父母，主张男女平等，就有人会说你在提倡乱交——这声明是万不可少的。

况且，“要面子”和“不要脸”实在也可以有很难分辨的时候。不是有一个笑话么？一个绅士有钱有势，我假定他叫四大人罢，人们都以能够和他扳谈为荣。有一个专爱夸耀的小瘪三，一天高兴的告诉别人道：“四大人和我讲过话了！”人问他“说什么呢？”答道：“我站在他门口，四大人出来了，对我说：滚开去!”当然，这是笑话，是形容这人的“不要脸”，但在他本人，是以为“有面子”的，如此的人一多，也就真成为“有面子”了。别的许多人，不是四大人连“滚开去”也不对他说么？

在上海，“吃外国火腿”②虽然还不是“有面子”，却也不

①一国从青岛撤兵：指1922年12月日本撤走侵占青岛的军队。

②“吃外国火腿”：旧时上海俗语，意指被外国人所踢。

算怎么“丢脸”了，然而比起被一个本国的下等人所踢来，又仿佛近于“有面子”。

中国人要“面子”，是好的，可惜的是这“面子”是“圆机活法”[①]，善于变化，于是就和“不要脸”混起来了。长谷川如是闲说“盗泉”[②]曰：“古之君子，恶其名而不饮，今之君子，改其名而饮之。”也说穿了“今之君子”的“面子”的秘密。

十月四日

背景与思想

亚瑟·史密斯在《中国人的性格·保全面子》中曾说过：“一旦正确理解了‘面子’所包含的意思，人们就会发现，‘面子’这个词本身是打开中国人许多最重要特性之锁的钥匙。”“面子”是中国国民诸多国民性当中最为重要的一条，“是中国精神的纲领，只要抓住这个，就像二十四年前的拔住了辫子一样，全身都跟着走动了”。在这篇文章中鲁迅深入剖析中国人的“面子”问题，依据身份这条线将“面子”归纳为两类：一类是如果做到身份这条线以上的事情就是有“面子”即“露脸”；另一类是做出身份以下的事情就“丢面子”，就“丢脸”。鲁迅对面子现象层层剖析，并且论证到每一处都

---

①“圆机活法”：随机应变的方法。“圆机”，语见《庄子·盗跖》：“若是若非，执而圆机。”

②长谷川如是闲（1875—1969）：日本评论家。不饮盗泉：原是中国的故事，见《尸子》卷下：“孔子……过于盗泉，渴矣而不饮，恶其名也。”

适时加以例证，使说理透彻有力，让人信服。

·品读与借鉴·

1. 摆明中心，巧妙论证。本文在论述“面子”问题时，先是写出中心句，然后再摆出例子加以论证。例如，第四自然段先用中心句诠释“面子”的定义，而后举出了穷人和富人捉虱子的事例来论证本段的中心句，解释了做身份这个界线以上的事情是有面子的，做身份界线以下的事情是没有面子的道理。

2. 承上启下，衔接得当。“所以，要‘面子’也可以说并不一定是好事情——但我并非说，人应该‘不要脸’。”这句话起到了承接上文，启示下文的作用。“要面子不一定是好事情”是对上文所论述问题的总结。“并非说人应该不要脸”衍生了下文，从而引申出本文的中心命题，它与结尾处的“面子是好的，……于是就和‘不要脸’混起来了”遥相呼应，使文章在结构上圆合有致。

在现代中国的孔夫子

新近的上海的报纸，报告着因为日本的汤岛[①]，孔子的圣庙落成了，湖南省主席何键[②]将军就寄赠了一幅向来珍藏的孔子的画像。老实说，中国的一般的人民，关于孔子是怎样的相貌，倒几乎是毫无所知的。自古以来，虽然每一县一定有圣庙，即文庙，但那里面大抵并没有圣像。凡是绘画，或者雕塑应该崇敬的人物时，一般是以大于常人为原则的，但一到最应崇敬的人物，例如孔夫子那样的圣人，却好像连形象也成为亵渎，反不如没有的好。这也不是没有道理的。孔夫子没有留下照相来，自然不能明白真正的相貌，文献中虽然偶有记载，但是胡说白道也说不定。若是从新雕塑的话，则除了任凭雕塑者的空想而外，毫无办法，更加放心不下。于是儒者们也终于只好采取“全部，或全无”的勃兰特[③]式的态度了。

①汤岛：东京的街名，建有日本最大的孔庙“汤岛圣堂”。

②何键（1887—1956）：字芸樵，湖南醴陵人，国民党军阀。

③勃兰特：易卜生的诗剧《勃兰特》中的人物。“全部，或全无”，是他所信奉的一句格言。

然而倘是画像，却也会间或遇见的。我曾经见过三次：一次是《孔子家语》[①]里的插画；一次是梁启超氏亡命日本时，作为横滨出版的《清议报》上的卷头画，从日本倒输入中国来的；还有一次是刻在汉朝墓石上的孔子见老子的画像。说起从这些图画上所得的孔夫子的模样的印象来，则这位先生是一位很瘦的老头子，身穿大袖口的长袍子，腰带上插着一把剑，或者腋下挟着一枝杖，然而从来不笑，非常威风凛凛的。假使在他的旁边侍坐，那就一定得把腰骨挺的笔直，经过两三点钟，就骨节酸痛，倘是平常人，大约总不免急于逃走的了。

后来我曾到山东旅行。在为道路的不平所苦的时候，忽然想到了我们的孔夫子。一想起那具有俨然道貌的圣人，先前便是坐着简陋的车子，颠颠簸簸，在这些地方奔忙的事来，颇有滑稽之感。这种感想，自然是不好的，要而言之，颇近于不敬，倘是孔子之徒，恐怕是决不应该发生的。但在那时候，怀着我似的不规矩的心情的青年，可是多得很。

我出世的时候是清朝的末年，孔夫子已经有了“大成至圣文宣王”[②]这一个阔得可怕的头衔，不消说，正是圣道支配了全国的

---

①《孔子家语》：原书二十七卷，久佚。今本为三国魏王肃所辑，十卷。内容是关于孔子言行的记载，大都辑自《论语》《左传》《国语》《礼记》等书。

②“大成至圣文宣王”：唐开元二十七年（739）追谥孔子为“文宣王”，元大德十一年（1307）又加谥为“大成至圣文宣王”。

时代。政府对于读书的人们，使读一定的书，即四书[1]和五经；使遵守一定的注释；使写一定的文章，即所谓“八股文”；并且使发一定的议论。然而这些千篇一律的儒者们，倘是四方的大地，那是很知道的，但一到圆形的地球，却什么也不知道，于是和四书上并无记载的法兰西和英吉利打仗而失败了。不知道为了觉得与其拜着孔夫子而死，倒不如保存自己们之为得计呢，还是为了什么，总而言之，这回是拚命尊孔的政府和官僚先就动摇起来，用官帑大翻起洋鬼子的书籍来了。属于科学上的古典之作的，则有侯失勒的《谈天》，雷侠儿的《地学浅释》，代那的《金石识别》[2]，到现在也还作为那时的遗物，间或躺在旧书铺子里。

然而一定有反动。清末之所谓儒者的结晶，也是代表的大学士徐桐[3]氏出现了。他不但连算学也斥为洋鬼子的学问；他虽然承认世界上有法兰西和英吉利这些国度，但西班牙和葡萄牙的存在，是决不相信的，他主张这是法国和英国常常来讨利益，连自己也不好意思了，所以随便胡诌出来的国名。他又是一九〇〇年的有名的义和团的幕后的发动者，也是指挥者。但是义和团完全失败，徐桐氏也自杀了。政府就又以为外国的政治法律和学问技

①四书：指《大学》《中庸》《论语》《孟子》。

②侯失勒（F. W. Herschel，1792—1871）：通译赫歇耳，英国天文学家、物理学家。雷侠儿（Charles Lyell,1797—1875）：通译赖尔，英国地质学家。代那（J. D. Dana，1813—1895）：通译丹纳，美国地质学家、矿物学家。

③徐桐（1819—1900）：汉军正蓝旗人，清末顽固派官僚。

术颇有可取之处了。我的渴望到日本去留学，也就在那时候。达了目的，入学的地方，是嘉纳先生所设立的东京的弘文学院[①]；在这里，三泽力太郎先生教我水是养气和轻气所合成，山内繁雄先生教我贝壳里的什么地方其名为“外套”。这是有一天的事情。学监大久保先生集合起大家来，说：因为你们都是孔子之徒，今天到御茶之水[②]的孔庙里去行礼罢!我大吃了一惊。现在还记得那时心里想，正因为绝望于孔夫子和他的之徒，所以到日本来的，然而又是拜么？一时觉得很奇怪。而且发生这样感觉的，我想决不止我一个人。

但是，孔夫子在本国的不遇，也并不是始于二十世纪的。孟子批评他为“圣之时者也”[③]，倘翻成现代语，除了“摩登圣人”实在也没有别的法。为他自己计，这固然是没有危险的尊号，但也不是十分值得欢迎的头衔。不过在实际上，却也许并不这样子。孔夫子的做定了“摩登圣人”是死了以后的事，活着的时候却是颇吃苦头的。跑来跑去，虽然曾经贵为鲁国的警视总监[④]，而又立刻下野，失业了；并且为权臣所轻蔑，为野人所嘲弄，甚至于为暴民所包围，饿扁了肚子。弟子虽然收了三千名，中用的却只

①弘文学院：一所专门为中国留学生设立的学习日语和基础课的预备学校。

②御茶之水：日本东京的地名。汤岛圣堂即在御茶之水车站附近。

③“圣之时者也”：语见《孟子·万章》。

④警视总监：日本主管警察工作的最高长官。孔丘曾一度任鲁国的司寇，掌管刑狱，相当于日本的这一官职。

有七十二，然而真可以相信的又只有一个人。有一天，孔夫子愤慨道："道不行，乘桴浮于海，从我者，其由与？"从这消极的打算上，就可以窥见那消息。然而连这一位由，后来也因为和敌人战斗，被击断了冠缨，但真不愧为由呀，到这时候也还不忘记从夫子听来的教训，说道"君子死，冠不免"，一面系着冠缨，一面被人砍成肉酱了。连惟一可信的弟子也已经失掉，孔子自然是非常悲痛的，据说他一听到这信息，就吩咐去倒掉厨房里的肉酱云[①]。

孔夫子到死了以后，我以为可以说是运气比较的好一点。因为他不会噜苏了，种种的权势者便用种种的白粉给他来化妆，一直抬到吓人的高度。但比起后来输入的释迦牟尼来，却实在可怜得很。诚然，每一县固然都有圣庙即文庙，可是一副寂寞的冷落的样子，一般的庶民，是决不去参拜的，要去，则是佛寺，或者是神庙。若向老百姓们问孔夫子是什么人，他们自然回答是圣人，然而这不过是权势者的留声机。他们也敬惜字纸，然而这是因为倘不敬惜字纸，会遭雷殛的迷信的缘故；南京的夫子庙固然是热闹的地方，然而这是因为另有各种玩耍和茶店的缘故。虽说孔子作《春秋》而乱臣贼子惧[②]，然而现在的人们，却几乎谁也不知道一个笔伐了的乱臣贼子的名字。说到乱臣贼子，大概以为是

①关于孔丘因子路战死而倒掉肉酱的事，见《孔子家语·子贡问》。

②孔子作《春秋》而乱臣贼子惧：语出《孟子·滕文公》。

曹操，但那并非圣人所教，却是写了小说和剧本的无名作家所教的。

总而言之，孔夫子之在中国，是权势者们捧起来的，是那些权势者或想做权势者们的圣人，和一般的民众并无什么关系。然而对于圣庙，那些权势者也不过一时的热心。因为尊孔的时候已经怀着别样的目的，所以目的一达，这器具就无用，如果不达呢，那可更加无用了。在三四十年以前，凡有企图获得权势的人，就是希望做官的人，都是读“四书”和“五经”，做“八股”，别一些人就将这些书籍和文章，统名之为“敲门砖”。这就是说，文官考试一及第，这些东西也就同时被忘却，恰如敲门时所用的砖头一样，门一开，这砖头也就被抛掉了。孔子这人，其实是自从死了以后，也总是当着“敲门砖”的差使的。

一看最近的例子，就更加明白。从二十世纪的开始以来，孔夫子的运气是很坏的，但到袁世凯时代，却又被从新记得，不但恢复了祭典，还新做了古怪的祭服，使奉祀的人们穿起来。跟着这事而出现的便是帝制。然而那一道门终于没有敲开，袁氏在门外死掉了。余剩的是北洋军阀，当觉得渐近末路时，也用它来敲过另外的幸福之门。盘据着江苏和浙江，在路上随便砍杀百姓的孙传芳将军，一面复兴了投壶之礼[①]；钻进山东，连自己也数不清

①孙传芳（1885—1935）：山东历城人，北洋直系军阀。投壶，古代宴会时的一种娱乐。

金钱和兵丁和姨太太的数目了的张宗昌[1]将军，则重刻了《十三经》，而且把圣道看作可以由肉体关系来传染的花柳病一样的东西，拿一个孔子后裔的谁来做了自己的女婿。然而幸福之门，却仍然对谁也没有开。

这三个人，都把孔夫子当作砖头用，但是时代不同了，所以都明明白白的失败了。岂但自己失败而已呢，还带累孔子也更加陷入了悲境。他们都是连字也不大认识的人物，然而偏要大谈什么《十三经》之类，所以使人们觉得滑稽；言行也太不一致了，就更加令人讨厌。既已厌恶和尚，恨及袈裟，而孔夫子之被利用为或一目的的器具，也从新看得格外清楚起来，于是要打倒他的欲望，也就越加旺盛。所以把孔子装饰得十分尊严时，就一定有找他缺点的论文和作品出现。即使是孔夫子，缺点总也有的，在平时谁也不理会，因为圣人也是人，本是可以原谅的。然而如果圣人之徒出来胡说一通，以为圣人是这样，是那样，所以你也非这样不可的话，人们可就禁不住要笑起来了。五六年前，曾经因为公演了《子见南子》[2]这剧本，引起过问题，在那个剧本里，有孔夫子登场，以圣人而论，固然不免略有欠稳重和呆头呆脑的地方，然而作为一个人，倒是可爱的好人物。但是圣裔们非常愤慨，把问题一直闹到官厅里去了。因为公演的地点，恰巧是孔夫

①张宗昌（1881—1932）：山东掖县人，北洋奉系军阀。

②《子见南子》：林语堂作的独幕剧，发表于《奔流》。

子的故乡，在那地方，圣裔们繁殖得非常多，成着使释迦牟尼和苏格拉第[①]都自愧弗如的特权阶级。然而，那也许又正是使那里的非圣裔的青年们，不禁特地要演《子见南子》的原因罢。

中国的一般的民众，尤其是所谓愚民，虽称孔子为圣人，却不觉得他是圣人；对于他，是恭谨的，却不亲密。但我想，能像中国的愚民那样，懂得孔夫子的，恐怕世界上是再也没有的了。不错，孔夫子曾经计划过出色的治国的方法，但那都是为了治民众者，即权势者设想的方法，为民众本身的，却一点也没有。这就是“礼不下庶人”。成为权势者们的圣人，终于变了“敲门砖”，实在也叫不得冤枉。和民众并无关系，是不能说的，但倘说毫无亲密之处，我以为怕要算是非常客气的说法了。不去亲近那毫不亲密的圣人，正是当然的事，什么时候都可以，试去穿了破衣，赤着脚，走上大成殿去看看罢，恐怕会像误进上海的上等影戏院或者头等电车一样，立刻要受斥逐的。谁都知道这是大人老爷们的物事，虽是“愚民”，却还没有愚到这步田地的。

四月二十九日

①苏格拉第（Sokrates，公元前469—公元前399）：古希腊哲学家，保守的奴隶主贵族的思想代表。

·背景与思想·

1932年，日本天皇在东京汤岛修建孔庙，扬言要用“孔子之教”建立“东亚新秩序”，其目的是想把中国变成日本帝国主义的殖民地。国民党反动派也献媚邀宠派代表去日本东京“参拜”孔庙。鲁迅先生早就洞察到日本帝国主义和蒋介石反动集团相互勾结的野心，他们打着“尊孔崇儒”的幌子，一个要“灭掉中国”，另一个要“卖掉中国”。鲁迅先生用犀利的笔调写下了这篇《在现代中国的孔夫子》，无情揭露了日本帝国主义和蒋介石反动集团相互勾结的丑恶嘴脸。

在这篇文章中鲁迅一针见血地指出代表封建统治阶级利益的愚民文化占据着中国的封建社会。孔子的儒家思想是封建统治阶级的统治工具。“孔夫子之在中国，是权势者们捧起来的，是那些权势者或想做权势者们的圣人，和一般的民众并无什么关系”。因此，日本帝国主义和蒋介石反动集团抓住了这根软肋，推行他们的“愚民政策”。鲁迅在文章的最后指出“所谓愚民，虽称孔子为圣人，却不觉得他是圣人；对于他，是恭谨的，却不亲密”，意在说明帝国主义和反动集团的这种野心是一种妄想。

·品读与借鉴·

1. 巧用形象的比喻。文章用巧妙的比喻形象揭露了反动派当权者尊孔崇儒的丑态。例如“那些权势者也不过一时的热心。因为尊孔的时候已经怀着别样的目的，所以目的一达，这器具就无用”。用器具比喻尊孔的政策，形象地说明了统治阶级的居心叵测。“恰如敲门时所用的砖头一样，门一开，这砖头也就被抛掉了。孔子这人，其实是自从死了以后，也总是当着‘敲门砖’的差使的。”用“敲门砖”来比喻孔子的儒家思想，辛辣地讽刺了敲开帝制之门的袁世凯和“渐近陌路”用“尊孔”敲开“幸福之门”的孙传芳、张宗昌等。

2. 引用、议论等手法运用巧妙。文中多处运用了引用、议论、描写等手法，这些写作手法的巧妙结合与运用，使文章血肉丰满，说理透彻到位。

论“人言可畏”[①]

“人言可畏”是电影明星阮玲玉[②]自杀之后，发见于她的遗书中的话。这哄动一时的事件，经过了一通空论，已经渐渐冷落了，只要《玲玉香消记》一停演，就如去年的艾霞[③]自杀事件一样，完全烟消火灭。她们的死，不过像在无边的人海里添了几粒盐，虽然使扯淡的嘴巴们觉得有些味道，但不久也还是淡，淡，淡。

这句话，开初是也曾惹起一点小风波的。有评论者，说是使她自杀之咎，可见也在日报记事对于她的诉讼事件的张扬；不久就有一位记者公开的反驳，以为现在的报纸的地位，舆论的威信，可怜极了，那里还有丝毫主宰谁的运命的力量，况且那些记

①本篇最初发表于1935年5月20日《太白》半月刊第二卷第五期，署名赵令仪。

②阮玲玉：中国早期影星，原名阮凤根，学名阮玉英。广东香山（今中山）南朗左步关村人。

③艾霞：当时的电影演员，于1934年2月间自杀。

载，大抵采自经官的事实，绝非捏造的谣言，旧报具在，可以复按。所以阮玲玉的死，和新闻记者是毫无关系的。

这都可以算是真实话。然而——也不尽然。

现在的报章之不能像个报章，是真的；评论的不能逞心而谈，失了威力，也是真的，明眼人决不会过分的责备新闻记者。但是，新闻的威力其实是并未全盘坠地的，它对甲无损，对乙却会有伤；对强者它是弱者，但对更弱者它却还是强者，所以有时虽然吞声忍气，有时仍可以耀武扬威。于是阮玲玉之流，就成了发扬余威的好材料了，因为她颇有名，却无力。小市民总爱听人们的丑闻，尤其是有些熟识的人的丑闻。上海的街头巷尾的老虔婆，一知道近邻的阿二嫂家有野男人出入，津津乐道，但如果对她讲甘肃的谁在偷汉，新疆的谁在再嫁，她就不要听了。阮玲玉正在现身银幕，是一个大家认识的人，因此她更是给报章凑热闹的好材料，至少也可以增加一点销场。读者看了这些，有的想："我虽然没有阮玲玉那么漂亮，却比她正经"；有的想："我虽然不及阮玲玉的有本领，却比她出身高"；连自杀了之后，也还可以给人想："我虽然没有阮玲玉的技艺，却比她有勇气，因为我没有自杀"。化几个铜元就发见了自己的优胜，那当然是很上算的。但靠演艺为生的人，一遇到公众发生了上述的前两种的感想，她就够走到末路了。所以我们且不要高谈什么连自己也并不了然的社会组织或意志强弱的滥调，先来设身处地的想一想罢，那么，大概就会知道阮玲玉的以为"人言可畏"，是真的，或人的以为她的自杀，和新闻记事有关，也是真的。

但新闻记者的辩解，以为记载大抵采自经官的事实，却也是真的。上海的有些介乎大报和小报之间的报章，那社会新闻，几乎大半是官司已经吃到公安局或工部局去了的案件。但有一点坏习气，是偏要加上些描写，对于女性，尤喜欢加上些描写；这种案件，是不会有名公巨卿在内的，因此也更不妨加上些描写。案中的男人的年纪和相貌，是大抵写得老实的，一遇到女人，可就要发挥才藻了，不是“徐娘半老，风韵犹存”，就是“豆蔻年华，玲珑可爱”。一个女孩儿跑掉了，自奔或被诱还不可知，才子就断定道，“小姑独宿，不惯无郎”，你怎么知道？一个村妇再醮了两回，原是穷乡僻壤的常事，一到才子的笔下，就又赐以大字的题目道，“奇淫不减武则天”，这程度你又怎么知道？这些轻薄句子，加之村姑，大约是并无什么影响的，她不识字，她的关系人也未必看报。但对于一个智识者，尤其是对于一个出到社会上了的女性，却足够使她受伤，更不必说故意张扬，特别渲染的文字了。然而中国的习惯，这些句子是摇笔即来，不假思索的，这时不但不会想到这也是玩弄着女性，并且也不会想到自己乃是人民的喉舌。但是，无论你怎么描写，在强者是毫不要紧的，只消一封信，就会有正误或道歉接着登出来，不过无拳无勇如阮玲玉，可就正做了吃苦的材料了，她被额外的画上一脸花，没法洗刷。叫她奋斗吗？她没有机关报，怎么奋斗；有冤无头，有怨无主，和谁奋斗呢？我们又可以设身处地的想一想，那么，大概就又知她的以为“人言可畏”，是真的，或人的以为她的自杀，和新闻记事有关，也是真的。

然而，先前已经说过，现在的报章的失了力量，却也是真的，不过我以为还没有到达如记者先生所自谦，竟至一钱不值，毫无责任的时候。因为它对于更弱者如阮玲玉一流人，也还有左右她命运的若干力量的，这也就是说，它还能为恶，自然也还能为善。“有闻必录”或“并无能力”的话，都不是向上的负责的记者所该采用的口头禅，因为在实际上，并不如此，——它是有选择的，有作用的。

至于阮玲玉的自杀，我并不想为她辩护。我是不赞成自杀，自己也不豫备自杀的。但我的不豫备自杀，不是不屑，却因为不能。凡有谁自杀了，现在是总要受一通强毅的评论家的呵斥，阮玲玉当然也不在例外。然而我想，自杀其实是不很容易，决没有我们不豫备自杀的人们所渺视的那么轻而易举的。倘有谁以为容易么，那么，你倒试试看！

自然，能试的勇者恐怕也多得很，不过他不屑，因为他有对于社会的伟大的任务。那不消说，更加是好极了，但我希望大家都有一本笔记簿，写下所尽的伟大的任务来，到得有了曾孙的时候，拿出来算一算，看看怎么样。

五月五日

·背景与思想·

1935年3月8日，一代著名影星阮玲玉因不堪忍受社会舆论的侮辱和迫害，服毒自杀身亡，她死后留下了“人言可畏”的遗言。当消息传出去之后，全国都为之震惊。鲁迅先生得知这一消息后，气愤难耐，怀着悲愤的心情写下了这篇祭文，强烈抨击了不负责的舆论制造者，痛斥“强者”对“弱者”的迫害。

文章用层层递进的方法和严密的逻辑推理，指出了媒体是有责任的。“新闻的威力……对强者它是弱者，但对更弱者它却还是强者，……于是阮玲玉之流，就成了发扬余威的好材料了，因为她颇有名，却无力。”这篇文章意在强调人言的可畏，提醒国民以阮玲玉为戒，勇于正视人言，因为还有“对于社会的伟大任务”等着我们去做。

·品读与借鉴·

1. 高超的语言技巧。“她们的死，不过像在无边的人海里添了几粒盐，虽然使扯淡的嘴巴们觉得有些味道，但不久也还是淡，淡，淡。”“人海中的几粒盐”“扯淡的嘴巴”“有些味道”“还是淡，淡，淡”这几个短语巧妙地形成比喻，寓意丰富深刻而又合理。“人海”指的是国民大众，“几粒盐”指阮玲玉等人的死，“扯淡的嘴巴”指的是国民茶余饭后无聊的闲谈，“有些味道”指的是这件事情还是能引起人们的注意，不久“还是淡，淡，淡”是在说明它引起的作用了等等。这句话中丰富的寓意体现了鲁迅先生娴熟高超的语言技巧。

2. 对比手法。第四自然段采用了对比的手法论证了阮玲玉的死是与新闻记事有关的。文章将案中的男人、女孩、村妇等人的事例与智识者——阮玲玉相对比，说明国民对她这个名人的关注更高一些，从而指出了新闻界对她施加的错误舆论导致她自杀这个道理顺理成章。

宣传与做戏

就是那刚刚说过的日本人，他们做文章论及中国的国民性的时候，内中往往有一条叫作“善于宣传”。看他的说明，这“宣传”两字却又不像是平常的“Propaganda”[1]，而是“对外说谎”的意思。

这宗话，影子是有一点的。譬如罢，教育经费用光了，却还要开几个学堂，装装门面；全国的人们十之九不识字，然而总得请几位博士，使他对西洋人去讲中国的精神文明；至今还是随便拷问，随便杀头，一面却总支撑维持着几个洋式的“模范监狱”，给外国人看看。还有，离前敌很远的将军，他偏要大打电报，说要“为国前驱”。连体操班也不愿意上的学生少爷，他偏要穿上军装，说是“灭此朝食”。

不过，这些究竟还有一点影子；究竟还有几个学堂，几个博士，几个模范监狱，几个通电，几套军装。所以说是“说谎”，

①“Propaganda”：英语，宣传的意思。

是不对的。这就是我之所谓“做戏”。

但这普遍的做戏，却比真的做戏还要坏。真的做戏，是只有一时；戏子做完戏，也就恢复为平常状态的。杨小楼做《单刀赴会》[1]，梅兰芳做《黛玉葬花》[2]，只有在戏台上的时候是关云长，是林黛玉，下台就成了普通人，所以并没有大弊。倘使他们扮演一回之后，就永远提着青龙偃月刀或锄头，以关老爷，林妹妹自命，怪声怪气，唱来唱去，那就实在只好算是发热昏了。

不幸因为是“天地大戏场”，可以普遍的做戏者，就很难有下台的时候，例如杨缦华女士用自己的天足，踢破小国比利时女人的“中国女人缠足说”，为面子起见，用权术来解围，这还可以说是很该原谅的。但我以为应该这样就拉倒。现在回到寓里，做成文章，这就是进了后台还不肯放下青龙偃月刀；而且又将那文章送到中国的《申报》上来发表，则简直是提着青龙偃月刀一路唱回自己的家里来了。难道作者真已忘记了中国女人曾经缠脚，至今也还有正在缠脚的么？还是以为中国人都已经自己催眠，觉得全国女人都已穿了高跟皮鞋了呢？

这不过是一个例子罢了，相像的还多得很，但恐怕不久天也就要亮了。

---

①杨小楼（1877—1937）：安徽石台人，京剧演员。《单刀赴会》：京剧剧目，内容是三国时蜀将关羽（云长）到吴国赴宴的故事。

②梅兰芳（1894—1961）：江苏泰州人，京剧表演艺术家。《黛玉葬花》：梅兰芳根据《红楼梦》中的情节改编的。

· 背景与思想 ·

本文写于1931年，当时的国民政府企图运用虚假的言论来麻痹国民，妄图达到全民麻木的目的，以迎合它罪恶的统治。鲁迅用他敏锐的洞察力发现："善于宣传"的报纸杂志等媒体是掩饰国民党反动派虚假言论的工具，是控制国民精神思想的手段。

为了揭露国民党反动政权的愚民政策，使国民看清事实，鲁迅写下了这篇文章。

这篇文章主要是从"宣传"和"做戏"两个方面来揭露敌人的罪恶本质的。文章指出"宣传"其实是"对外说谎"，把没有的东西说成有的，装门面；而"做戏"是一个可怕的事实，"普通的做戏比真的做戏还要坏"，"因为真的做戏只是在台上做，做完了就恢复常态，而普通的做戏很难有下台的时候"，表明了国内的报刊只不过是在为国民党反动政权丑陋行径"宣传与做戏"。

· 品读与借鉴 ·

1. 过渡段的巧妙运用。文中的第三段是一个过渡段。这段中的第一、二句是对上文的归纳总结，总结了"宣传"只不过是"对外说谎"。"这就是我之所谓'做戏'"，这句话中的"做戏"二字，巧妙地引出下文——国内外报刊"做戏"的嘴脸。这一段将全文内容很好地衔接起来，使文章结构安排顺畅自然。

2. 意味深长的结尾。结尾处的"恐怕不久天也就要亮了"，这句话暗含丰富的寓意，表面上是在写天要亮了，实际上是在表明：虽然这个国家现在尚处于灾难深重的黑暗时期，但是离光明不远了。鲁迅先生并没有对国家的未来丧失信心，心中依然存在着理想和希望。这样的收尾常见于鲁迅的杂文中，意在用积极的态度鼓舞国人。

附　录

鲁迅先生生平大事年表（注：以下月份均系阴历）

1881年1岁

八月初三，生于浙江省绍兴府城内东昌坊口新台门周宅。姓周，名树人，字豫才，小名樟寿，至38岁开始用笔名：鲁迅。

1886年6岁

入私塾读书，师从玉田先生，开始诵读《鉴略》。

1892年12岁

正月，入私塾三味书屋，师从寿镜吾先生。

1898年18岁

闰三月，前往南京，考入江南水师学堂。

1899年19岁

正月，改入江南陆师学堂下属的矿路学堂。课余喜欢读小说或外出骑马。

1901年21岁

12月，在矿路学堂毕业。

1902年22岁

去日本留学，入东京弘文学院学习日语，结业后到仙台医学专门学校学医。

1904年24岁

8月，离开仙台医学专门学校回到东京从事文学活动，希望用文学改变国民精神。

1906年26岁

6月回家，与朱安结婚。同月，再赴日本，在东京学习研究文艺。

1908年28岁

师从章太炎先生，加入“光复会”，并与二弟周作人译国外小说。

1909年29岁

6月回国，在浙江两级师范学堂任生理化学教师。

1910年30岁

8月，在绍兴中学担任教师和监学两个职位。

1911年31岁

9月，任绍兴师范学校校长。

冬天，写成第一篇试作小说《怀旧》，发表于《小说月报》第四卷第一号。

1912年32岁

1月1日，临时政府成立于南京，应教育总长蔡元培之邀，任教育部部员。

5月，到达北京，任教育部社会教育司第一科科长。八月任命为教育部佥事。

1914年34岁

研究佛经。

1915年35岁

写成《会稽郡故书杂集》，刻《百喻经》，并搜集研究金石拓本。

1917年37岁

7月初，因张勋复辟，愤而离职。

1918年38岁

首次用“鲁迅”为笔名，发表中国现代文学史上第一篇白话小说《狂人日记》，对人吃人的制度进行猛烈的揭露和抨击，奠定了新文学运动的基石。

9月15日，发表《随感录二十五——从子女的教育问题谈起》，批判封建家族制度。文中强调“师范”“父范”的重要性。收入《热风》。

1919年39岁

4月15日，发表小说《孔乙己》，塑造了一个科举制度毒害下没落的封建知识分子的典型。收入《呐喊》。

发表《我们现在怎样做父亲》，批判封建的“父权”思想，号召觉醒的父辈解放自己的孩子，收入《坟》。

1920年40岁

10月，译俄国阿尔志跋绥夫的小说《工人绥惠略夫》。秋季，北京大学中国文学系主任马裕藻代表学校聘请鲁迅担任兼课讲师。

1922年42岁

5月译成俄国爱罗先珂的童话剧《桃色的云》。兼任北京大学、北京高等师范学校讲师。发表小说《白光》，描写因追求功名而发疯致死的塾师陈士成，再次揭露科举制度的罪恶。收入《呐喊》。

1923年43岁

9月，小说第一集《呐喊》印成。同月，《中国小说史略》上卷印成。秋起，兼任北京大学、北京师范大学、北京女子高等师范学校及世界语专门学校讲师。

1924年44岁

6月，《中国小说史略》下卷印成。同月又校《嵇康集》，并编撰校正《嵇康集》序。10月译成日本厨川白村所著的论文《苦闷的象征》。冬起为《语丝》周刊撰稿。

1925年45岁

2月10日，作《青年必读书》，抨击当时的尊孔复古思潮。收入《华盖集》。11月杂感第一集《热风》印成。12月译成日本厨川白村所著的《出了象牙之塔》并且编辑《国民新报》副刊及《莽原》杂志。

1926年46岁

7月起，与齐宗颐同译《小约翰》。8月底，离开北京，前往厦门，任厦门大学文科教授。9月《彷徨》印成。

1927年47岁

2月前往香港演说，题为《无声的中国》，次日演讲，题为《老调子已经唱完!》。

3月黄花节，往岭南大学讲演。

7月在知用中学演讲，题目为《读书杂谈》《魏晋风度及文章与药及酒之关系》。

8月开始编纂《唐宋传奇集》。

10月与许广平女士同居。同月《野草》印成。

12月应大学院院长蔡元培之聘，任特约著作员。

1928年48岁

2月《小约翰》印成。同月为《北新》半月刊译《近代美术史潮论》，同时《唐宋传奇集》下册印成。5月前往江湾实验中学讲演，题曰《老而不死论》。6月《思想·山水·人物》译作完成、《奔流》创刊出版。11月短评《而已集》印刷出版。

1929年49岁

1月与王方仁、崔真吾、柔石等合资创办印刷文艺书籍及木刻《艺苑朝花》，简称朝花社。5月《壁下译丛》印刷出版。6月《艺术论》译成出版。

1930年50岁

1月与友人合编《萌芽》月刊并且开始翻译《毁灭》。2月“自由大同盟”会成立。3月2日参加“左翼作家联盟”（即“左联”）文学组织。9月校订《静静的顿河》完毕，过度劳累身体不适。11月修正《中国小说史略》。

1931年51岁

3月，先生主持“左联”机关杂志《前哨》出版。4月前往文书院讲演，题为《流氓与文学》。11月《毁灭》翻译完成。

1932年52岁

4月，整理出版1928至1929年短评，名曰《三闲集》。整理出版1930年至1931年杂文，名曰《二心集》。

1933年52岁

短评集《伪自由书》印成。

1934年54岁

3月校对杂文《南腔北调集》，同月印成。12月短评集《准风月谈》出版。

1935年55岁

2月开始译果戈里小说《死魂灵》。4月《十竹斋笺谱》第一册印成。10月编瞿秋白遗著《海上述林》上卷。11月续写《故事新编》。12月整理《死魂灵百图》木刻本，并作序。

1936年56岁

1月20日与朋友合办半月刊《海燕》。《故事新编》同月出版。2月开始译《死魂灵》第二部。6月，《花边文学》印成。8月，痰中见血。10月19日上午因肺病逝世。